山田鋭夫編

月の別れ

回想の山田登世子

藤原書店

山田登世子
1946.2.1 ～ 2016.8.8

（2006 年 7 月撮影）

小学生時代

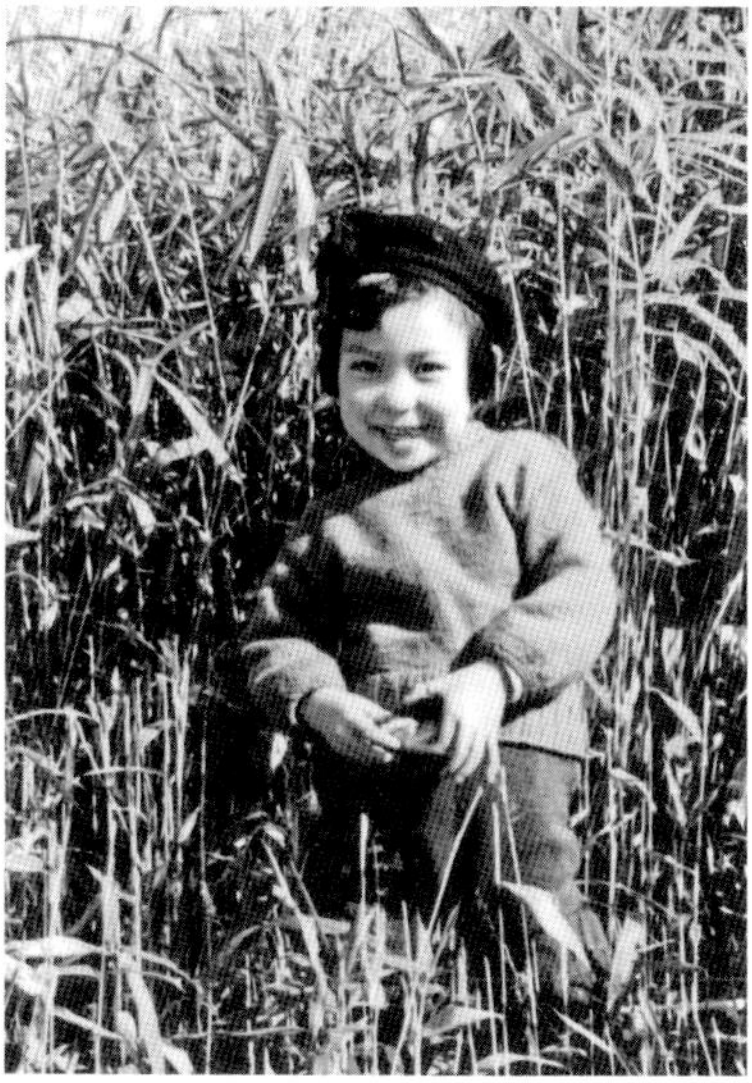

3歳の頃、父親にベレー帽をかぶせてもらって

大学院生時代、車中にて

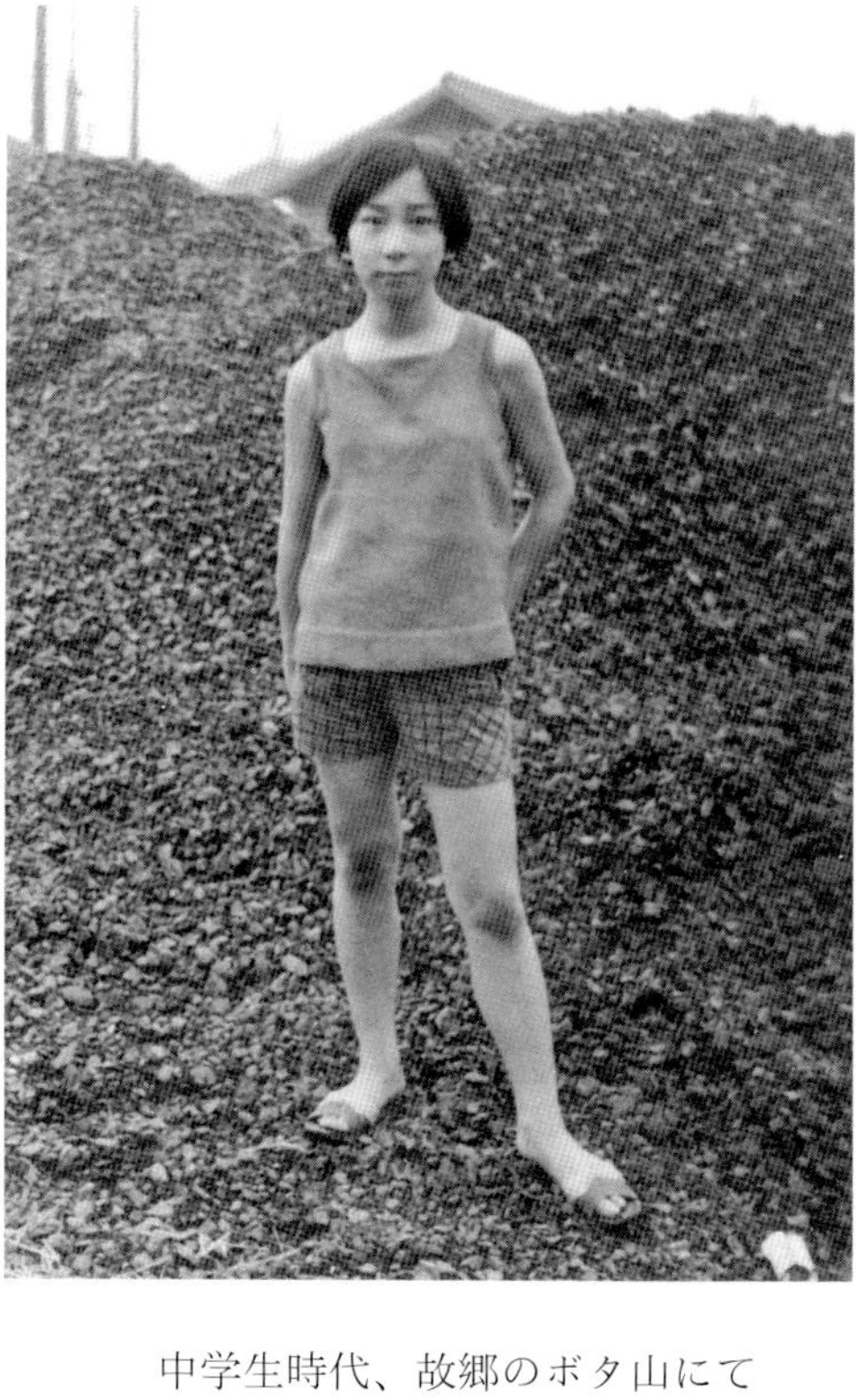

中学生時代、故郷のボタ山にて

正月の団欒にて（1976 年頃、29 歳）

1988 年、42 歳

サンマロにて（1987 年、41 歳）

『女の歴史』発刊記念シンポジウムにて（1994 年、於・有楽町マリオン）

鹿島茂氏との対談の折
（1996 年、於・藤原書店会議室）

最後のパリ、最後のセーヌ（2015 年 12 月、69 歳）

編者はしがき

妻山田登世子は足早に駆けぬけていった。

二〇一六年八月八日、暑い夏の日の夕刻。私たちはそれぞれ自室で机に向かっていた。突如、私の前に立ち現れた登世子は無言、唇の両端からは鮮血が噴き出ていた。すぐにベッドに寝かせ119番。電話の向こうから教えられるままに心臓マッサージをしていたところへ、救急車が到着。この間、一五分ほどだっただろうか。苦しそうな表情はなかった。助かるものと確信していた私に病院で宣告されたのは、しかしあまりに無情な言葉であった。

死の前日を含む三日間、登世子は首都圏に出張していた。文筆と健康と祈り、この三つを求めての旅だった。前年秋に『「フランスかぶれ」の誕生』を出版したのち、アラン・コルバンの新著の訳稿を終え、さて次の新しい著作に取りかかろうと出版社と打合せをすること、これが第一の「文筆」という目的であった。竹久夢二について書きたかったのであろう。いまも机の脇には夢二本がうず高く積まれている。

二つ目は「健康」。病弱な身体を改善しようと自ら始めた「ゆる体操」について、専門家から直接に指導をあおぐ旅でもあった。また数年来、肺癌を患って放射線治療をつづけていたが、東京滞在中、二つの病院で画像検査を受けていた。検査結果をもとに医師に診察してもらうはずの日が、皮肉にも彼女の葬儀の日となってしまった。

そして第三に「祈り」。一九九〇年一〇月、自らの大病と姉の死に見舞われて苦しんだ末、登世子は川崎にある小さなプロテスタント教会で受洗した。金木犀の甘い香につつまれ、花束をかかえて幸せいっぱいの顔で帰宅した夕べのことを今でも思いだす。その後、東京方面に出た折には可能なかぎり日曜の礼拝に参加していたが、教会仲間と最後の祈りを捧げたのは召される前日、八月七日であった。

文筆と健康と祈り。これにもう一つ、薔薇づくりをはじめとする「趣味」を加えれば、それは登世子の人生そのものであったのかもしれない。

健康というか、むしろ不健康についていえば、幼少期から晩年の難病まで、彼女は都合四度にわたって生死にかかわる大病を経験している。元気そうに活動している時でも、しばしば高熱で寝込み、長くつづく微熱に悩み、急な発汗と悪寒を繰り返し、鍼灸治療院には欠かすことなく通っていた。ひよわな身体をおして、よくぞ七〇年を生き、そして明るく活躍してくれたものと思う。晩年には体重は三五キロにまで落ちていた。

祈りの生活は四〇代半ばから始まった。毎日「主の祈り」を捧げ、聖書を愛読していた。とりわけ好きだったのは「太初に言ありき」に始まるヨハネ福音書冒頭部。生来の読書好きで、文学を愛し、言葉に敏感で、そして言葉に生きた彼女にふさわしい出会いだったのかもしれない。「最後は信仰についての本を書きたい」と日頃つぶやいていたが、果たされないままに終わった。最近、書斎を整理していたら関連資料が山ほど出てきた。

趣味が広く多い女でもあった。犬も猫も好きで、道端で見かけようものなら、しゃがみこんでいつまでも

た。

トダジュール、フィレンツェ、ヴェネチア、ナポリ一帯、それにイグアス。いずれも「水の記憶」とともにあってしまった。旅も愛し、後半生はしばしば旅路の人となった。お気に入りのスポットはセーヌのパリ、コー「月の別れ」がすべてを語っている。ファッションや絵画鑑賞にいたっては、趣味が高じて仕事にまでなっ害者」もおられたのではないかと内心ひやりとしている。月見るひと登世子については本文冒頭のエッセイを咲かせるまでになった。友人を呼んで自作の薔薇を観賞しあうのが毎年の楽しみだったが、これには「被愛撫していた。飼っていた愛猫が死んでからは薔薇づくりに没頭し、試行錯誤を繰り返しながらも大輪の花

仕事の中心は研究と教育。教育者としての登世子の評価は大学の同僚諸氏や卒業生の方々にお任せするしかない。研究面では文筆活動が中心だったが、その内容について語る資格は私にはない。傍で見ているかぎり、一日中机に向かっているわけではない。趣味、身体ケア、電話などに割く時間が多いからだ。残った時間で集中的に読書し執筆していた。名文に出会うとおのずと空んじてしまうという異才の持ち主でもあった。エッセイや書評など短文は、書き出しの一句が決まればあとは一気に書き上げていた。

関心の幅も次々と広がっていった。専門とするフランス文学はもちろん、近代日本文学への造詣も深かった。文学のみならず、モード、現代思想、絵画、音楽、風俗、文化、社会へと視野を広げていった。おしゃべりのなかでよく聞かされた人名といえば、バルザック、モーパッサンはもちろんのこととして、ジラルダン、ベンヤミン、ジンメル、バタイユ、シャネル、ヴィトン、エルメス、ルノワール、モネ、フーコー、フォルチュニー、ダヌンツィオ、それに日本の鉄幹、晶子、鷗外、啄木、白秋、荷風……。私には訳のわからない人物もいたし、もう忘れてしまった名前も多いが、とにかくよき耳学問をさせてもらった。

その山田登世子はもういない。彼女の追悼・回想にあてられたこの本は、三つの部分からなる。

第Ⅰ部「回想の山田登世子」には、生前、故人と親しくお付き合いいただき、あるいは陰に陽にお支え下さった方々から新たにいただいた珠玉の文章が集められている。故人については「艶やか」とか「婀娜っぽい」といった形容句をしばしば耳にした。「なるほど」と思うと同時に、半面、大変に過敏な女であり、また気むずかしい面もあり、時に直言や毒舌に及ぶこともあった。心証を害された方も少なくないのではないかと深謝するばかりである。それでもそんな山田登世子を快く受け入れて下さり、ご多忙ななかお心のこもった一文を寄せていただいた友人・知人の皆々さまに衷心より感謝申し上げる。

第Ⅱ部「山田登世子の仕事」は二つの内容からなる。まずは、彼女の著訳書への書評や批評からいくつかを選んで収めた。彼女の仕事にこうした形で真剣に向き合って下さった評者（匿名評者を含む）の皆さんに、この機会にあらためて御礼申し上げる。つぎの「今年の執筆予定」は、『出版ニュース』誌による毎年のアンケートに故人が回答した記録である。一九九三年から逝去の二〇一六年まで（一九九六年を除く）、毎年、年頭にあたっての仕事の予定が軽妙な筆致で綴られている。この部全体につき、本書への転載を許可していただいた関係の新聞社・出版社の方々に感謝したい。

巻末には「資料篇」として二つの記録を配した。「著作目録」はご覧のとおりのものであり、連載エッセイや新聞書評の多さが目立つ。目録の作成に当たっては多くの方々や機関のご協力を仰いだが、いずれも大変にご親切に対応していただいた。もう一つは「略年譜」。読書の好きな筑豊の少女がその後どう学び、どう仕事をし、どう生きていったか。そのごく形式的な記録でしかないが、それにつけても、もう少し生きていてほしかった。――そう思わずにはいられない。

山田さん、追悼集を出さないか。こう切り出して下さったのは藤原書店社長の藤原良雄さんである。若き日、藤原さんとは内田義彦論で深く共鳴しあって以来、もう四〇年以上お世話になっている。バルザック『風俗のパトロジー』（一九八二年）の翻訳出版で山田登世子を最初に引き立てて下さったのも藤原さんである。今回の藤原さんのご厚意は染み入るほどうれしかったのだが、故人にとっても私自身にとっても「追悼集」など、あまりに身のほど知らずの厚顔の所業でないかとの躊躇が先に立っていた。それをおして、それでもお言葉に甘えることにしたのは、引き続き藤原さんの愛情あふれるお勧めがあり、また、お別れ会（二〇一六年一一月二五日、東京）で参会者諸氏からの心温まる洒脱なお言葉に接したからであった。

という次第でこの本は、山田登世子を支えていただいた皆さまの後押しと、そして何よりも、藤原社長および編集の刈屋琢さんをはじめとする藤原書店の皆さまの献身的なご協力なくしては、陽の目を見なかった。しかも故人の一周忌に合わせて出版していただくことになった。また、編集やブックデザインの面では畏友・内田純一さんに大いに助けていただいた。ともに感謝あるのみである。

このささやかな書物が少しでも多くの方の眼にふれる機会にめぐまれて、こんなことを考え、こんなふうに生きた女がいたということを広く知っていただけたら望外の幸せである。

二〇一七年七月一四日

山田鋭夫

愛猫とともに（2001 年）

月の別れ　目次

I 回想の山田登世子 21

II　山田登世子の仕事——書評から　125

資料篇 222

月の別れ

回想の山田登世子

ヨハネによる福音書　1・1―5

初めに言《ことば》があった。言は神と共にあった。言は神であった。
この言は、初めに神と共にあった。万物は言によって成った。
成ったもので、言によらずに成ったものは何一つなかった。
言のうちに命があった。命は人間を照らす光であった。光は
暗闇の中で輝いている。暗闇は光を理解しなかった。

――山田登世子愛引の聖句

月の別れ

山田登世子

夜が降りてきてしばらくだったと思う。まあるく、おおきい、真っ赤な球体が月の前にあった。それが月だとわかったときの、おののき。

せわしなく片づけものに追われていた私は、すべてを投げだして月に見惚れた。じっと息をひそめた私の目の前で、ゆるゆると月は昇りゆき、色を失って白くなってゆく。やがて中天にかかった月は、銀の光をまき散らしてきらかに輝いた。月の滴に濡れて、えもいわれぬ静寂につつまれた。時はとまり、魂はあらぬ空にただよい出ていた。十二年前に住まいを変えた、五月半ばのことである。

以前の住まいは書斎が南に面し、月に驚くことなぞついぞなかった。高台に建って書斎が真東に面した新しい住まいは、天が近くなった。そこに赤い月が昇ったのである。それからというもの、私は月みるひととなった。

「いみじき笛は天にあり」。萩原朔太郎の詩の一節が心におちかかる。月を見ていると、忍び音が夜をわたってゆく。私は月の音《ね》に聴きほれる者となった。この世を忘れたうつろな心を月の音楽が満たしてゆく。不可思議な、月の恩寵。

きっと私は月見る齢《よわい》に達していたのだろう。三十代、夜は書にいそしむためにあった。恋愛も研究も、大学勤務も、天を忘れたまま過ぎていった。四十になり、夜は物書く時間になった。書物の海に溺れて、月など見もしなかった。

それから住まいを変えたとき、五十半ばにさしかかっていた。半世紀、じっと私を見ていた月は、時こそ今と恩寵の滴をそそぎ、ついに私を捕えたのである。以来、私は月の囚《とら》われ人となった。時は五月、春と夏のあわいに眺めた月は、おおきく赤くにじんで、ときに悩ましく官能の色にきらめいた。

八月になった。月は奔放な白い光を放って、胸をときめかせた。満月の夜、艶めいた寝屋《ねや》の密事にいそぐ女のように、月の出を待ちわびた。九時をまわるころ、白い月が目の高さに昇る。いとしい人に添い寝するような幸福感につつまれた。暗い部屋にさしこむ夏の月明かり。心浮かれ出て、書物どころではない。それから毎年、八月の月に抱かれる私は、人知らぬ悦楽に溺れて、すべての仕事をよそにする。

*

永井荷風も月みるひとだった。『断腸亭日乗』は天候の記述が多い。「十月初七。午後驟雨《しゅうう》」、「九月廿二日。終日雨霏々《ひひ》たり」。「七月廿七日。満月鏡の如し」、「七月廿八日。今宵《こよい》も月よし」。雨に感応する者は月に感応するのである。

雨の音に聴きいり、晴れた夜は月を見る文人の姿を追っていた私は、昭和二十年八月十六日にさしかかってはたと手をとめた。「晴」に始まるその日の文章は二行のみ。最後の言葉は「月佳なり」である。すべての民が泣いたあの敗戦の日の翌日、荷風は月を見ていたのだ。

一面の焦土と化した地を、月が照らしている。廃虚にかかる月の残酷さ。

荷風はこの月を疎開先の岡山で見ていた。戦争に背をむけ、「粋」に徹していたこの文人は、敗戦の悲報にも動じず、月を愛《め》でたのである。

とはいえ荷風はその半年前、二十六年間住みなれた偏奇館を空襲で焼失している。若き日にはるかフランスの地で買い求めた洋書をはじめ、愛蔵の書はすべて灰に帰した。偏奇館炎上のさまを描く三月九日の『断腸亭日乗』は壮絶である。

せめて燃えつきる館の姿を眼に焼きつけようと、逃げる足をとめた荷風は記す。「下弦の繊月《せんげつ》凄然として愛宕山《あたごやま》の方に昇るを見る」。炎に染まる明け方の空、さえわたる三日月がかかっている。凄絶なる月。ときに荷風六十六歳。空襲で城と蔵書を失った文人は、すべてを喪失したにもひとしかった。茫々《ぼうぼう》と広がる焦土に、美しく、悲哀の月がかかる……。

東北の地、陸前高田の海に残った一本松を照らした満月を思い出す。おぼろにかすむ月は、悲しみの色にそまっていた。いや、その日は中秋の名月だったから、銀にきらめいていたかもしれない。写真を見た私の方が悲しい水に感応して、うるんだ月に見えたのだろう。

廃虚を照らす月は、ひたひたと優しい滴をこぼしてこころ潤すなぐさめの月でもある。あの震災の日も、どこかで月はすべてを見ていたことだろう。死者たちの魂は月を泳いで天に昇ったのかもしれない。海に映る月は、いまも見えない死者たちを優しい月明の衣でそっとつつんでくれているのかもしれない――しかあれかしと月に祈る。

＊

月の魔力は生死をつかさどる。満月の海、珊瑚《さんご》はいっせいに卵を放ち、ウミガメは涙を流しながら月夜の浜辺に卵を産みおとす。死と再生の夜の神秘。

なべての生きものは、月の神秘を知っている。朔太郎の病める犬は「恐れに青ざめ」、月に向かって遠白く吠える。「のをあある　とをあある／のをあある　やわあ」

神秘の生きものである猫もまた、月に感応する生きものだ。なぜに猫はあれほど墓場が似合うのだろう。かれらは夜の墓場の帝王だ。漆黒の闇のなか、黒猫は金の眼《め》を光らせて、あたりのものを呪縛する。

＊

新しい住まいに変わってから二年後、私は猫を亡くした。長い、長い時を生きた猫は、享年二十四歳だった。四半世紀を共に過ごした猫はもはや私の分身だった。人見しりで、ひきこもりで、わがままな猫。二十四年間のあいだ、私は彼女にすべてをささげた。好きな服を汚されても、大事な書物の上に寝そべっても、何一つ叱らず、すべてをゆるした。月の見える部屋でいつも一緒にいたけれど、老いた猫はもう目が見えなかった。

最後の別れの夜、真冬の黄色い月の薄明かりがさしていた。あの猫は月にいるのだと今も思っている。

（『日本経済新聞』二〇一二年十月二十八日）

老いて悠に遊ぶ（絶筆）

山田登世子

名古屋駅周辺がますますにぎわっている。東京から関西に向かう友人から、途中下車して会いたいと言われると、新幹線の改札口で落ちあう。お茶でもディナーでも、選ぶ店は迷うほどあるから不自由しない。ここ一帯はいまや名古屋の都心そのものである。

昨夜も東京から京都にむかう友人を出迎えた。夕方の人波に、「大都会ねえ」と感にたえたように言う。うなずいて向かった先は、六月にオープンしたＫＩＴＴＥ名古屋。新しい店の味も楽しみだが、アート好きの彼女と一緒に篠田桃紅展を見たかったからだ。二十一日付朝刊の紹介記事を読んで、ぜひにもと思ったのである。

百三歳の女性画家の作品空間は、都心の雑踏を一瞬にして忘れさせる別次元の世界だった。墨の黒の放つ力に圧倒されて、言葉がでてこない。黒の威に打たれたまま時を忘れた。一本の細い線が、なぜにこれほどのエネルギーを放つのか。静謐で、寡黙で、しかも力みなぎる世界に、濃い墨紅が血のように美しい。大胆さと繊細さのえもいわれぬ共存。二人とも口をつぐんで、ひたすら絵に魅了された。

それでも店の予約時間が頭をかすめて、会場を後にした。ＫＩＴＴＥビルの人群れにまぎれながら、現実界へと降りてゆく。ようやく感動の言葉を交わしつつ、いつしか話はたがいの近況へ。医療の仕事で南米行きをひかえている友人は多忙をきわめている。来月東京で会う予定を決めて夕食を終えると、もう列車の時間だった。

ひとりになって、展示場で買った篠田桃紅の本をとりだすと、こんな言葉が目にとびこんできた。「残りの人生を、スケジュールに合わせて動くなんて、とんでもない」「私は、毎日、出来心」。まことに百三年の時を生きてきた人ならではの悠の境地である。多忙の充実感もうれしいけれど、老いて悠に遊ぶ心はさらに素晴らしい。新ビルのオープニングにこの展示を企画した関係者のセンスを讃えたい。

（『中日新聞』二〇一六年七月三十一日）

I　回想の山田登世子

ヴェネツィアにて（2003 年、57 歳）

いつからともなく、わたしたちの世界から失われて久しいもの、それは、〈はるかなもの〉である。私から遠く、近づきがたく、手の届かないもの。私と対象とを隔てて、決してアクセスを許さないもの。距離のあるもの……。

それがひとであれば権威を感じさせ、ものであれば憧れをかきたて、風景であれば旅立ちへと誘った距離――その距離が、なしくずし的に風化してゆきつつある。

（山田登世子『声の銀河系』河出書房新社、一九九三年より）

チャーミングで、かっこいい女性

青柳いづみこ

山田登世子さんのことは、実際にお会いするずいぶん前から、今は亡き笠井雅洋さん（中央公論社の編集者・筆名矢代梓）からお話を伺っていた。笠井さんは、ピアニストとして出発し、出版界にも仏文学界にもうとい私に、鹿島茂さんはじめずいぶんたくさんの方を紹介してくださったが、登世子さんだけは例外だった。お会いしたいとお願いしても、「二人いるところに居合わせたくないね、どんな化学変化が起きるかわからない、俺、逃げるよ」とはぐらかされてしまう。

登世子さんの著書目録を見ると、名作『リゾート世紀末——水の記憶の旅』が刊行されたのが一九九八年で、みすず書房から刊行された私の『水の音楽』が二〇〇一年。その続編のような『無邪気と悪魔は紙一重』は、古今東西の文学や音楽からさまざまなファムファタルを抽出した書だが、『ふらんす』に連載していたのが一九九八年八月から二〇〇〇年三月。ところで、登世子さんの最初の単行本が一九九〇年の『華やぐ男たちのために——性とモードの世紀末』、第三作が一九九一年の『娼婦——誘惑のディスクール』だから、何となく同じようなところを渉猟している「怖い女」と思われたのかもしれない。

実際には、お会いしてみるとまったくそんなことはなく、すぐに打ち解けて仲良くなってしまい、「男たちってバカよねー」と言い合ったものだった。

といっても登世子さんは名古屋、私は東京と離れている上に分野ちがいなので、お会いする機会はそう多くはなかった。登世子さんは、コンサートのご案内をするたびにできるかぎり出席しようと努力してくださったが、なかなかスケジュールが合わない。

亡くなる二、三年前に名古屋でライヴがあり、最初は行けないというお返事だったが、その日の朝になって急遽いらしていただけることになった。ロビーで私の本やCDも販売されていたが、登世子さんは、「処女作はどれ？　私は、その人の最初の仕事に興味があるの」とおっしゃって『ショパンに飽きたら、ミステリー』を買い上げてくださった。

終演後、ファッションとともに食にも非常なこだわりをもつ登世子さんが連れていってくださったイタリアン・レストランで楽しくお食事したのが最後になった。

ご夫君から最後のご本となった『「フランスかぶれ」の誕生』を送っていただき、山のようにお話ししたいことが噴き出してきて、どうにも留められない気持になった。

たとえば、姪との不倫事件を期に渡仏する島崎藤村が、パリで引きこもりの生活を送っていたにもかかわらず、一九一四年に留学してきた河上肇を誘って「現代のヨーロッパで最も進歩したと言われる芸術の一つに触れてみてください」と、ドビュッシーがニノン・ヴァランと共演したガヴォー・ホールでのコンサートを聴きに行ったというくだり。

このとき、歌曲集『マラルメの三つの詩』が初演され、ドビュッシー自身も『子供の領分』を演奏したのだが、この曲目を私は、ちょうど百年後の二〇一四年に再現するコンサートを開いている。

このコンサートにも登世子さんは興味を示し、是非行きたいとおっしゃってくださったのに、実現しなかった。

登世子さんは歯に衣きせぬもの言いで烈女とも評されたが、とても女性らしい方だった。といっても、女性であることを前面に押し出したり、逆に女性の権利を声高に叫んだりするタイプではない。二〇〇六年に刊行された『晶子とシャネル』（勁草書房）は、そんな登世子さんのスタンスを象徴する著作だと思う。

性を大胆に歌った『『みだれ髪』の歌人』与謝野晶子と断髪でユニセックスなイメージのココ・シャネルでは一見正反対のように思われるけれど、彼女たちはほぼ同時代に生きたのみならず『『弱きもの』とされてきた女性の神話を打ち破り』、新世紀をきり拓いて輝きたった新しい才能』だと登世子さんは言う。

晶子は、夫鉄幹のあとを追って一九一二年にパリにわたり、現地のモードについて感想を残している。ポール・ポワレが女性をコルセットから解放したばかりだったが、晶子は「衣服の中に肉体の線を隠してしまう日本服」を「肉体の美に衣服を調和」させるフランス風の服装に改めたいと語っている。それをさらに推し進め、女性を束縛しない活動的なファッションを考案したのがシャネルだった。

かといって、彼女は「女らしさ」を捨てたわけではない。シャネルは「青鞜派」に与しなかった晶子と同様、いわゆるフェミニズムとは対極に位置していたという登世子さんの指摘が嬉しかった。男に媚びる女を一掃したが、男を愛し、また「男に愛される女」を理想としたシャネルと晶子。彼女たちは、「カレシ色」に自分を染めるのではなく、より自分らしさを磨くことによって積極的に男性を魅惑することをめざしたのだった……。

最後のフレーズはそのまま登世子さん。本当にチャーミングで、同時にかっこいい女性だった。どうぞ安らかにお眠りください。

（ピアニスト・文筆家）

アナーキーな昼餐

阿部日奈子

きっかけは新聞の書評だった。二〇〇一年十月七日の『朝日新聞』朝刊に、前月上梓した第三詩集『海曜日の女たち』の鮮烈な書評が載り、驚いた私は、ご著書のみで知る山田登世子さんにお礼状を認めたのである。するとすぐにお電話があって、改修前の東京都庭園美術館で開催中だったカラヴァッジョ展にご一緒する運びとなった。これほど小気味よく初めてのデートが決まるとは……受話器を置いてからも、まだ現実とは思えない私であった。

十一月八日、大気が光を孕んで沸き立つような秋晴れの午後に、私たちは美術館で落ち合った。カラヴァッジョ八点に、追随者二十人の三十一点を合わせた小規模な展示ではあったが、実物で見るカラヴァッジョのキアロスクーロや色彩の深さ、とりわけ「執筆する聖ヒエロニムス」「マグダラのマリアの法悦」に見る毛織物の赤の美しさに、二人とも魅せられた。カラヴァッジョとカラヴァジェスキでは天と地の違い、などと軽口をたたきながら戸外でお茶を飲んだあと、登世子さんは青柳いづみこ氏のコンサート「水の音楽」を聴きに浜離宮朝日ホールへと向かわれ、私は興奮さめやらぬまま家路についたのである。

それから手紙やメールでのやりとりが始まる。お会いすれば登世子さんとお呼びしていたが、手紙では「天守物語」の富姫によそえて、登世姫さま、と書き起こすのが常だった。

ご上京の折には椿山荘や東京駅丸ビル、東急ステイ青山などでランチをとりながらお喋りに興じたが、なかでも思い出深いのが二〇一二年十月二十七日、恵比寿日仏会館レスパスでの昼餐だ。すでに『「フランスかぶれ」の誕生』に取りかかっていらした登世子さんは、『明星』を堆く積み上げてページを繰る日々とのこと。内容ばかりでなく目次の配列やレイアウトからも、文学史上のさまざまな動向が読みとれると伺った。来るべき書物の主題は、翻訳がいかに日本語の近代化を牽引したかではあるが、隠しテーマとして、うらぶれた男についても考えてみたいとおっしゃる。晶子に対する鉄幹、白秋に対する啄木、大杉栄に対する辻潤といったところだ。この日、うらぶれた男の定義を巡って意見を交わすうち、先駆的なヴィジョンを掲げながらも不遇な人物の例として、話はシャルル・フーリエに行き着いた。当時の私が石井洋二郎氏の『科学から空想へ』や福島知己訳『愛の新世界』に熱中していたからでもあり、大杉栄全集を読んでいらした登世子さんにすると大杉の自由恋愛がフーリエに通じていなくもないとあって、ひとしきりフーリエ談義に花が咲き、登世子さんから日本のフーリエ研究についてレクチャーを受ける次第となったのである。

いざ『「フランスかぶれ」の誕生』が出てみると、想像していた以上の面白さに感嘆した。上田敏の偉大はもちろんだが、『明星』という舞台をしつらえた鉄幹の炯眼と手腕にも脱帽だ。先述した目次の配列やレイアウトは、鉄幹の主義主張とセンスで作られていることが、切れ味のよい文章で論証されてゆく。晶子の歌の根底がアマチュアリズムであるのに比べて、鉄幹が寛となってからのデカダンスこそ、余人の追随を許さぬ孤高の詩境だという指摘には、はっとさせられた。鉄幹の格はぐんと上がり、うらぶれてなどいない。『相聞』からの引用歌〈危かることを喜ぶすさびよりこの憂き恋の断崖にきぬ〉には目眩さえ覚える。うらぶれていないのは啄木も同じだ。センチメンタリズムと決別して自然主義を潜り、詩歌の革新者となる啄木の思想的営為が、緻密に辿られている。鉄幹、啄木とくると残るは辻潤だが、おやおや辻潤は行方不明だ。一章をさいて詳述される大杉栄の圧倒的な存在感の前に、むなしく消えてしまったのだろうか。たしかに、本書で初めて知る大杉訳『ファーブル昆虫記』の訳文は、旧仮名遣いさえ改めればそのまま現代文としておかしくない躍動感溢れる口語体だ。文の畝を、自由の風が吹きぬける。辻潤の不在について、一六年一月にお会いしたときにお尋ねしてみると、登世子さんは艶然と微笑んで「それはやっぱり大杉栄のほうが、人間も文章もだんぜん素晴らしいんですもの」とおっしゃるのであった。

この一月二十四日、新宿駅でお別れしたのが最後になった。よい治療法を選択され癌との共存を果たしていらっしゃるご様子だったのに、悲しい。いま私は『「フランスかぶれ」の誕生』から次の一文を噛みしめている。「表現者にとっては、表現こそが思想であり、一つの一つの言葉の精選と構築こそが思想の表明にほかならない」。日本も世界も危険域へ向けて地滑りを起こしている現在、かつて親世代の戦争責任や転向問題を問い詰めた私たちが、思想と表現を問われている。登世子さんの仕事を顧みるとき、そこに馥郁と香るエレガンスには手が届かない私だが、大勢におもねらず、感覚を研ぎ澄まして主題を定め、曖昧さを排して論理を練り上げてゆく姿勢を受け継いで、怯まず書いてゆこうと思っている。

（詩人）

ちいさな思い出

池内　紀

山田登世子のような作家・文学者はドイツ文学にはいない。アメリカ文学にもいないと思う。日本にいてくれるといいのだが、やはり難しい。こういう書き手を生み出すためには、パリという街と、そこに流れた時間と歴史、それにそこに生きた人間が必要だ。パリであって、ベルリンやミュンヘンやニューヨークでは無理なのだ。

いつだったか、もうずいぶん前のことだが、女性雑誌に対談をたのまれたのが初めての出会いだった。おシャレな女性雑誌がドイツ文学者などのヤボ天をゲストに選ぶはずがない。まず山田登世子が決まり、相手を問われた彼女が指名してくれたのだろう。ご当人直々の名指しとあれば、編集部も観念するしかない。レストランの離れのような部屋だったが、ヤボ天が顔を出すと、こぼれるような笑顔で迎えられた。

何を話したか、どんなやりとりをしたのか思い出せないが、こよなくたのしい時間だったことはよく覚えている。以後、山田登世子の名を雑誌などで見つけると、心して読むようになった。ファッションに敏感な女性であって、歴史や文芸一般にゆたかな知識をそなえ、その上はっきりとした好みがある。好みに合わないものは取り上げない。抒情のとなりに鋭い観察があり、詠嘆の代わりに分析した。彼女にとってパリは都市のコンテクストであるとともに、ふつうの人々が市民生活をおくっている都市であり、橋や広場は祝祭の舞台であるとともに、日常のなかで当然のことながら人間のための空間として機能している。象徴空間であると同時に生活空間であって、それはもう言うまでもないことなのだ。

だから『「フランスかぶれ」の誕生』（藤原書店、二〇一五年）は、山田登世子にしか書けない本だった。フランスにかぶれ、カユくなった日本人の精神風土を、やさしく、多少とも意地悪く述べていった。憧憬や熱狂は表層にとどまって認識には至らない。そんな「かぶれ患者」と対比するようにしてアナキスト大杉栄を加えたのが出色だった。花のパリでひと騒動やらかして刑務所に放りこまれ、ノミ、シラミの巣窟にいたが、この日本男児は少しもかぶれてはいなかった。それを文章のひとつで読みとっていく論者の眼力に私は舌を巻いた。

日経にわが書評が出た日は、山田登世子がパリに向って発つ日のことで、「浮き浮きと」旅立ったそうだ。礼状の日付は２０１５・12・21。パリのキオスクなどで売っている絵ハガキで、眼鏡をかけた犬と、パイプを加えた犬が神妙な顔つきでチェスをしていた。

（ドイツ文学者、エッセイスト）

涼やかな艶やかさ——山田登世子さんを偲ぶ

石井洋二郎

「豊」偏に「色」と書けば「艶」となる。音読みでは「えん」、訓読みでは「あでやか」とも「つややか」とも読める漢字だが、これほど山田登世子さん（以下、「登世子さん」と呼ばせていただく）にふさわしい文字はない。

「艶やかさ」はともすると過剰な装飾性をまとって「暑苦しさ」にもなりかねないものだが、登世子さんの文章はご本人のお洒落なたたずまいを写し取ったかのように、けっして暑苦しくないどころか、いつも爽やかな風が吹き抜けていくように涼やかだ。それは長年にわたって身につけた学者としてのメチエにともなう節度や謙虚さが、抑えようとしてもなおほとばしり出ずにいない天性の直感や閃きとのあいだに、いつも絶妙なバランスを保っていたからにちがいない。知性と感性がみごとに溶け合った「涼やかな艶やかさ」——それが山田登世子というたぐいまれな著述家の本質なのだと、私は思う。

たとえば『リゾート世紀末』（一九九八）の最終章、「海と宝石」の掉尾を飾る次の一節。

そう、コート・ダジュールの蒼い海は、都市の疲れを癒すセラピーの水、懐かしい幸福の水であるとともに、フェティッシュな宝石でもなければならないのである。夏の太陽の下、きらきらと輝く海は、疵ひとつなく澄み渡る蒼い宝石なのだ。

まぶしく光るその宝石は、今もなお心ときめかせて、人びとに夢を見させ続けてやまない。シャネルのあの高価なイミテーション・ジュエリーの虹のきらめきのように。

ここで用いられている比喩をそのまま借りれば、登世子さんの言葉はひとつひとつが念入りに彫琢された「フェティッシュな宝石」であり、その著作はいずれも「疵ひとつなく澄み渡る蒼い宝石」が鏤《ちりば》められた紺碧の海さながらに、「今もなお心ときめかせて、人びとに夢を見させ続けてやまない」。ただしそれはけっして、虚飾の海を彩るきらびやかなだけの「イミテーション・ジュエリー」ではなく、強靭な批判精神によって研ぎ澄まされ磨きあげられた、本物の宝石である。じっさい、右に引用した数行を読んだだけでも、読者は行間からしたたり落ちてくるみずみずしい感性のしずくを味わうと同時に、ベルエポック期のフランスにおけるコート・ダジュールというトポスの意味を正確にとらえてみせる、透徹した知性のまなざしを感じずにはいられないはずだ。

その明晰さを支えているのは、対象が何であっても徹底的に文献を渉猟せずにはいられない研究者としての本能であり、実証に裏付けられない不用意な断定を極力排除しようとする学者としての良心である。華麗なレトリックの裏側に、ほとんど抑制的と言ってもいいそうした厳しい姿勢があるからこそ、そこから導き出される独創的な仮説や示唆に富んだ知見が一層の説得力をもつのだろう。「お洒落である」とは、色彩や形態の氾濫に無自覚に身をまかせることではなく、細部にいたるまで慎ましい制御の意志に貫かれた、すぐれて知的で禁欲的な振舞いにほかならないのだということを、登世子さんは絶えず身をもって語り続けていたような気がする。

登世子さんが急逝した昨年八月、私はちょうど資料調査のためパリ滞在中であった。家人から第一報をメールで受け取り、すぐにネットで検索してみると、すでにツイッターは哀悼の言葉であふれていた。無機質なパソコンの画面に映しだされるメッセージの群れを眺めながら、ああやはりこれは事実なのだ、とあらためて確認した後、あまりにも突然のできごとに文字通り言葉を失ったまま、カーテンを閉め切ったホテルの部屋でしばらく茫然としていたことを思い出す。

じつをいえば、登世子さんと私は直接言葉を交わす機会がそれほど多かったわけではない。たぶん数えるほどだろう。しかしいかなる偶然か、私たちは二〇一三年七月に雑誌『環』で同時に連載を始めることになった。私のほうは雑誌の休刊後はなかなか筆が進まず、いまだに全体を完成させることができずにいるが、登世子さんは二年間でいち早く連載を終えて、『「フランスかぶれ」の誕生』という瀟洒な名著にまとめられた。その「まえがき」は、「日仏のあいだを往還しつつ、時に惑わしい小路に踏み迷うはるかな旅になるだろう」という一文で終わっている。ご自身も典型的な「フランスかぶれ」であった登世子さんは、まさにこの言葉通りに「日仏のあいだを往還しつつ」、お洒落な衣装に身を包んで「はるかな旅」を続けてこられたのだろう。

昨年の年賀状には「ナダール論の完成、楽しみにしています」と書かれていたが、その後はお目にかかる機会もなかったので、けっきょくこれが登世子さんからいただいた最後の言葉になってしまった。もう拙著の感想をうかがうことが叶わなくなってしまったのは残念でならないけれど、今はこの励ましに応えることが、ご葬儀に参列できなかった私からの遅ればせの献花なのだと思っている。

（東京大学理事・副学長、同名誉教授／フランス文学）

〝山田さんありがとう〟

石田雅子

山田さんとの出会いは十八年前の秋。花と園芸の店をオープンした直後でした。

バラ作りに興味を示し、あれこれと質問をするお客様。スタッフは毎回私に応対するよう促した。質問に答えると軽やかに店内を歩き廻り、あれこれと選び、配達を依頼した。

一週間に二、三度来店、質問。楽しそうに品選びをするお客様。家族のこと、職業、年齢等、尋ねることはお互いありませんでした。

次の年の秋、ＮＨＫ―hi―ＢＳ2、「早坂暁の一期一会　花ごよみ」に出演し、撮影があったお話をした時、「えー、早坂先生がいらっしゃったの」。私が華道家としての自分を明かした最初です。美容院もスーパーも同じ、冷え症も同じ。風邪をこじらせ気管支炎になった時、同病相憐んだものです。寒い寒いと仰るのでリストバンドを贈呈。お気に召したのかインターネットで検索。あれこれお取り寄せしたと後日話された。医者へ来た。美容院へ来た。イタリアへ行って来た。パリへ行って来たと、その都度話が弾んだ。

素敵なデザインの洋服、しゃれたバック。

私はそれ等を拝見し幸せでした。

我が家はなだらかだが結構長い坂の途中にある。その坂道を御洒落な靴を履き足早に帰る姿はとても若々しくかっこ良かった。

病気の話はさらりとされ、九州へ治療に行っていること。「お高いでしょう」「高いわよ……」。肩を張らずに御喋りが出来、姉妹か親類のように心を開いて話が出来た人である。

御喋りの途中で山田さんは〝あゝ、おかしい〟〝あゝ、おかしい〟と、よく笑い、「いつか本の中に雅子さんのことを書くわ」と笑いながら言っていた。とてもやさしい笑顔だった。

華展のご案内を出すとほとんど毎回来て下さった。無理な時は「姉が行きますから」と、必ずお電話があった。

見事に初日のオープンと同時。お茶席で一頻り二人で話し込んだ。

去年の五月、中日いけばな芸術展を見に来られ、夫が自分の作品の前で山田さんに何度も説明し、話し込んでいる姿がCBCテレビのニュースに流れた。〝死ぬおもいで書いたの〟〝出来立ての本よ〟と、サイン入りの『「フランスかぶれ」の誕生』を届けて下さった。最後に会いに来て下さった時、〝石田流の花が一番好き〟。棚に並んでいる商品を見て〝雅子さんが全部選ぶんでしょ。素敵だわ〟と、誉めて下さった。

山田さんの最後の言葉だった。やさしいことばを残して行ってしまった……。


（華道石田流副家元）

斑《ふ》入りの悲嘆とともに

今福龍太

手の形をした銀色のパンス（カバー写真参照）が挟まれた本のページに、こんな文章が見える。

おれは、ベージュ色、鹿毛色、少し茶色がかったやつならなんでも追いかけるように創られている。なぜ万物の主は、ほかのやつらとはちがって、この砂の色と熟した葉の色をした服をおれに授けてくれたのだろう？　おれは隠れるときには必ず青い焔のような色をした目を閉じる。この目を開けたら、みんな飛び立つ、シャコの雛も、野ネズミも、鶫《つぐみ》も……こういう下層階級のやつらには、こんな目の青さに耐える力はない。

本はガブリエル・コレット著『動物の対話』。榊原晃三訳、出帆社から一九七六年刊。造本は簡素ながら美しいフランス装で、口絵には原稿を書くコレットの右手に握られた万年筆のペン先を、一匹の黒猫がじっと見つめている写真がある。生き物への精緻な観察にもとづき、動物から人間をまなざす視線を繊細な文体のなかで創造したコレットの白熱のページが、いまなぜかとても愛おしく感じられる。

銀色のパンスの薬指と手首には、青い石の飾りが光っている。このパンス、この優美な書類ばさみをコレットの本のページマーカーのように使いながら、私は登世子さんの追憶にひたっている。亡くなる前年の五月、彼女の伊豆の別荘に招かれたとき、書斎でみつけた手の形をした優美な銀のパンス。それを私の妻がすっかり気に入り、パリにまもなく行くという登世子さんにねだって一つ手に入れてきてもらうことにしたのだった。登世子さんはパリの街中の思い当たる店を何軒も探し回り、ついにボナパルト通りの古書店兼骨董店でこのパンスを探しあててくれた。彼女が持っていた紫の石のものではなく、深い藍色の石のついたパンスを選んでくれたのは、あるいは私たちがよく語り合った猫の青い目にちなんでのことであっただろうか。

「書く」ことのなかに潜む身体的な神秘に、登世子さんはいつも取り憑かれていた。書くことが、イデアの具現化であると同時に、身体の放散する熱とそれが落とす影とによってつくられることの真実を、登世子さんほど深く自覚していた書き手も少なかった。人類にとってのはじめての紙は人間の皮膚だった、そう喝破したミシェル・ド・セルトーが、身体的拷問のことを暗示しながら述べた“economie scripturaire”を、苦心して「書のエコノミー」と訳された登世子さん。だから彼女にとって書くことの身体性は、接触の歓喜でもあると同時に、歴史を生きることの痛苦とも隣り合わせだった。書物はその二重化された理法《エコノミー》を体現する、聖なるオブジェそのものだった。

そうであれば、このパンス、この紙ばさみは、なにを摑もうとしているのだろうか。その銀色の手は、私たちの記憶の発生の汀に揺れる知性の皮膚にいままさに触れようとしているのかもしれない。そう、幼いヴァルター・ベンヤミンが字習い積み木箱の文字板に「触れ」ようとして伸ばした小さな手の“Griff”（「グリフ」＝「摑む」ことの原初的感覚）の気配が、そこから漂ってくるようではないですか？　私は思わず登世子さんに語りかける。

登世子さんと語り合った記憶は、いつも物質の濃い翳を伴っている。銀の手のパンスの摑もうとする刹那の感触についての語り合いは、やがて、猫と交わしあう瞬きの神秘についての話に変わった。拙著『レヴィ＝ストロース　夜と音楽』のなかの猫に関する言及を、登世子さんはことのほか気に入ってくれた。彼女自身が、長いあいだ国外への長期の旅に出ることなく、彼女の家を自らの小世界と決め込んだ猫とともに、悠久の夜のなかで長い時を見つめ合ってきたことを知る私にとって、そのような翳を透視する眼差しに同調できたことは大きな歓びに思えた。

そして薔薇園で咲き誇るヴァリエガータ・ディ・ボローニャ。この、鮮やかなピンクと白の斑《まだら》模様が渦巻く丸い優美なイタリア産のオールド・ローズの品種のかぐわしい香りを登世子さんの伊豆の「エリゼ」ではじめて知った私は、自分の嗅覚のなかに隠れていた、個の時間を飛び越える未知の記憶の虜になった。すぐに私は、登世子さんが薦めてくれた千葉の薔薇農園に連絡し、ボローニャ二株をわが庭に導き入れた。翌年五月、わが庭のボローニャがいくつもの花をつけた。小さな株から栽培を始めてすぐに開花させることは難しいとされる品種である。伊豆のエリゼに漂っていた園主の深い愛が、奇蹟のようにしてわが庭にも伝えられた証拠だった。写真を入れて報告の手紙を出すと、登世子さんはわがことのように喜んでくれた。そしてそれから三カ月もたたずに、登世子さんは永遠の時へとたち去ってしまわれた。

登世子さんとの四半世紀を超えるつきあい。その動機はエクリチュールにはなく、パロールにすらなく、そんな言語意識を超越した日々の「マテリア」の感触とともにある関係だった。銀の紙ばさみ、猫、薔薇。ベンヤミンへの偏愛を語るときでも、初期バルトの概念語への執着を惜しむときでも、そこにはベンヤミンの、バルトの身体の熱気がマテリアとして立ち上がっていた。それらマテリアへの彼女の愛は人一倍深かった。

登世子さんからの手紙はすべて宝である。拙著を寄贈すると、いつも、どんな書評よりも長く、また深い読解にねざした感想が、まるで一編のエッセイであるかのような「作品《ウーヴル》」として送られて来、そのたびに私は感激した。たとえば私の『薄墨色の文法』は、言語によって物質世界を「書く」ということの究極の不可能について、なおもマテリアの感触を梃子として記述しようとした、夢と苦渋の混合体だったが、その書物の核心を登世子さんの手紙はみごとに突いていた。私信の断片的な引用をお許し願いたい。

風は知識と意識の果てるところ、薄明の域にわたしたちを運んでゆく。まったくその通りです。その風の業を、不可思議な音色を、幾重にも変奏してゆく龍太の言葉の演奏は、おそらくこれまでのどのご本より華麗です。その過剰なまでの華麗さに少しくらくらしながら、読みすすむうち――といってもこの書物は通読する書物ではありませんね、風のように、おのが好むままに頁をめくるのが最もふさわしい読み方だと思います。そう思いながらつい最後まで読んでしまいましたが……。そうして読むうちに、積もってきた思いを正直に記しますね。薄明の領域は、語りえぬ領域だという思いが、読むほどにつのります。たとえば、私の手の知るところを、私は言葉にできるでしょうか。手の知ることは語るにはあまりに繊細です。目の感じるところ、耳の聴くところもすべて、精密すぎて言葉にできない。身体の感じる千の痛み、千の熱、千の息吹、千の愛をどうして言葉にできましょう。

前言語的領域に生起すること、このエクリチュール以前の聖なる領域。それは言葉にすると別物になってしまう。それは歌うことで語るしかない。それは獣の言葉によって、あるいは意味の通じない異言によって示すしかない。憑依したまま語るほかない。それを、「書物」という形のなかで語ることがいかに難しいか。著者と同じ夢を見ることの不可能、同じ夢を見られないもどかしさ。登世子さんの言葉は、そうした「書く」ことと「読む」ことの関係性をめぐるもっとも深い哲学にいつも届いていた。

そしておそろしい評言がこの後に続く。登世子さんに見破られてしまったのは、私がもはや「メティスの齢」に達してしまったこと、すなわち叡知以外の何ものにも関心の向かない境地にまで来てしまったという厳然たる事実だった。鮮烈な若さが、たとえどれほどに青いものであっても、ことばの繊細な汀を洗いつづけるマテリアルな力であることをいつも説きつづけた登世子さん。その彼女による拙著へのこの「忌憚のない感想」は、私が無意識に追いやっていた非情な時間の理《ことわり》を、あらためて思い知らせてくれるものだった。マテリアへの純粋な情熱をはなれてメティスの知に就くことの苦さを、年齢がもたらす不可避の宿命として、姉は弟に諭そうとしたのだろうか。

だが、登世子さんは優しかった。手紙の最後にひとこと、こうした思いは「私の愛」であることはご存知でしょう、と彼女はつけ加えてくれたのである。私の感謝は無限大にひろがった。私にふたたびマテリアの恩寵、斑模様《ヴァリエガータ》の生命体の芳香、青い目の獣の息づかいが近づいてくる。そこでは恩寵を告げる銀の手が、もっとも美しい文にいつも触れようとしている。登世子さんの薄明の世界である。

五月十五日。あの夢幻の薔薇の園、登世子さんの夢のエリゼでの一日から、ちょうど二年になる。わが家のボローニャの第一輪は待ちかまえていたように今日開花し、あのエリゼでの永遠の時間から二年が経過したことを、芳醇なダマスクの香りとともに嘆き、また祝福してくれている。ヴァリエガータ。斑入《ふ》りの記憶が悲嘆とともにここに残された。

（文化人類学者）

「星をもとめて」——山田登世子さんの声

内田純一

出会いは不思議な力を秘めている。思わぬかたちで大きな影響をあたえる。それはまた社会や歴史、建築や故郷との出会いであるかもしれない。一冊の「本」、一本の「木」が決定的なこともある。一瞬のときの流れが、瞬間であることを超え、永劫する瞬間へと変るのである——。

「……廃墟を照らす月は、ひたひたと優しい滴をこぼしてこころを潤すなぐさめの月である。あの震災の日にも、どこかで月はすべてを見ていたことだろう。死者たちの魂は月を泳いで天に昇ったのかもしれない。海に映る月は、いまも見えない死者たちを優しい月明かりの衣でそっとつつんでくれているのかもしれない。——しかあれかしと月に祈る。」（『日本経済新聞』二〇一二年十月二十八日より）

山田登世子さんの囁くような「声」が語りかけてくる。その想いは閉ざされていない。開かれている。出会いと別れの境域を越えて、星々の世界にいのちを託す。厳粛に軽やかに。

＊

二〇一六年の八月に急逝された山田登世子さんは、バルザック『風俗のパトロジー』（一九八二年十月新評論、のち『風俗研究』として藤原書店、一九九二年）の訳で高い評価を獲得された。多くの版を重ねたと聞く。だがバルザック専門家から思いもよらない〈酷評〉の洗礼を受けたという。悪しき風習や集合的権威の支配につよく抗して、独自の〈立ち位置〉を貫かれた。生来のシャーマンのような超感覚的な感性と、文献や資料への果てない探求心が、数多くの訳出や作品にいかされる。

特に『声の銀河系――メディア・女・エロティシズム』（河出書房新社、一九九三年）はまさに隠れた名著。山田鋭夫先生からお預かりしている本書は、世界・内・存在をライトモチーフとする画期をなす作品だと思う。意匠や建築の世界と響きあうところが私を魅了してやまない。電話というメディアを単に分析や研究の対象とするのではなく、そこに生成される世界が、経験されるものとして語られてゆく。社会学的なメディアへの詩的解析が、湧きいでるようにいのちの「声」となって表出する。

「……海のざわめきに夜が満ちる。闇の声が満ちる。幾たびもの傷。幾たびもの叫び、幾たびもの狂気。幾たびもの贈与。幾たびもの死。いかなる力をもってしてもなだめがたい声たちの群。はるかなはるかな昔、千年の昔から聞こえてくる声のざわめき。世界の夜の底から立ち騒ぐ声。」（バルトを引いて）人間の声は差異の特権的な〈形相的な〉場です。いかなる科学をも免れる場です。声の中立状態、白紙状態が生じるとしたら、……凍結した世界、欲望が死んでしまうような世界を発見して身震いするように……、おそろしいものとなるでしょう。声に対する関係性はすべて愛の対象になります。」「あなたに私の声を贈る。あなたの声も私に触れて――、肉体は距離の法則のもとに置かれて遠く隔たりながら、声は一つに結ばれている。肉体の脱却という〈プラトンの神話的状態をあっさり実現してみせる〉のである。」（『声の銀河系』より）

*

山田登世子さんの言葉には不思議な力がある。私がはじめてその言葉に出会ったのは、父・内田義彦（一九一三〜一九八九）を追悼する文章に触れたときである。それまでは、バルザック『風俗のパトロジー』の訳者としてお名前を知る程度だった。山田鋭夫先生そして藤原良雄さんには『形の発見』（藤原書店、一九九二年）の編集だけではなく、さらに『内田義彦セレクション』刊行の際にもお世話になり、文章や原稿を読む楽しさを教わった。

追悼の言葉は、そこに書かれている文章を超えるメッセージを感じさせた。どこか誰かの「歴史」に止まっていた「無表情」な教科書風にではなく、〈一人ひとり〉の歴史を描きたい。その熱い想いが脈々と流れているものを、内発的なものに繋いでゆく。

「……その晴れやかな力は、ひとりひとりのもつ創発性に語りかけてくる。いま・ここに在るわたしたちの中の無限の可能性に。その創発性はたゆまぬ「読み」をうながす。――硬直化した重さを打ち砕き、そのつど新しい発見へと誘う創発性の思想。その深い「軽さ」は、どこまでもわたしたちを魅了しつづけてやまない。」（「内田義彦の軽さ」『機』一九九〇年六・七月号、藤原書店より）

「内田義彦の本から声が聞えてくる……。その声は「肉声のように」ありありと、というのとは少しちがう。たしかに肉声のようではあるのだが、かといって個人の声ではない――、夜空をみあげると、そこに、星がまたたいている――。そう、それは星の声なのだ。喧しく耳ざわりな知識を忘れさせて、はるかな英知を語り伝える声。」（「聴くことのできる非凡」一九九二年『朝日新聞』名古屋本社版より）

＊

山田登世子さんの最後の著作『「フランスかぶれ」の誕生――「明星」の時代 1900-1927』（藤原書店、二〇一五年）は、全体を構成するベースラインが毅然として澱みを感じさせない。内田義彦が『作品としての社会科学』を書き著したように、どこがとはいえないのだが、読むものを歴史の渦の〈なか〉に誘いこむことでは、相通じるあざやかさがある。

「河上肇とドビュッシー」（第六章より）では、『ル・コアン・デ・ザンファン』（かぶれフランス語をそのまま用いたのは戯けだろうか＝通称は『子供の領分』）を、藤村と河上がドビュッシーの生演奏で聴くくだりは、内田義彦に聞いてほしいエピソードである。

生前の父と「死んだあと魂はどうなるか」と冗談半分にはなしたことがある。「星々の世界」に帰って行くようだ。と語ったあのときの「声」が懐かしい。もしそうであればいまごろは、天界に瞬くどこかの星で、二人は出会っているかもしれない。

（建築意匠家）

含羞の人

小倉孝誠

シンポジウムやセミナーの折に、私は生前の山田さんに何度かお会いしたことがある。それまで彼女の著作に触れ、歯切れのいい、知的な挑発に満ちた独特の語り口に強い印象を受けていた私は、能弁な女性を想像していた。実際にお会いした山田さんは、むしろ含羞の人という印象だったのを覚えている。

山田さんの著作活動は多岐にわたっていた。

まず、なんといっても仏文学者としての活躍である。バルザック研究者として出発した山田さんは、彼の社会評論『風俗のパトロジー』を翻訳して、「社会学者」としての側面を紹介した。また後には「バルザック『人間喜劇』セレクション」の編集にたずさわった。

しかし山田さんの真骨頂は、個別の作家を論じることより、文学をつうじて一つの時代と社会の本質に迫ろうとしたことにある。その際キーワードにしたのがメディア、欲望、表層性などである。一九九一年の著作『メディア都市パリ』は、十九世紀前半の文学状況、ブルデューならば「文学場」と呼ぶものを、新聞メディアの言説を読み解くことで鮮やかに分析してみせた。バルザックやユゴーなど時代を代表する文学者が、書斎に籠って孤高のうちに創作に励んだのではなく、近代ジャーナリズムの機構と積極的に関わり、それによって彼らの文学の構図が影響されたことを示した先駆的な仕事だと思う。現在のフランスでも、文学とジャーナリズムの関係は多様な問いかけを誘発している。

仏文学関連で言えば、その数年後に刊行された『リゾート世紀末』(一九九八)が、もう一つの代表作であろう。こちらは十九世紀末のフランス文学と、さまざまな社会現象(病、温泉、スポーツ、帝国主義、オリエンタリズム)を交錯させながら、時代の雰囲気を見事に浮き彫りにしている。

多くの読者にとって、山田さんは仏文学者というより、ファッションやモードを語った論客として記憶されているかもしれない。彼女の最初の単著は性とモードを論じた『華やぐ男たちのために』(一九九〇)だった。バブル景気の余韻冷めやらぬ時期に発表されたこの本は、見られ欲望される対象だった女たちが、欲望とまなざしの主体になる時、何が起こるかを雄弁に語ってみせた。同じ系列の仕事として、『ファッションの技法』(一九九七)などがその後に続く。装飾としての女から、活動する女への変貌を象徴するのがココ・シャネルとモード革命だった。山田さんがシャネルに注目し、シャネル論(二〇〇八)を書いたのは、単にモードへの興味からではなく、そこに女性の身体と意識をめぐる変貌の縮図を見ていたからだ。

最後に、山田氏がボードリヤールやミシェル・ド・セルトーの優れた翻訳者だった点を強調しておきたい。現代の消費社会を論じた社会学者や、文化の政治性を緻密に研究した歴史家への関心は、山田さん自身の知的方向性と理論的背景をよく示している。

生前の山田さんと私は、お互いに本を贈ったり、贈られたりしていた。日本で入手できないフランス語の古書を快く貸していただいたこともある。あの優雅で、犀利で、挑発的な文章がもう読めなくなったのは、いかにも寂しい。心よりご冥福をお祈りする。

(『東京・中日新聞』二〇一六年八月十九日掲載の原稿を修正)

(慶應義塾大学教授/フランス文学・文化史)

翻訳大バトル

鹿島　茂

山田登世子さんとはアラン・コルバンの『においの歴史』（新評論。後に藤原書店）を共訳したことがきっかけで知り合いました。

しかし、じつをいうと、出会いの前には、かなり険悪な空気が漂っていたのです。というのも、私がバルザックの『ジャーナリズム博物誌』を翻訳したことが登世子さんの逆鱗に触れたからです。

登世子さんはバルザックの『風俗のパトロジー』を、当時、藤原良雄氏が編集長をつとめていた新評論から翻訳・出版し、かなりのヒットを飛ばしたのですが、その次には『ジャーナリズム博物誌』を手掛けたいという心づもりだったようです。ところが、そんなことを知らない藤原氏が私に「バルザックで、これと似たようなおもしろいものはありますか」と尋ねられたので、私は軽率にも『ジャーナリズム博物誌』というのがありますと答え、その翻訳を引き受けたのですが、これがいけなかった。登世子さんは「翻訳しようと思っていたバルザックを横取りされた」と感じたようです。そこで板挟みになって困惑した藤原さんが、たまたま共訳者に予定されている人が降りてしまった『においの歴史』の翻訳を私に回して、両者の仲を取り持とうとしたようです。

かくて、二人はいささかぎこちない雰囲気で藤原氏を挟んで会食となったのですが、やがて話しているうちにすっかり意気投合し、最後に別れるときには、何十年前からの親友のようになってしまいました。その理由はというと「嫌いなものが一緒」ということに尽きます。権威主義が嫌い、ダサイことが嫌い、気取ったおふらんす趣味が嫌い……というように嫌いなもののリストを挙げていくと、見事なくらいに一致していたのです。

その反対に好きなものは意外に合わなかったのですが、ただ一つだけ、パリが大好きという点では完全な一致を見ました。二人とも、パリの良い面も悪い面も全部ひっくるめて大好きということがわかったのです。この意味で、パリの悪臭と芳香の社会史であるアラン・コルバンの『においの歴史』は二人にとってまさにお誂え向きの翻訳であり、事実、それに間違いはなかったのですが、しかし、翻訳そのものについては大バトルの連続でした。

それぞれ半分ずつ仕上げてお互いに訳文をチェックすることになったのですが、このチェックの過程でバトルが発生してしまったのです。

私からすると登世子さんの翻訳は「大胆すぎる」ということになります。たしかに日本語としては非常にうまいのですが、「ふーむ、これでは原文とすこしズレているぞ」という箇所がかなりあったのでゲラがまっ赤になるまでその旨を書き込みました。これに対して、私の翻訳をチェックした登世子さんから見ると、私の翻訳は直訳で日本語になってないということになるのです。時々、大きな字で「へたくそ」と書いてありました。これにはまいりましたが、しかし虚心坦懐に読み返してみると、すんなり一度で読み通せないへたくそな日本語であることは確かでした。そこで、おおいに反省して、完全に訳し直した箇所も多かったと記憶しています。

このように、ムカッとすることは多かったのですが、登世子さんの人徳でしょうか、本気で怒ることはできないのです。いま考えてみるとこの翻訳大バトルはお互いに非常に勉強になったし、その後に友情を深める原因にもなったと思います。

藤原良雄氏という個性の強すぎる社長を間に挟んで、「バルザック『人間喜劇』セレクション」が曲がりなりにも完結することができたのも、このときの文字通り「腹蔵ない意見の交換」があったからです。

バルザックの時代のパリが大好きだった登世子さん、たぶん、現在、練馬区立美術館で開催中（二〇一七年六月四日で閉幕）の『19世紀パリ時間旅行』展を天国から眺めていることと思います。私がパリ関係の資料の収集に熱中したのも、登世子さんなら資料の重要性がわかってもらえるという思いがあったからです。この意味で、今回の展覧会は「亡き山田登世子さんに捧げる！」と言っても決して過言ではないのです。

あらためて、合掌！

（明治大学教授／フランス文学）

婀娜っぽいヤクザのお姉様

工藤庸子

晴れた初冬の夕べ、山の上ホテルでおこなわれた「お別れ会」の席。ときに涙に言葉をつまらせながら思い出を語る若い女性たち全員が、登世子さんを姉のように、いえ気っ風のよいヤクザの姐御のように慕っているように思われた。受付で手渡された紫色の冊子「追悼・山田登世子」の秘蔵写真のなかには、筑豊のボタ山のまえで佇む脚のながい少女の姿があった。

お父上が弁護士だったこと、荒っぽい刑事犯の依頼が多く、唯一、お金になったのは筑豊のヤクザの弁護であったことなどは、わたしも以前に聞いて知っていた。「お別れ会」のあと、ご夫君宛てにお送りした手紙への返信には、登世子さんが小さいときから、ヤクザの男たちに「お嬢ちゃん、お嬢ちゃん」と大事にされたとのエピソードが記されていた。さらに、わたしが登世子さんに献呈したもうひとつのことば「婀娜《あだ》っぽさ」について、それは持って生まれたものなのか、小さな頃から社会や人間の裏面を知ってしまったせいなのか、わからないという意味の控え目な述懐が添えられていた。生来のものか意図されたものかはともかく、あの「婀娜っぽさ」は伴侶の温かい人柄にぬくぬくとつつまれて、年齢とともに艶っぽいものになっていったのだろうということは、おのずと察しがついた。

登世子さんの「婀娜っぽさ」は知性 esprit の快楽と切り離せぬものだった。たとえば晶子が鉄幹に書き送った恋歌は「裸形の真情」をそのまま吐露したものではないけれど、「相聞の遊戯の衣はいつかしら第二の肌のように身にそって脱げない衣装」となったのであり、終生歌人でありつづけた晶子は「裸身と衣装の二重性」を生きつづけたという。そして「表現こそ表現者の実感」なのだと分析的に述べる登世子さん自身が、じつは素肌とわかちがたい「美文の衣」を身にまとうひとなのであった。

『「フランスかぶれ」の誕生』は学問的な考証については誰にも引けをとらぬという矜恃を感じさせる書物である。それにしても、とば口の鉄幹から、白秋、啄木、杢太郎、荷風、藤村、大杉栄、堀口大學……、なんと贅沢な男性遍歴か。ページを埋めつくす格調高い文章は、引用と解釈という応答からなっているのだが、この書物の全体が、あられもなさとすれすれの「相聞歌」のようにも見えてくる。

男と女の話。女の書くものは、小説は別として退屈なものが多い、と登世子さんは嘆く。「日常性をつきぬけた深みにまで到達する力」つまり「思想性」がないのである。いっぽうで、男の書く論文なども概して退屈なのは「読者の心の深みに響いてくる普遍性」をもたないからで、これもまた「思想性」の欠如といえる。すなわち「男も女のそれぞれに浅薄なのである。いっぽうは『私』を欠き、他方は『普遍』を欠いている」(「追悼・山田登世子」より)――いきなり喧嘩を売って一刀両断に成敗するヤクザの手法であろう。腕っ節によほど自信がなければ、こんな啖呵は切れない。

そう、わたしたちの話も少しだけ。本が届いたら万難を排して読みとおし、誠実な感想をメールで送るという暗黙の了解があった。おたがいの読者という連帯感は、知性と感性の共鳴する十数年の歳月のなかで培われたものだった。ふたりで会ったのは数えるほど。登世子さんが上京したときに、新丸の内ビルの贅沢なレストランで、新幹線の時間を気にしながら、存分に憂さを晴らすことになっていた。まずは学問の権威主義を批判し、日本中の大学や学会などの息苦しい制度化にケチをつけ、ついでに世界中の男という男を滅多切りにする。暗黙の了解があるかのように、反権力の知的ヤクザをふたりで演じていた。観客はいなかったけれど、あれは困難な戦後を生きた女たちのマニフェストだった。

やや年長のわたしのまえでも、どこか姐御風なのは、やっぱり登世子さん。ブランドものを配してばっちり決めたファッションには、高級なミーハーという風情があった。流行すなわち「はやりすたり」という現象に目をとめるのは、反権威の仕草だったように思う。「ひとは上から啓蒙する言葉ではなく、不特定多数に共有される言葉に惹かれてゆく」からである。

ふとはかなげな表情を浮かべ「わたしは長生きはしないと思う」と言い切ったこともある。いつも本音のひとだったけれど、あのひと言だけは、はったりだと信じたかった。

（東京大学名誉教授／フランス文学）

登世子先生との思い出

田所夏子

山田登世子先生と初めてお会いしたのは、二〇〇九年九月のことです。私が企画担当した小さな展覧会での講演をご依頼したことがきっかけでした。当時先生は映画『ココ・アヴァン・シャネル』の公開直前にあたり、取材や原稿依頼で多忙を極め講演を引き受けるか迷っておられました。それでもその一〇日ほど後にお電話をいただいた際には、話をしながら次々とアイデアが湧き出てきて、電話を切る頃には大まかに講演のアウトラインができあがっていました。

その後講演に必要な作品や資料画像の問合せなど、毎週のようにメールをいただくようになりました。講演会が近づくにつれメールの頻度は上がり、登壇一週間前にはほぼ毎日チャット状態でやりとりをしていました。先生の講演会「誰も知らない印象派――セーヌからノルマンディまで」は大盛況で、先生ご自身にとっても楽しい時間となったようでした。以来なにかと気にかけてくださり、折に触れ東京、伊豆、パリでも食事をご一緒したり、メールのやりとりをしたりする関係が続いていきました。

至らぬ私を「学友」と呼んでくださり、可愛がってくださった登世子先生。亡くなる三カ月前の二〇一六年五月に伊豆の別荘にお招きくださり、食事や散歩を楽しみながらいろんなおしゃべりをして過ごしました。

先生が大切に育てているお庭の薔薇がちょうど見頃の時期にご連絡をいただき、ランチのお店から食後の散歩コース、そしてディナーの場所までとても細やかに計画を立ててくださっていました。帰宅してお礼のメールを送ったところ、その返信には私を見送った後「ワンダーなものに出会ってしまいました」と、目の前に真っ赤な月が浮かんでいた感動が綴られていました。これが、私が最後に登世子先生にお会いした日となってしまいました。薔薇を愛するのと同じく月を愛した先生にとって、心に残る一日になっていたらと願っています。

先生とはたくさんのメールのやりとりをし、おしゃべりをしました。夢中になって言葉を交わしながら話題がどんどん広がっていく時の先生は、いつもとても楽しそうでした。対話しながら頭の中で考えをまとめていく過程を垣間見ることで、私自身も刺激を受けていました。筆まめで、気遣いに溢れ、かわいらしく、気さくなメールが楽しみでした。いつもいつも、あたたかいまなざしで見守っていてくださった登世子先生。今でも迷った時、登世子先生なら何ておっしゃるだろうと想像することがあります。きっとこれからもずっとそうだと思います。

（石橋財団ブリヂストン美術館学芸員）

良きことをしたかもしれない。

田中秀臣

河上肇賞は、日本の経済学を代表する一人であった河上肇の名前を冠して、「時代と格闘する」人材を世に出すために始めた賞だった。いまから一〇年以上前に、藤原良雄社主が発案し、それに企画段階から私も参加して、今日まで続いているユニークな賞である。

多くの学術賞が、すでに刊行された書籍を対象にしているのに対して、河上肇賞は未刊行のもので、さらに論壇では新人であり、かつなによりも時代と格闘する人を求めていた。したがって、一種の賭けにも似た人材を見出す鑑識眼が、選考者に必要になってくる。この点が実に難しく、また同時に河上肇賞の魅力の根源ともいえる。

山田登世子先生とは、この河上肇賞の選考委員として、初めてお会いした。二〇〇九年の第五回の選考会のときである。このとき、選考委員のメンバーが大きく入れ替わり、私もそれまでの「裏方」から表で審査をすることになった。赤坂憲雄、御厨貴、川勝平太、一海知義、三砂ちづる、藤原良雄の各氏、そして登世子先生と私がそのときの選考委員の面子である。

この第五回選考は実に楽しかった。まず選考委員の個性がそのまま選評にも表れていて、真剣ななかにもユーモア、そして時に辛辣な毒舌、時に新しいものに期待する寛容さが、織りなす実に知的でスリリングな会だった。その中心には、登世子先生と三砂先生のおふたりの貢献が大きかったと記憶している。登世子先生もまたこの自由闊達な選考会を毎年とても楽しんでおられた。

ところで「登世子先生」と表記してきた。これには理由があって、私の専門分野が経済思想史ということもあり、山田鋭夫先生の方を先に存じ上げ、特許出願順ではないけれども、鋭夫先生の方にすでに「山田先生」という表記をしばしば優先的に（?）使わせていただいたためである。

河上肇賞であるが、ここ最近は選考会が開かれていない。藤原社主、藤原書店の刈屋氏、私からなる第一次審査の場を通過できる作品が現れなかったからである。そのため登世子先生にお会いする機会をここ二年ほど失っていた。まさかそのまま永遠にお別れすることになるとは思いもしなかった。本当に残念で悲しい。ただ、先日、登世子先生のお別れの会にお伺いしたときに、思いがけず嬉しいことも知った。最終選考会が開かれなかったために、登世子先生と三砂先生がその機会を利用して友情を深められたという。

登世子先生と三砂先生との友情を築くきっかけに、私たちがなったとしたら、それは良きことをしたのではないか、と穏やかな気持ちを抱くのである。

（上武大学教授／経済学）

登世子さんがいなければ『地中海』は世に出なかった

浜名優美

山田登世子さんと会ったのは数えるほどしかないのだが、お目にかかるとき、いつも黒を基調としたファッションが妖艶な魅力を放っていたことを記憶している。わたしのなかでは大学教授のイメージはほとんどなく、ファッションリーダーであり、フランス文化の担い手であった。

リブロポートの『トラヴェルス』シリーズの翻訳に加わらないかと勧められたのが最初にもらった電話である。それまで直接お会いしたことはないが、バルザックの翻訳者として名前を知っていたにすぎない女性からの電話であった。わたしにどの程度の能力があるか知っていたとは思われないが、雑誌に発表したものを見てくださっていたようだ。かなり多岐にわたる内容で、しかも難しいフランス語の翻訳であった。ある意味で、わたしに仕事を依頼するのは冒険であっただろう。

そのような登世子さんの賭けのなかで最大のものは、『地中海』の翻訳の勧めであった。ある年の正月の夜に山田登世子さんから電話がかかってきた。長電話だった。ふだんわたしは電話では必要なことしか話さないので、短いのが常であったが、この日は相手の登世子さんが電話を切ろうとしなかった。用件は、フェルナン・ブローデルの『地中海』の翻訳をしないかというものであった。大学院の指導教授平岡昇先生の友人である井上幸治氏が『地中海』は大変すぐれた歴史書だと言っているという話をゼミの後の喫茶店で聞いたことがある本であった。そのときには図書館で『地中海』を拾い読みしたのだが、わたしの語学力と歴史の知識不足で歯が立たなかった。十六世紀のヨーロッパについては無知そのものであった。フランスについては十八世紀の知識が少しあるが、スペインについてもトルコについても素人である。電話でそんな話をしながら、わたしにできる仕事ではないと、延々二時間断り続けた。しかし登世子さんは、これはあなたにしかできない、と言って、粘り強くわたしの自尊心をくすぐり続け、ついにわたしは試訳をつくって、三カ月後に当時藤原良雄氏が勤めていた新評論に原稿を持って行った。ほとんど即決で『地中海』をわたしが一人で訳すことになった。だから、あのとき登世子さんの頭にわたしの名前が浮かばなかったら、藤原書店の『地中海』はなかったかもしれないのだ。

ありがとうございました、登世子さん。恩返しする暇もなく、突然いなくなってしまって寂しい限りです。

（南山大学名誉教授／現代文明論・フランス思想）

七カ月という永遠

三砂ちづる

内田義彦に会ったことはない。十代の終わりから二十代の初めにかけて、京都の本屋で『学問への散策』や『作品としての社会科学』に出会い、心ゆさぶられ、内田義彦は生涯の師となった。京都の狭い下宿で、女としての日常性と愛にこそ生きたいと願いながら、同時に普遍的な「世界」への思いを捨てられない。どのように生きていくべきか、山田登世子さんの言葉を借りれば「「私」を語りつつ「世界」に届くこと、「世界に届かないような「私」は「私」ですらない(1)」ことについて内田義彦に問われ続けた。人は、ゆさぶられるような思いにどこに連れてゆかれるかについて、その時に、意識的であることはできない。今の私には、内田義彦との出会いが、藤原書店という志高い出版社との出会いや、登世子さんとの激しい恋愛感情に翻弄されるような七カ月にまっすぐにつながっていたことが見えるが、二十歳の私にそんなことがわかろうはずもない。

登世子さんとは藤原書店河上肇賞二〇〇九年度の選考委員会で初めて会った。何の打ち合わせがあるはずもないが、選考会で私自身の思うところを拙く語れば、それは登世子さんの華麗な理論展開やびっくりするような「毒舌」の向かうところと、ほとんどずれるところがなかったのは、「男であってしかも女であること、深く生きるが故にこそ普遍につきあたること(2)」という内田義彦、という人への憧れが私たちに通底するものであったからだろうと、これも、今になって思う。もちろん、本だけで憧れていた私と、内田義彦研究の第一人者である山田鋭夫先生を夫とし、深く内田義彦を読んでこられていた登世子さんとを同列に語ることなどできはしないが、それでも内田義彦への憧れ、という共通項が何を意味するか、それは内田義彦を読むものには明らかなことではあるまいか。

登世子さんとは、だから、二〇〇九年以降、年に一度、藤原書店での選考会でお目にかかっていた。ボブのヘアスタイルも、自らを知り尽くしたメイクも、大学教師はまずやらないような真っ赤なマニキュアも、コム・デ・ギャルソンやイッセイ・ミヤケのドレスも、これ以上は考えられないような靴のセレクションも、あまりに完璧で、「スタイル」を持つことこそが究極のおしゃれであることを、一瞬で物語る登世子さんに会うことは、年の終わりの何よりの楽しみだった。二〇一五年、賞の候補作が見当たらない、ということで選考会は開かれないことになった。それは残念だわ、一度、一緒に食事でもしましょうよ、と登世子さんは、丸ビルのフレンチレストランに私を誘った。二〇一五年が暮れようとしていた頃。

それからの七カ月は、まるで恋をしている男と女が夢中になってお互いを求め合うような日々だった。来る日も来る日も、長いメールを書き、メールが届かなければ、電話をして、東京の我が家で会い、名古屋の駅ビルで食事し、伊豆の別宅に招いていただき、名古屋のご自宅までお邪魔した。私が、誰にも教えられず、一人で内田義彦にたどり着いたように、登世子さんは、自らの体との付き合い方を深める上で、誰にも教えられずに私が身体理論上の師と仰ぐ高岡英夫の著作に出会い、私自身が指導員をしている「ゆる体操」を一人で実践しておられた。私たちは、内田義彦を語り、マルグリット・デュラスを語り、多くの男たちを俎上に乗せて、時には愛ある、時には全く愛のない悪口を言い、やっぱり、男はやさぐれて、うらぶれて、退廃的なのがいいわね、などと勝手なことを言って、一緒に体操をして体を動かし、美味しい食事を楽しんだ。

二〇一六年八月六日、暑い夏の日、中央線国立駅で彼女を迎え、彼女のお気に入りの紅茶を売っているティーハウスで長いお茶を楽しみ、我が家でこちらも登世子さんのお気に入りのゼリーを食べ、一緒に体操をする。なじみの若い夫婦がやっているとても小さなビストロで、他に誰もお客のいない中、心のこもった夕食を共にした。小さな冷製のスープと、新鮮なサラダとラタトゥイユ。鴨のコンフィ、ガトーショコラ。登世子さんのラタトゥイユ、という発音と、鴨のコンフィの作り方の説明が忘れられないあの時が、私たちの現世の最後の時間となった。翌日、教会に寄られ、次の日、名古屋の鋭夫先生の元に戻られ、人生を終えた。「私はやっぱり鋭夫さんが一番いいのよ」と言いながら、結婚したからこそ得た精神的自由について、熱く語っていた登世子さんの戻るところは、鋭夫さんのところしか、あろうはずはない。

何を書くか、ではなく、どのように書くか。文体が全てである。己の思想性は結果として現れる。華麗な文体と、きらめくような思想性。山田登世子の完璧さに照らされ、濃密な七カ月を反芻して、登世子さんの祈りを身近に感じて、私はまた、今日を生かされてゆく。

（津田塾大学教授／疫学）

注

（1）山田登世子「「私」と「世界」を兼ね備える——内田義彦著『作品としての社会科学』」『毎日新聞』一九九二年四月十四日「シリーズ　私の新古典」。

（2）同上。

薔薇と紫の女《ひと》

山口典子

登世子先生との出会いは、大阪梅田の紀伊國屋書店の「女性問題」の書棚だった。すぐに見つけられた。当時まだ珍しい、新色の蛍光ショッキングピンクの装丁の本。『晶子とシャネル』を手にした時、私はこれほど嬉々として本を買ったことはないと感じていた。

与謝野晶子は、堺に生まれ育った歌人であり、フェミニストであり、堺に生きる自分にとっては、誇るべき女性である。現在私が代表を務める堺市女性団体協議会は、来年創立七十周年を迎えるが、先代の山口彩子委員長の時代から、女性センターの建設と晶子記念館の建設をめざしてきた。すでに今から三八年前の昭和五十五年には、女性センターを実現している。晶子記念館も運動の成果が実り、二五年前には堺市の計画に載ったものの世界経済のあおりを受けて暗礁に乗り上げた。その晶子と、あのココ・シャネルを魂の姉妹として描いた登世子先生の作品は、本の装丁だけではなく、そこに登世子流の視線による女性像が、実に新鮮に描かれていたことが衝撃的であった。

封建社会を生きてきた女たちの怨念や失望を毒に盛りながらも、登世子先生の精緻な調査研究と天才的な感性は、出会うことのなかった晶子とシャネルの魂を、現代に生きる「私」という女の中で引き合わせ、昇華させてくれた。年間百数十回の講演会を主催する堺の女性センターでの生涯学習の場、堺女性大学でのご講演を依頼することになったが、登世子先生は一筋縄では引き受けて下さらない。事務局員が、電話で四苦八苦しているところで私が電話を替わり、まるで溶岩が転げ落ちるようなシャネル調の声を聞かされた。すぐに意気投合した。「大体ね、堺市は晶子の生誕地であるにもかかわらず、晶子をきちんと顕彰できていないのよ」とお怒りだった。この声との出会いから、十年。深夜何気ない時間に、登世子先生との文学談義と政治談義は、時々毒矢が飛びながらも、常に温もりと祈りにあふれていた。生身の登世子先生と堺でお会いした時、日本版ココ・シャネルが歩いてきた、と見えた。フランスのブランドに自由に出入りし、現場主義の取材から、壮大な登世子先生の宇宙が展開する。晶子やシャネルを超えた場所から、はたらく女、恋する女をエンパワメントし、希望の光をくれた。二〇〇九年の日本女性会議in堺で一千人の人々を感動の渦に巻き込み、堺に創設された「利晶の杜」の晶子記念館の構想に田村書店様と共にご尽力下さった。その記念館でのご講演が決まったというのに登世子先生は旅立たれてしまった。

　登世子先生は、薔薇の花がお好きだった。毎年、ご自宅のバルコニーに薔薇が咲くころ、「遊びにいらっしゃいな」と、誘ってくださった。ダブルケアラーで働く私は、ついに一度も伺えなかった。かわりに、あの司馬遼太郎が「私の誇るべき人」と題して絶賛した、大阪岸和田の津志本さんの薔薇を司馬の文面と共にお送りしたら、たいそう喜んでくださった。今度の「利晶の杜」の記念講演の時に用意していた、紫色のフランス製の扇子。登世子先生には紫が似合う高貴なエレガンスがある。

　薔薇と紫色を見ると、登世子先生がそこに現れる。五月の風は、フランスかぶれの夢への感謝を運んでくれている。

（堺市議会議員）

バルザック通りにて（1975年）

エステルの白い椿

岩川哲司

山田さんは、すてきにお茶目な人だった。

「私は、毎日、出来心」——山田さんの絶筆となったエセーの最後に、百三歳の女性画家の言葉がどこか楽しそうに引かれている。これ、私みたい……ユーモラスな味のする言葉にふと笑みをもらす山田さん、そんな面影がすぐに浮かんでくる。ひらめいたばかりのいたずらに人を手招きするような浮き浮きした声でいつも、本や論文への新しいアイディアを語ってくれた。ある執筆者近況欄に「モード大好き。ファッションで錯乱、バーゲンで狂乱」と書かれていたのも過激で愉快だった。「老いて悠に遊ぶ」と題されたこのエセーが掲載されて僅か一週間ほど後の夏の夕刻、敬虔な生涯を神に召されたことを知り言葉を失ってしまった。

初めてのご縁は雑誌『ルプレザンタシオン』創刊の時のこと。蓮實重彥さんを中心とする編集会議は、厳しくもスリリングで楽しい集いだった。執筆者についても真摯な意見が交わされた中で「山田さんにお願いしたい」と決まった。

五十枚を超える山田さんの「衣裳のディスクール」は見事な出来映えだった。モードをテーマに〈表象＝ルプレザンタシオン〉の文脈が戦略的にたどられる。登場する作家の真打はバルザック。娼婦ヴァレリー、モーフリニューズ公爵夫人、エステル、まさにフランス文学に描かれた美女のなかの美女、衣裳ひとつ化粧ひとつが運命を決する戦場を生きる魅惑の女たちがヒロインだ。純白の衣裳を身につけて白い椿の花を頭に飾ったエステルの、愛と死のあわいに揺曳する〈極限の衣裳〉を描き出す筆はすさまじい起爆力を秘めていた。山田さんの作品のなかでも圧倒的な絢爛豪華を誇るこの衣裳のドラマは、言語の極北にたちのぼる祈りの声とあいまって、読むものの心にいつまでも深い余韻を響かせることだろう。とっておきの題材を惜しげもなく鏤めて書かれた渾身の作品を、新雑誌のために気持ちよく寄せてくださった山田さんの心意気が本当にうれしかった。

それからも、山田さんが気に入ってくれそうだと思う本ができた時には必ずお送りしたが、ほとんどを書評やコラムで好意的に取り上げてくださった。いまも感謝で胸がいっぱいになる。彼女からメールの届いた日は、温かいさわやかな思いが消えずに残った。どことなくお茶目で優しい光を放っている言葉の下を、透きとおった水のような友愛が流れていたのだと思う。

山田さんはいつも微笑みを浮かべて、人のいのちと精神の深さの底を静かに見つめていた。それが英知というものではないだろうか。

連載と書籍を担当して

刈屋　琢

最後のご著書『「フランスかぶれ」の誕生』は、雑誌『環』の連載がもとになった。連載中の打ち合わせは、いつも丸善丸の内本店のM&Cカフェだった。三回か四回、そんな機会があっただろうか。運がよければJRの線路が見下ろせる窓際の席に陣取って約二時間、いつも先生のほうから次回以降の構想を切り出され、そのアイデアを更に展開したり、ああでもない、こうでもないと方向転換したりするときも、ほとんど先生の速度に引きずられていくような会話だった。先生は「私、編集者と話さないと頭が働かないのよ」と何度かおっしゃっていたが、全方向から休みなく打ち込まれてくるスカッシュのボールのような先生のことばを、きちんと打ち返せていたかというと心許ない。対話の相手というよりも、単に壁当ての〝壁〟役を務めていたというのがせいぜいのところだ。先生の知性のきらめきにただただ圧倒されていた。

打ち合わせが終わるころにはいつも新幹線の時刻ぎりぎりで、小ぶりなトランクをころころと引いて、足早に店を後にされた。振り返ることなく颯爽と消えていくその後ろ姿が、先生らしかった。

二〇一五年十月に本が出て、「慰労会」としてお食事にお誘いいただいたのも丸の内のイタリアンのお店だった。このときは、四方山話に花が咲いて、楽しかったという思い出しかない。『フランスかぶれ』に登場する男たちの品評会にはじまって、ご夫君の鋭夫先生のファッションはいかにしてコーディネートされているのか……なんて、ふだん聞けない話もゆっくりお聞きすることができた。大いに笑った。

二〇一六年の八月五日、上京された登世子先生と、訳稿を仕上げられたばかりのアラン・コルバンの『処女崇拝の系譜』(仮)について打ち合わせがあった。その後、お食事に同行したが、同席していた若い世代の者に、内田義彦について熱く語っておられたのが印象に残っている。かなり遅い時間になったので、最後はJR新宿駅のホームまでお送りした。日付が変わる間際、いつもの小さなトランクを引っ張って、混雑した車両に乗り込んだ登世子先生の、いつものように振り返ることはない後ろ姿を見送った。

週が明けて月曜日の昼過ぎ、翻訳原稿の今後の進め方、それから次作の構想について、アイデアにあふれる長めのメールが届いた。鋭夫先生から切迫したお電話をいただいたのは、「またお会いする機会を楽しみにしています」と結ばれたそのメールの、わずか六時間ほど後のことだった。

登世子先生と同じ病気の身内がいて、最後には亡くしていたので、却って、先生とのあいだで直接的にその話題に触れることはしにくかった。とにかく担当者として、急な日程変更など不測の事態があろうと、どのようにでも対応しますと申し上げることしかできなかった。それでも、先生から無理のある依頼やスケジュール変更があることは皆無に等しかった。あまりに突然に他界されたことを除けば。

コルバンの本は、先生自身、小著ながら手強いとこぼしていた作品である。先生の「訳者解説」が読めなかったのが心残りでもあり、最後の最後に直面した〝不測の事態〟でもあるが——男性の「処女崇拝」に対して先生がどのように切り込むか、想像しただけで愉快でもあり、男性としては恐ろしくもある——、今はただ、先生に呆れられないような本にしたいと願うばかりである。

(藤原書店編集部)

さっそうとした人

喜入冬子

山田登世子さんは、「さっそう」とした人でした。

目に浮かぶのは、いつものお店で食事をしながらの打ち合わせが終わり、じゃ、行きましょう、とさっと席を立つ山田さんの、風を呼びこんだかのようなふわっとしたスカートの裾です。黒く少し透けて光沢のある柔らかい布が、決然、といった風情で私の目の前を通り過ぎていく。そうして、「じゃあね、喜入さん、またねー」と手を上げ、またさっとスカートの裾を翻して新幹線の改札の中に消えていく。

最初の出会いは八〇年代半ば、雑誌『現代思想』での「メディア都市パリ」の連載です。フランス文学もバルザックもろくに知らない私を、ある意味「したがえて」、どんどん話を進めていくその展開のスピードの速さにくらくらしました。よく電話をかけてきて、ジラルダンがいかにすごいか、モードがいかに鮮やかに立ち上がっていくか、新聞連載小説とはいかなるものか、身振りも豊かに鮮やかに（見えませんがわかります）話してくれて、一時間超は当たり前。困った私が「そろそろ」と切り出すと、「喜入さん、仕事はいつ終わるの？」と。それくらい夢中で話をしてくださったこと、今となっては本当にありがたく貴重な体験であったと思います。もちろんその豊かさと鮮やかさはそのまま文章となりました。事実と理屈とに裏付けられたイメージの鮮烈さは、まさに山田節。「いいでしょ」といたずらっぽく笑う山田さんの顔が思い浮かぶ、そんな文章でした。

その後私が、マガジンハウスに移っても筑摩書房に移っても、まったく変わらずに声を掛けてくれ、何冊も本を作らせてもらいました。打ち合わせは、しばらくは池袋のホテルメトロポリタン、そのあとは丸ビルのごひいきのフレンチとほぼ決まっていました。名古屋のお宅にもお邪魔しました。初夏で、私は自宅近くでその時期に行われる朝顔市で朝顔を一鉢持って行きました。山田さんのお宅は、親しい方ならご存じの通り薔薇でいっぱいで、内心困ったなあと思いましたが、くるくるっとまいて育つ蔓ものが、私は大好きなの、よくわかったわね、ありがとう、と言ってくださいました。窓の外からは、虎と猿の咆哮が聞こえていました。

いつも「さっそう」としていた山田さんは、この世からの去り方も風のようでしたね。先日のお別れの会で、山田さんからゆずられた服を着てきました、という方がスピーチのために私の前を通り過ぎたとき、ふわっと黒い裾が翻って、思わず涙が出そうになりました。ご冥福をお祈りします。


（筑摩書房編集部）

登世子先生、バルザックに会えましたか！

甲野郁代

登世子先生、あちらの世界に行かれてバルザックに会えましたか。話をしたいと、あるいは追っかけをされていますか。

突然のように旅立たれたご逝去を悲しむかわりに、あちらの世界で登世子先生は私達の誰よりも早く大好きなバルザックと会って話をしているに違いないと想像して偲んでいます。

私は、登世子先生がバルザックの研究者として大きく登場された新評論版『風俗のパトロジー』を三〇余年前に担当しました。バルザックの多くの作品が既に出版されている中で、登世子先生はご自分の編んだ本が世の中で、そして他のバルザシアンの方々からどのような評価を受けるだろうかと気にかけておられました。『風俗のパトロジー』は画期的な編集でしたし、出版後の反響はとても大きなものでした。

多くの挿絵の中から本文に合う一枚を選ぶ作業はなかなか大変でしたが、とても楽しかったことを思い出します。私にとっては今でも、燕尾服を着てお腹を突き出して歩く姿の挿絵がバルザックのイメージになっています。

「バルザックは一日に五〇杯もコーヒーを飲んだ（という話が『風俗のパトロジー』にあります）のよ、凄いわよね。当時ならきっとエスプレッソでしょうから、バルザックは胃腸が丈夫だったに違いない」などと、当時ヘビースモーカーだった登世子先生はタバコを片手に登世子節を聞かせて下さり、それはそれは愉快な時を過ごしたものでした。

打合せで木枯らしの吹く頃、渋谷のハチ公前で待ち合わせたことがありました。登世子先生は、真紅の口紅、全身レザーの黒づくめというスタイルで現れ、大きな瞳とあの小悪魔的な容姿に私はドキッとしたものでした。

登世子先生と鋭夫先生のおしどりご夫婦はいうまでもありません。鋭夫先生の服装のコーディネートは全て登世子先生のセンスといつもおっしゃっていました。登世子先生の舌鋒の鋭さを受けつつ、その真意を失うことなく穏やかに対応されていた鋭夫先生のあり方は、登世子先生にとってかけがえのないものであったことは間違いないと思います。

久しぶりに若く楽しかった当時を懐かしく思い出しました。

心よりご冥福をお祈り致します。

（元編集担当）

書かれなかったコラム

島田佳幸

最初に告白すれば、私は山田登世子さんの謦咳に接する機会をついぞ持てずじまいであった。電話やメールでは何度もやりとりしたが、お目にかかったことがない。それゆえ、この文集に原稿を、と言っていただいた時にも躊躇したのだが、結果的に山田さんの絶筆となった原稿を（無論、それとは知らずに）お預かりした者として、あるいは何かお伝えすべきなのかもしれないと思い直した。

小紙には『『中日新聞』を読んで』と題する週一回の紙面批評欄があり、山田さんは、交代で書いていただく外部筆者四人のお一人であった。私の仕事の一つがその欄のデスク役。二年前、前任者の引き継ぎを受けた時から気が重かった。ほかの筆者もさることながら、とりわけ、高名な仏文学者である山田さんの文章に、場合によっては手を入れるという役割が何とも不遜に思えたからである。

ただ、例えば、漢数字と洋数字の使い分けなど新聞には案外細かな表記上のルールがある。無論、原稿字数も決まっている。だが、山田さんはそうした些事にあまり頓着されない方で、大胆に行数を間違えたり、事実関係で勘違いをされていることも時にはあった。そういう場合はさすがに手直しするほかないのだが、そんな時、山田さんは大抵、電話の向こうで「あら私ったら、どうしたんでしょう、こんな勘違いするなんて」などと朗らかにおっしゃり、ホホホホと何ともチャーミングに笑われるのだった。

友人と連れだって篠田桃紅展に出かけた時のことを達意の文章で綴った絶筆（二〇一六年七月三十一日付）を始め、『中日新聞』を読んで」の寄稿中にも心に残る原稿は多いけれど、ここでは書かれなかった一本の話をしておきたい。それは一昨年十一月、フランスで同時多発テロが起きた後のこと。渡仏直前だった山田さんは、次回の自分の原稿は世情騒然としたパリからのルポにしてはどうかしら、と提案してくださった。しかし、既にパリ特派員電などが溢れ返っている紙面の事情と通信環境の問題などから、結局、見送りになった。思えば、本当に惜しいことをした。担当者として少し無理をしてでも実現させるべきだった。今はただ汗顔の至りである。

しかし、最大の後悔はやはり、一度としてお会いできなかったことだ。一度、ご挨拶に伺おうと思っていたのに、まあそのうち、きっといずれは、と呑気に考え、結局、いたずらに時を過ごしてしまった。そこへ、まるで虚を突くような急逝の報だった。ナウ・オア・ネバーという。まったくだ、と思う。

（中日新聞論説主幹）

不思議のひと

林　寛子

いちばん最初に知ったのは、確か『週刊朝日』のカラーページの連載。華やかで、オシャレで、モードっぽい。そんな印象。だけど中身は結構難しかった、私には。だから、まぶしくて遠い存在。そして、そういう存在と、名古屋とが、結びつかなかった。流行やら最先端のオシャレやら、時代を「時の言葉」で切り取ってみせる週刊誌やら、当時それら魅惑的なもろもろは、どれも東京発だと思っていたから。

不思議のひと、山田登世子さん。

それから何年かして、ご本を出されたときに一度まちなかで取材したけれども、こちらの不勉強のせいかさらにナゾは深まる感じで、それが不意にふっと近く感じられるようになったのは、数年前、コラムの担当編集者になってからだった。

『中日新聞』を読んで」という週に一度の短いコラム。四人の執筆者が回り持ちだから、ほぼ月に一回となる。担当編集者が前任者から私に交代になるとき、「私は編集者に会っておかないと書けないので……」という趣旨のことをおっしゃって、さっそく大学にあいさつにうかがった。

郊外のキャンパスは広々として気持ちが良く、それだけでも別世界だったが、研究室の登世子さんは、いでたちからして通俗を遠く離れ、今度はひどく納得したのだった。耳にはちょっと大ぶりな透明な赤いイヤリング。これは、お別れの会のときの写真にもあったから、お気に入りだった？　そして、少女っぽい筒型のジャンパースカート。きゃしゃなスタイルにぴったりで、かわいらしく、しかも知的。

ああ、これでこそ、山田登世子さんでしょう、と私は勝手に思ったのだ。どんぴしゃ、私のあこがれの、というか、なりたかった女性のイメージ！

それでね、その日はいきなりガールズトークになってしまい、そのころ一時的にはまっていたバラ作りの話までしてしまい、バラの季節になったら、ご自宅にうかがう約束までしてしまい。

ご自宅にうかがって、またバラもそこそこに、ガールズトークのオンパレード。なんか、なぜか、人についても物についても事についても、駄目出し的な話が限りなく面白く、次から次へと盛り上がるのでした。登世子さん、結構、鋭く毒舌で、しかもそれが不思議と悪口的ないやらしさがなく、さわやかな風に吹かれるがごとく気持ちいいばかりだから、私まで尻馬に乗って好き嫌い言いたい放題。楽しいのなんのって、まぶしくて遠い存在だったのに、なぜ。

やっぱり、不思議のひと、山田登世子さん。

そうそう、肝心のコラム。これが、紙面批評というより新聞記事をきっかけとした文明批評になっていて、だから読者にとっては、より読みやすく面白かったと思う。ある種、善悪を超え、人間性への深い理解に裏打ちされて。

でね、私の担当編集者としての役割は、活字が組まれた紙面イメージをファクスで自宅に送ること。デスクや校閲を通った最終稿の電子情報だけではダメなのです。できあがりの感じが見えないと。つまり、読点や句読点、あるいはカッコなどの付き方によって、最終的な見え方が変わってくる。ヘンに空白が出たり、逆にギュウギュウ詰めで、コラムコーナーが黒っぽくなったり。漢字が多すぎても黒っぽくなるし。とても、よく分かるのです。その感覚。見た目がキャッチーであること、チャーミングであることの、重要性。小さな新聞のコラムでもね、漢字ばかりの見出しで、なんか余白の少ない真っ黒な印象のコラムでは、読者が読む気を起こさない。すっきりと適度に余白があって、読みやすそうなひらがなが並んでいると、自然に目がそちらに行く。

そこまで考えて、執筆してくださったことに感謝。

あらためて、ありがとうございました。

でもね、たまーに、ファクスが故障したみたいになって、困ってしまって、私たち二人ともあっちとこっちであたふたしたこと、ありました。私も機械に弱いのですが、たぶん登世子さんも……。ご夫君が帰宅なさって、あっさり解決、なんてね。

実は、内心、うふふ、と思ってましたよ、登世子さんのそんなところ。

やっぱりまぶしくて遠くて、大好きだった、不思議のひと、山田登世子さん。

だからまだまだ、聞きたいこと、たくさんあるのですよ。

（中日新聞社取締役）

贅沢《ラグジュアリー》なお喋りの想い出

古川義子

登世子先生に初めてお目にかかったのは二十年近く前、『岩波講座 文学』にご論文をお願いした時のことだった。名古屋のホテルのラウンジで、大きなソファのクッションに優雅にもたれながら、あれこれ楽しいお喋りをしてくださった。あっという間に数時間が経ち、気づけば帰りの新幹線まであと十分。慌てて飛び出しつつ、結局打合せは「後日改めてお電話で」となった。

岩波新書『ブランドの条件』をお書き下ろしいただいた時には、「取材」と称し、銀座・丸の内・青山と様々なショップを一緒に訪ね歩いた。シャネルやエルメス、ルイ・ヴィトンの店内をくまなく歩きまわり、アラン・デュカスのランチを賞味し、地図を片手に話題のセレクトショップを探し――。あの華奢なお体のどこにこんなエネルギーが？と不思議になるほど、先生はいきいきと「ブランド探訪」を楽しんでおられた。（後でうかがったところでは、中国に旅行された際、わざわざ怪しい「偽ブランド品ショップ」まで見に行かれたらしい。なんたる探究心！）そして見物後は決まって軽いディナーとともに「あのお店のディスプレイはいただけない」「あのバッグは買うべきよ」と品評会。そこに突如、切れ味鋭くまじる社会批評、ブランドや贅沢の本質へのハッとするような考察――これまた毎回、先生が名古屋へ戻られる新幹線の時間まで、延々とお喋りは続くことになったのだった。

いちどお宅へうかがったこともある。先生が育てられたベランダの薔薇をぜひ見にいらっしゃい、とお誘いいただいた。蕾を愛おしげに撫でながら、「わたくしはお世話するよりされるほうが本当は好きなのよ。でも薔薇だけは仕方ないの。美しいものには仕えるしかないわよね」。やがて日が暮れ、書斎の椅子に腰掛け窓の外を見やりながら、「ここに坐って月をみるのが何より好き」と夢みるように、この時ばかりは言葉少なに仰っていた。

どの場面も本当に懐かしく、突然の訃報がいまでも信じられない。お見舞いもろくに差し上げないまま、二度とお目にかかることは叶わなくなってしまった。残念でならない。

登世子先生、心からご冥福をお祈り申し上げます。毎年めぐりくる薔薇の季節、美しく咲き誇る花を見るたびに、上品でシックで斬新でしかも可愛らしい、とびきり贅沢な薔薇のような、先生のお姿がよみがえることと思います。本当にありがとうございました。

（岩波書店新書編集部）

「日本は滅びますよ」

三品 信

故人を送る寂しさの中にも、あたたかい空気が流れていた。二〇一四年十二月八日、夜の東京會舘。その年八月に亡くなった稲葉真弓さんの「お別れの会」でのことだ。作家として、詩人として、確かな仕事を残した稲葉さん。長年の仲間が心からの悼辞を述べる。

会場に山田登世子さんがいた。話しかけてみる。先生、あのコラム、ありがとうございました。その年の四月、私たちの新聞に書いた「文学部は国の力」に対するお礼だ。

そもそもは名古屋大学の塩村耕教授が「文学部が消える?」と題して、私たちの新聞に寄稿したことに端を発する。国立大学から文系学部をなくそうとする文部科学省への批判である。それを読んだ山田さんは《ずっと胸にわだかまっていたことを書いてくれた記事に出合って、溜飲の下がる思いがした》と共感をつづったのだ。《塩村氏の指摘のとおり、近視眼的な実学偏重はスキル万能観を広めて、じっくり人を育てることを忘れてしまう。底が浅く、幅のない技術人間が増えてゆくのはまさに国力の低下につながる》と。

文科省の方針について語るうち「そんなばかなことを許しては、日本は滅びますよ」と山田さんは真顔で怒る。よし、ちょっとお伝えしてみよう。塩村教授に寄稿を依頼した同僚と私は、ひそかに「がんばれ文系学部プロジェクト」なるものを進めていた。地味な文系の学問とそれに携わる人を、できるだけ多く紙面で紹介する狙いだ。それをお話しすると「私にできることがあったら言ってね」と笑顔で励ましてくださった。

だが、問題は文系の学問だけではない。近年、ノーベル賞を得た科学者からも、浮かれることなく、日本の行く末を危惧する発言が相次ぐ。その一人、大隅良典さんも「科学が『役に立つ』という言葉が社会を駄目にしている」「科学に有益性だけを求めるのではなく、社会は基礎科学を文化と捉えてほしい」と訴える。文系でも理系でも「じっくり教え、育てること／しっかり学び、育つこと」が、この国ではどんどんおろそかにされているのだ。

フランスと日本の文化の表層から淵源までを探り続け、文学者として、教育者として、確かな仕事を残した山田さんには、それはとうてい看過できないことだったに違いない。その人を送る寂しさの中にもあたたかい言葉が満ちているであろうこの追悼集に、あえて書きたい。山田さんに安らかに眠っていただくためには、われわれ残された者に課せられた仕事が山ほどあるのだと。

（中日新聞文化部記者）

記憶の宝石箱

横山芙美

一度読んだ本をもう一度読み返すということは、研究者を志すことをやめた時からほとんどなくなった。ただ今でも、年に一回はパラパラとページをめくり、当時引いた鉛筆の線を微笑ましく眺める一冊がある。『ブランドの世紀』——山田登世子さん、二〇〇〇年の著作。当時の私は十八歳の高校生。あるいは、手にとったのは大学一年生になっていたのかもしれない。中学生の時、鷲田清一さんの『ちぐはぐな身体』を読んで衝撃を受け、「ファッションを学問の領域で考えたい」と漠然と考えていた時代を経て、「こういったアプローチがあるのか」と、その道を示してくれたのがこの本だった。その後、『ヴォーグ』や『ハーパーズ・バザー』といったファッション雑誌研究にのめり込んでいくのも、山田登世子さんのおかげだと言っても過言ではない。「パリ神話の申し子、ヴォーグ」——女性たちが夢中になり、憧れる華やかな世界。女性の解放を先導し、時に女性を縛り付けもする「メディア」の面白さ。

そこから一〇年の時を経て、私は出版社に勤めていた。雑誌編集部に配属され、自分には何ができるのかを模索していた時、ベルギーの作家・エルジェによるバンド・デシネ『タンタンの冒険』の特集を担当することになった。そこで最初に思い浮かんだのが、山田登世子さんのお名前。早速筆をとり、タンタンの依頼もそっちのけに、どれだけ山田さんの書くものに影響を受けたかを長々と綴ったのは、今思い出せばただのファンレターだったかもしれない。山田さんはすぐにお返事を下さり、「面白そうね」と言ってくださった。そこからは、絵本を送り、資料を探し、お電話やメールでご相談をして……という怒濤の日々。「あなたのご意見も聞かせてください」と、若輩者の自分に頼ってくださることにも感動した。

そうして出来上がったお原稿は、「タンタン」という冒険譚から、宝箱と宝石箱（あるいは男と女）を抜き出し、ロラン・バルト、シャネル、ディオール……という夢の世界を開いてみせていた。そして、そこに添えられていたのは、「この一節は、私と横山さんにしかわからないかもね」という言葉。憧れの山田登世子さんとの間に二人だけの秘密ができたみたいで、とても嬉しかったことを憶えている。

その後、一度だけ山田さんと実際にお会いできる機会があった。私が選んだ有楽町のフレンチレストランで、向かい合ってたくさんおしゃべりをしたことだけは記憶している（緊張しすぎて内容は忘れてしまった）。「方向音痴だから」と待ち合わせに遅刻されたことを気にして、お礼をするつもりがすべてご馳走になってしまった。あの時の山田さんは、赤い服を着ていらしたっけ。それとも、山田さんの薔薇のような雰囲気がそう記憶させているのだっけ。もう一度お会いして、改めてお礼が言いたかった。あの頃から少しだけお給料も上がったので、今度は私にご馳走させてくださいね。

＊その後、『ブランドの世紀』の編集を担当されたのが、元は青土社にいらっしゃった喜入冬子さんだということを知り、不思議なご縁を感じた次第です。

（青土社編集部）

バルザック『幻滅』をめぐって山口昌男氏と対談
(2000 年 9 月。於・藤原書店会議室)

エスプリに富み瑞々しい登世子先生

小林素文

一昨年、卒業式間近の早春、登世子先生が理事長室を訪れて下さいました。久しぶりにお会いする先生は、随分とお痩せになっておられましたが、瑞々しくてエスプリに富んだ雰囲気はそのままで、安堵しました。「体調を崩しましたので、退職辞令交付式にも、慰労会にも出席できませんので、お礼のご挨拶に伺いました」と切り出され、大学での思い出話に花が咲きました。先生は私の一つ下、共に半生以上を過ごした大学での出来事を語り合ったあの日から、もう二年もたったのですね。

登世子先生は、愛知淑徳学園の七〇周年記念事業として設立された愛知淑徳大学の創立メンバーとして、一九七五年に赴任されました。当初は一般教育のフランス語の講師でしたが、大学の規模が大きく多様になるにつれ、フランス語だけでなく、メディア文化に関わる専門科目を、学部と大学院で担当していただくようになりました。先生の定年退職にあたり、こうした本学での貢献が評価され、メディアプロデュース学部からの推挙により、名誉教授となられました。

創立メンバーとして、本学の発展を四〇年にわたり支えて下さった登世子先生に、心よりの御礼を申し上げます。

愛知淑徳大学の一五周年の記念誌で、登世子先生は次のように記しています。

今から一五年前、緑したたる地に愛知淑徳大学が誕生したばかりのあの頃、わたしも生まれたてほやほやの教師でした。全教員のなかで最年少、いちばんヤングの教師、先生よりむしろ学生に近い存在でした。……(中略)……学生にフランス語を教えるというより、ともに人生を学びあう「お友達」というフィーリングでした。本当にいろいろな学生とともに悩み、友達になりました。恋愛相談(?)でわたしの研究室を訪れたFさんには無い知恵をしぼってアドバイスしたものでした……(中略)……大学祭のイベントをきっかけに仲良しになったGさんとは文字通り生涯の親友になりました。たしか「女性と化粧」を考える会といったイベントでした……(中略)……そしてわたしの専門のフランス語もまたたくさんの友をつくってくれました。大学の授業だけではもの足りない、もっとフランス語を勉強したいという学生が何人か集まり、「山田特別フランス語講座」を開いたのもあの頃、夕方の四時頃から六時頃まで、日も暮れてしんと人気のないキャンパスで肩を寄せあうようにフランス語を教え、学びあった日々が今では本当になつかしい思い出になっています。

(『愛知淑徳大学の一五年』より)

新任の登世子先生、一〇以上も年下の二〇前後の学生達と友達のように生き生きと触れ合われていた。その瑞々しさは、先生が定年を迎えるまで変わる事はありませんでした。

登世子先生は、本学が地域の人たちに開いていた文化講座にも快く引き受けて下さり、第四回文化講座では「フランスのエスプリ」の題で次のように話されました。

フランスの国民気質を端的に表わすもののひとつに、エスプリというものがある。才気、機知といったほどの意味あいの言葉で、古来フランス人はこのエスプリを愛し……（中略）……たとえば、一九世紀の有名な政治家タレーランとこれまた才媛で聞こえる女流文学者スタール夫人との間に、ある日次のようなやりとりがあった。スタール夫人は、タレーランが、彼女ともうひとりの女性とどちらが好きか知りたくてこうたずねたのである。「もしあの方と二人で河のなかへ落っこちたら、どちらの方を先に助けて下さいますか。」するとタレーランはこう答えた。「わかってますよ、奥さん、あなたが水泳の名人でいらっしゃることは。」……（中略）……リヴァロールは、あるときルイ一六世に、国王としての自分のあり方をどう思うかとたずねられて、即座に「陛下、王様のふりをして下さい」と答えたという。王にむかって王のふりをせよという、この大胆にして意味深長な言葉はエスプリが権威を恐れぬことの端的な例である。

（『楓信』第九号より）

分かり易く機知に富んだ、登世子先生の講座はいつも大好評でした。

エスプリに富み瑞々しい登世子先生、四〇年間ありがとうございました。万感の思いを込め御礼を申し上げます。

合　掌

（愛知淑徳学園理事長）

登世子さんはラテン系

大野光子

日本人にとって本格的な春の便りは桜の開花、でもこの時期になると薔薇の開花を待ち望む登世子さんを思い出さずにはいられません。本当に愛おしそうにベランダの薔薇を愛で育てていた登世子さん。名古屋での冬は外出にも慎重だったのに、伊豆の住まいでは薔薇の季節のために今しなくてはいけない手入れがあるから一日中庭なのよ、と楽しそうに話してくれたのが最後の冬の電話でした。

登世子さんと初めて出会ったのは、愛知淑徳大学勤務になったばかりの私を、歓迎の挨拶にと研究室に訪ねてくれた時、まだお互い四十歳になる前でした。スリムな身体にファッショナブルなドレス、ソバージュ・ヘアに長いパールのネックレスと真っ赤なマニキュアで登世子さんは登場、他方こちらは子育て真っ最中のドタバタ期でしたから、なんてエレガントな！というのが第一印象でした。でも、名古屋大学大学院の同窓かつ同年齢と判り意気投合、それ以後は暇を見つけては気のおけないおしゃべりで時を過ごしたのが、懐かしい思い出です。

登世子さんのエレガントな外見は、鋭い感性と、弛まざる努力により磨かれた知性と、骨太な批評精神を包みこむ自己表現に他ならない、と了解するのに時間はかかりませんでした。柔らかな話術は、批評精神とユーモアが混成されたもの。でも、本質的に登世子さんは心優しい、気配りの人でした。同僚や学生たち、それに友人、家族への気遣いは真似できないほどで、サービス精神に溢れ過ぎてるから疲れるし太れないのよ、と笑い合ったことも忘れられません。

年を追うごとに執筆意欲が旺盛になる登世子さんに刺激されて、私が一九九八年に初めての単著『女性たちのアイルランド』（平凡社）を上梓することができた時、登世子さんは雑誌に書評を書いてくれました。植民地の苦境に抗う女性たちの歴史について、執筆の意図を見抜き、見事に核心を評した登世子さんの流麗な一文は、他のどの書評よりも嬉しく、彼女の優しさの贈り物と感じました。

やがて、体力が研究・教育の両立に耐えられなくなった登世子さんは体調を崩され、特任教授となられたため、お目にかかる機会が減ったのは残念なことでした。数少なくなったおしゃべりの機会の、いつもの調子での登世子さんの言葉、「ケルトは良いわよ。でも北のケルトって暗いわねぇ。私は、同じ水でも南フランスの方が好き、きっとラテン系なのよ！」が、記憶の底から今蘇ります。生きている限り私は、薔薇が大好き、水が大好きな、明るい登世子さんを、賞賛と感謝の思いで懐かしむことでしょう。

（愛知淑徳大学名誉教授／アイルランド文学）

未だみていない夢、なくしました

坂元　多

山田登世子先生と初めてお話しできたのは、私が名古屋の学校にお世話になってまもなくの頃、長久手の仕舞屋風の洋食レストランの夕食でした。年をとっての単身赴任を哀れんでくださったのでしょう。フランス語のテレビ番組に関わっていたこともあって、共通の知人も多く、話がはずんで楽しい時間をすごしました。ただ、この時の山田先生の人物評は、かなり手きびしかった。男社会に安住してアホなことを平気で云うおじさん達への攻撃かな、とも思えました。食事が終って私の車で送るとき、過剰なギャラントリーで不快を買っては、と考え、「ここで下ろしてください」とおっしゃりそうな地点を説明していました。「ここはいつものバス停、あそこは地下鉄の駅です……」とか。すると先生は「男の人って場所の知識を得意げに話す方が多いのね」とおっしゃいました。途中で車を下りる、などとはつゆお考えではなかったのです。フェミニズムとか、ジェンダーとか関係なく、「私は」家の玄関まで送られるのが当然、とお考えのようでした。あとで、「坂元さんとお話ししたあと、毅然たる態度で授業にのぞむことができて、私語がぴたりと止みましたのよ」と、おっしゃったので、まんざら馬鹿にされとおしたわけではなかったと、ほっとしたことを覚えています。私の話した何が効いたのか見当もつきませんでしたが、彼女は彼女なりの受けとり方で毀誉褒貶も自由自在、あゝこの方は華麗なる女王様の自己中なんだな、というのが初めての印象でした。

いつだったか私の研究室に、どやどやと学生達が入りこんできて、みんな昂奮している、どうしたのか聞いたところ、「今、山田先生の授業を聞いてきた」というのです。山田先生が、みんな知ってるけれど決して口にしないことばを連発して授業をすすめたのだとか。「女だからといって使ってはいけないことばなどない、学問の世界にタブーはない、ということを教わりました。すばらしい先生です」というのです。そんな簡単なことで学生達の尊敬を得られるのか、と思い、私もさっそくまねしてみました。ひどいめに遭いました。

山田先生に最後にお目にかかったのは、私の最終講義のときでした。わざわざ聞きに来てくださったのです。アイデアはアドルノやサイードのうけうりでしたが、映画作家の最晩年作の奇妙ともいえるスタイルの変容を論じてみたものでした。山田先生は「晩年の変容、おもしろかった。坂元さんのこれからの変容も楽しみにしていますね」とおっしゃってくださりました。でも、その時、これは私のせりふだな、と思ったのです。山田先生のレイトスタイル、これからの変容があるとすればどのようなものになるだろう。学問の王道をきた彼女が、エーイッ、と居なおってスタイルを変える、これはわくわくするような期待でした。（猫のように優しくなった彼女と、共に花を観、月を語れるか——）二〇一六年の秋、おくれて先生の訃報に接しました。楽しみにしていた、あすの大きな宝物が突然消えてなくなった思いでした。

（愛知淑徳大学名誉教授／メディア教育）

薔薇祭の午後の茶会

清水良典

ゴールデンウィークに入ってから、ベランダの薔薇の蕾がいっせいにほころびはじめた。一番早く咲いたのは濃紅のニグレットである。マンションのベランダはビル風に毎日さらされるので花弁が傷みやすく、貴婦人のケープのような厚みを持つ優雅な花弁が、初めのうちはみっともなく皺んでどす黒くなってしまうが、五輪ほど咲くと落ち着いて彩りも鮮やかになっていく。香りも強い。

その次にすっくと伸びた茎の先で大輪に咲いたのが、リド・ディ・ローマ。ローマの海岸という名前だが、フランス産だ。花数は少ないが、縁が斑入りのピンクで中心がクリーム色の大柄な薔薇で、太い茎の獰猛な大きさの棘も含めて存在感がたくましい。

少し遅れて、優雅に折りたたんだハンカチーフのように白い花びらを風になびかせたのはガーデン・パーティで、ところどころ縁がほんのり桃色に染まっている。その隣にこじんまり控えているのがメヌエットである。これも白地に縁がピンクの花だが、小柄な代わりに花数が多くて、控えめな少女たちがひそひそ声で集まっているように見える。

これら四鉢の薔薇は、いずれも山田登世子さんから貰ったものだ。あるとき処分したい鉢があるので取りにいらっしゃいといわれ、妻がお宅まで歩いて出かけ、帰りはタクシーで運んできた。育ちにくいかもしれないからもし駄目だったら捨ててちょうだいと断られていたのだが、数年たってどの薔薇も今ではわが家のベランダに馴染んで幹を太くしている。

真っ先にニグレットが咲いたのを見ると、登世子さん、元気に咲きましたよ、と胸の中で話しかけた。

薔薇好きと認定していただけたのは、わが家の前をたまたま散歩で通りがかった彼女が、折しもベランダの手すりに這わせた蔓薔薇を見上げたからだった。じつはありふれたキングローズなのにそれを優雅なアンジェラと見間違えて、さらに私の妻をアンジェラのような女性と思い違えて、夫婦そろってお誘いを受けることになったのである。アンジェラ（天使）らしく振舞う破目になった妻は、すっかり縮こまって猫をかぶっていたものだ。

それ以来、毎年五月中旬から六月にかけてのある午後、山田家にお邪魔して薔薇を見ながらお茶を飲む行事が恒例になった。その時期になると何日がいいか、盛んにメールで予定の相談が行き来する。約束していた日が近づいても、天候が悪くて開花が遅れると予定変更となるので油断できない。薔薇の都合に振り回されるのは私たちだけではなく、他の招待客もいる。一気にみんな招いてワイワイ騒いで済ますということはせず、一組ずつ丁寧にもてなすのが登世子さん流なのである。つまり彼女は数日分の予定を懸命にやりくりしているのだった。

山田家の薔薇もベランダの鉢植えだが、薔薇祭の期間だけは、もともと外に向かって咲いている薔薇を居間から眺められるよう、鉢が全部内向きに変えられていた。大変な重労働じゃないですかと驚くと、主人にやらせてるのよと涼しい顔で語っていた。

紅茶もご馳走になって初めて知った銘柄ばかりだった。たとえばマリアージュ・フレールのマルコポーロなどは、のちにわが家でも飲むようになった。器も慎重に選ばれていて、ベランダ近くに置いたテーブルに、ゆったり時間をかけて淹れた紅茶をトレイにのせて、しずしずと登世子さんは運んできた。しかしそこから薔薇を眺め、おいしい紅茶を飲みながら交わされる会話は、評判の本や人気批評家への口を極めた悪口だったりするのだ。

「あの人ってイヤねぇ」で始まる登世子さんの悪口は、品性への審美眼がブレず、切れ味がよくて気持ちよかった。逆に好きな人は徹底的に好きになる。私の妻が短歌を以前やっていたと知り、与謝野晶子と鉄幹のことを熱く語っていた。

病気がわかった登世子さんは、特任教授として数コマ担当していた大学をスパッと辞めた。そのあとの五月の中ごろ、伊豆の別荘にぜひ来るよう誘われた。地植えで薔薇を育てる夢を叶えたその家に、やはり期日にさんざん気を揉んだ末に、夫婦で押しかけた。選りすぐりの薔薇が植え分けられた緩やかな斜面の庭の入り口に、ニグレットが植えられていた。わが家で元気で育ったと知り、もう一度育てたいと思ったのだといううことだった。書斎の本棚には、のちに『「フランスかぶれ」の誕生』に結実した資料がぎっしり並べられていた。まだまだ元気そうだったが、翌日、河津バガテル公園を案内すると仰るのを丁重にことわった。

登世子さんとの思い出を書こうとすれば、同じ勤務先の大学のことや文学のことなど書くべきことが山のようにあるはずなのに、こうしてみると薔薇のことばかり書いてしまっている。幾多の薔薇の花びら越しに登世子さんが立っているようだ。薔薇とともに思い出される人物なんて、私にとっては登世子さん以外にはいない。豪快で繊細、しとやかで野蛮、学究肌でアーティスティック、おおらかで孤高、小柄な体なのに大輪の花のように立つ登世子さんが、今後も薔薇が咲くたびに目の前に蘇ることだろう。（文芸評論家・愛知淑徳大学教授）

弓道部顧問　山田登世子先生

浅井美里

山田先生との出会いは、大学で弓道部に入部してからでした。当時出来たての女子大であった母校は、二学年のみ。新入生オリエンテーションで弓道部の存在を知り入部しましたが、先輩は他部と掛け持ちで忙しく廃部の危機が迫る心細い状態でした。同級生の弓道経験者二名と協力して、何とか活動開始となりました。その時の顧問がフランス語の山田登世子先生でした。オシャレでクールで煙草の似合う女性！　体育会系武術の弓道部とは、一番縁の遠いような先生でした。私達は学内でアピールしようと、羽織＆袴姿で授業を受けたり、弓を持って校内をウロウロしたり……。そしてグランドの片隅に巻き藁を置き、更に野立の弓道場を手作りして遅くまで、暗くなっても車のライトで垜を照らし弓を引きました。そんなひ弱な弓道部にも後輩達が入部し引き継がれてゆき、大学自体も共学となり男子も入り大世帯になり二〇〇七年三月、山田先生からの貴重な助言をいただき立派な弓道場が完成しました。近年では、東海リーグを代表して全国大会にも参戦できる事もあり、後輩達も日々切磋琢磨しています。

私にとって山田登世子先生は、部活顧問の頼もしいハンサムな先生でした。「願って動けば叶うかも……、頑張れば届くかも……」と、仲間と力を合わせて夢にむかって一歩踏み出す勇気をいただいたように思います。学生時代に山田先生から受けた自由で寛容な感覚は、四十年経た今でも私の生活の原動力となっています。先生と直接お話しできない事は、とても残念ですが、きっと天国から「あなたのペースでやってみなさい。」と微笑んでいらっしゃるのではないかと想っております。

ご冥福をお祈りいたします。

（愛知淑徳大学弓道部　野更志会）

運命の人

丹羽彩圭実

太陽と見間違う程の赤く大きな月も中天に掛かる頃にはくっきりと黄金色に輝いている。今は愛猫と共に月の住人になられた先生にマンションのベランダからそっと語り掛ける。

先生、今だから打ち明けますね。フランス語の講義に現れた先生は黒髪の前下がりボブカット。黒のお洋服にゴールドのスカーフを巻かれていて、その妖艶な美しさにハッと息を呑み、一瞬のうちに恋に落ちました。

度々研究室に押し掛けて、書棚に並ぶ様々なジャンルの御本をお借りしましたのも実は先生とお話ししたい一心からでした。

ですから「山田登世子先生と巡る　ヨーロッパの旅」への参加を決め、先生から「十九世紀末アートを観る」というテーマとたくさんの文献を手渡され、一緒に勉強させていただいた時には天にも昇る心地でした。オーストリアではゼセッション館でグスタフ・クリムトの絵画などを鑑賞し、オットー・ワグナーによるマジョリカハウスや地下鉄駅のファサードを訪ねましたね。

フランスでは国立近代美術館やギュスターブ・モロー美術館へ。凱旋門のエレベーターが壊れていた為、先生の手荷物をお持ちして螺旋階段を上ったことやセーヌ川沿いを散策したことも昨日の事の様ですね。

帰国後もランチやミニシアターに誘ってくださいましたね。卒業してからはなかなかお目に掛かれなくなりましたけれど、先生の御本が出版される度に、あの頃先生が語られていた夢が一つ一つ叶えられていくのを我が事のように嬉しく思っておりました。

最後に先生のお姿を拝見致しましたのは数年前の三岸節子記念美術館での講演会でした。ルノワールが娼婦達をリアルな姿よりも美しく描いたというお話が心に残りましたけれど、胸が高まる余り、お声を掛けそびれました。

昨年、突然訃報を耳に致しました時にはその事がとても悔やまれました。何故御礼を申し上げなかったのでしょうと。仏語、読書、映画や美術など、憧れの先生から影響を受けて興味を抱いたものばかり。先生と出会えたからこそ今の私があるのですから。

またご葬儀の席で、先生は最後迄学問に心血を注がれたことを知りました。意に反して人生の転機を迎え進む可き道を見失っていた私にはそれが先生の最後の講義に思えました。

先生は私の「運命の人」です。心より感謝申し上げますと共に、月で再会する日迄私も好きな音楽に命を懸けて参りたいと思います。

（ジャズシンガー、愛知淑徳大学卒業生）

伊豆別荘の薔薇園にて
（2014 年 5 月。高哲男氏提供）

「フランスかぶれ」の他者感覚

安孫子誠男

山田登世子さんの訃報を知ったとき、「内田義彦の痛切さ」という一文が浮かんだ。そこには、登世子さんが内田義彦『読書と社会科学』を再読したさいの「衝撃」が語られている。本に読まれてモノが読めなくなっている自分、「古典と格闘する自分が時代の苦難を聴く深く感じとっている自分であるか」という内省が記された文章である。そこには「背教者のようなうしろめたさ」とまである。

〝大の内田ファン〟を公言する登世子さんには「星の声のひと　内田義彦」という好エッセイがある。ひとの話に耳を澄ますひとは「語りの声」をもつひとでもある。内田義彦は宮沢賢治と同じように、ひとのころ、宇宙の命ある営みに耳を澄ますことで、聞きほれる「星の声」をもつという。このやわらかな文章と、後年の「内田義彦の痛切さ」という一文にはあまりに落差があると感じていた。人生をもう一度辿りえない哀しみか、病変の自覚なのか。この落差、異変は何だろう。

こうした問いをもって登世子さんの遺作『「フランスかぶれ」の誕生』を読んだ。「背教者」とまで言わせたものが何かに至りついたわけではない。だが、演奏家が所与の楽譜に制約されながらも新たな楽想を〝追創造〟するように、思想史家、文芸史家は書かれた史料の再解釈をつうじて——思想論とは異なる意味で——思想家たりうると論じた内田の発言を本書は実践しているとわたしには読める。

他者感覚が異国趣味とは全く似て非なるものだと言ったのは丸山眞男である。エキゾティックな興味はどんなに観察が微細にわたっても、観察の結果が自らにはねかえってくることはない。対するに、他者感覚をもって対象にのぞめば、その成果は観察主体にはねかえり、自らが自明のこととしていた言葉や思考法がいかに自分たちのカルチャによって制約されていたかを自覚させる。『「フランスかぶれ」の誕生』に描かれた人物群像は——異国趣味に陥るあやうさを孕みながらも——自らの他者感覚を鍛え、独自な文芸的表現を創り出そうと格闘したひとびとである。

たとえば同書の永井荷風論。「惑わしの肉体と、錆色の憂鬱と……荷風の文学世界がいかに深くフランスに根ざしているか」を語る著者の筆力には息をのむ。ことに「黄昏の瞑色」の節はもっとも印象深い。白秋が偏愛し、荷風が惑溺したフランスの黄昏の色調。空気は冷やかに清く澄み渡り、見るもの尽く洗い出したように際立ち浮き上がってくるが、しかも何処とはいわれぬ境にこの世ならぬ「不明な影」が漂う。「魂がこの地を離れて遠い昔の在らぬ方へと運ばれてゆく黄昏時の不思議さ」。著者はそこに荷風の語「一種の瞑色」を見出している。荷風にあらわれた「フランスかぶれ」は、たんなるエキゾティズムを他者感覚にまで深めえた稀なる日本人の経験であったろうか。

（千葉大学名誉教授／経済学）

フランス語の師へ、そして記号学研究の同志へ

斉藤日出治

あなたとわたしの出会いは、もう半世紀も前にさかのぼります。当時、名古屋大学の大学院生で平田清明ゼミナールに所属していたわたしは、文学部の大学院にいたあなたとゼミナールぐるみの知的交流を経験しました。平田ゼミナリステンのあいだでは、あなたの知性と女性としての魅力はもっぱら評判でした。夫君の鋭夫さん（わたしの先輩の）と結ばれたのもその交流の産物でしたね。

わたしがあなたから受けた最大の恩恵は、フランス語でした。独学でまだ足下もおぼつかないフランス語で無謀にも翻訳作業に取り組んでいたわたしに手厳しい手ほどきをしてくれたのがあなたでした。法政大学出版局から一九八七年に刊行されたマルク・ギヨームの『資本とその分身』の翻訳に取り組んでいたわたしは、あなたにお願いしてその序文のわずか三頁ほどの箇所を何時間もかけて解読する作業につきあっていただきました。「資本とその分身」とは、資本と国家のことですが、この両者は一体のものではなく、サーカスのふたりのピエロが空の枠を挟んで向き合い、一方のピエロが他方のピエロの身振りをまねするという動きにたとえられます。この両者の身振りの連携によって資本主義は文化を牛耳り、需要を創造して自己を再生産している。あなたはこの本の全貌を知ることなしに、冒頭で著者がサーカスのピエロの身振りを通して資本と国家の関係を語ろうとしたその主旨を完膚なきまでに理解しました。あなたのフランス語の洞察力に

は脱帽するほかありません。

あなたはそのフランス語の洞察力を駆使して、フランス文学という専門領域を超えて人文・社会科学の広域へと足を踏み入れていきました。ソシュールやロラン・バルトが開拓した記号学の方法を自家薬籠中のものとしたあなたは、記号学の解説の域を超えて、ファッション、モード、ブランド、ラグジュアリーという現代消費社会の諸現象を縦横に読み解く成果をつぎつぎとものにしていきました。フランス文学およびフランス文化史の研究と現代社会批評とのこのような相互往復を通して、あなたは山田登世子独自の知の地平を創造したのです。

わたしは、あなたと同じく、大学院のころから、ソシュールやバルトの記号学に注目して、その方法を現代資本主義の批判的認識の方法へと発展させる研究の道をめざしました。日本では廣松渉が哲学の認識論において確立した物象化論の地平を現代資本主義の批判的認識として発展させるための媒介として記号学の方法を活かそうとしたのです。マルク・ギヨームの経済記号学、ジャック・アタリの情報理論の研究はフランスにおけるその貴重な成果です。けれど、わたしの場合は、これらのフランスの研究書を紹介するにとどまって、その先に進むことはありませんでした。

あなたは、わたしが社会科学に向けて記号学を押し広げようとしたこのベクトルを現代批評、消費感覚の解読に向けて推し進め、ついには、『「フランスかぶれ」の誕生』という、フランスを志向する日本の知識人の精神分析までもやってのけました。

あなたのこの偉業に心から敬意を表すると同時に、その仕事をさらに深化させようとする道がこんなにも早く断たれてしまったことをただ惜しむばかりです。合掌。

（大阪労働学校アソシエ副学長）

歩行と思索

塩沢由典

むかし『現代思想』に「歩行と思索」という連載コラムがあった。隔月で見開き二ページの随想を書くもので、毎月二本から三本ほどの「歩行と思索」が載った。わたしも一九八六年から八八年に掛けて一二回書いた。当時の執筆者の名前を拾ってみると、関曠野、竹内郁雄、今村仁司、篠田浩一郎、李禹煥、甘利俊一、若桑みどり、野崎昭弘、田中克彦、畑中正一など、文系・理系を含めて多彩な人たちが執筆している。

わたしの連載は、アマチュアの位置（一四・九、数字は巻・号、以下同様）、移行過程分析の困難（一五・一）、過程を語る（一五・三）、ルイセンコの教訓（一五・六）、理論のカンガルー躍び（一五・八）、急進主観主義の課題（一五・一〇）、社会主義像のペレストロイカ（一六・一）、六十五にして学に志す（一六・三）、偉大な革命家の偉大な誤り（一六・四）、循環と均衡の距離（一六・八）、計画経済はどう機能したか（一六・一一）、予測可能な行動の起源（一六・一三）の一二本であった。

なぜこんな話を書くかというと、山田登世子さんがずばり批評してくれたからである。「塩沢さんの「歩行と思索」は、思索はあるが、歩行がない」と。考えてみると、一二回も書いたにしては、他にだれが批評してくれたわけでもないから、山田登世子さんは貴重な批評者だった。当時は、そんなことを考えることもなく、その批評をいったいどういう形で聞いたのかも忘れてしまっている。わたしの記憶では、登世子さんの夫の山田鋭夫さんから聞いたと思うが、鋭夫さんの言い分では、これはサントリー学芸賞の授賞記念パーティ（一九九一年十二月）で登世子さんがわたしに直接言われたことらしい。

一九八六年九月から一年間、在外研究で、家族とともにイギリス・ケンブリッジに滞在した。連載は、その間に読んだ本や論文が種となっているが、ケンブリッジでの生活にも、子どもの休暇に合わせての旅行のことにも触れていない。ただ、思索にも多くの偶然がある。それが私にとっての歩行だったとおもう。最後の「予測可能な行動の起源」はスカツィエリに教えられたハイナーが種だし、「急進主観主義の課題」はロースビーを通してのオーストリア学派との出会い（再会？）だった。

連載中に「在庫・貨幣・信用――複雑系の調整機構」を同じ『現代思想』（一五・九）に書いている。これもケンブリッジで偶然読んだＯＲ（オペレーションズ・リサーチ）の教科書がきっかけだった。

（大阪市立大学名誉教授／理論経済学）

素晴らしかった伊豆のバラ

高　哲男

山田登世子さんといえば、「バラ」を思い出さずにはいられない。山田さんご夫婦と同様に、我が家の夫婦もそろってバラが好きで、家を購入したらまず植えたほどである。花は大好きだし、どの花もそれぞれ綺麗だが、バラは別格なのである。

とはいえ、バラを長年育てるのは易しいことではない。雨が多い日本では、ウイルス性の黒星病の発生を防ぐのが難しい。ワラを敷くとか砂利を入れるとか、いろいろな方法を理解するだけで、数年間の「苦闘」を強いられる。きめ細かな手入れも大切で、毎日話しかけながら育てるほかにない。

しかも、背丈が伸びるツルバラの手入れは、「棘」があるだけに厄介きわまりない。そんなわけで、結局我が家は、棘もなく、手入れもほとんど不要な「モッコウバラ」だけになった。狭い庭で草花を、室内で胡蝶蘭を育てて楽しんでいる。

数年前、山田ご夫妻が伊豆の城ケ崎に別荘を入手され、長年の夢であったバラの花園を作り始めたという話を、鋭夫先生からお伺いしていた。そして三年ほど前の初夏、城ケ崎の別荘をお訪ねして驚いた。予想を完全に覆す、見事なバラ園ができ上っていたからである。庭一面のバラに囲まれて紅茶をいただき、雑談の花を咲かせた。この至福の思い出は、使い始めたばかりの iPad に収めた数枚の写真ともども、一生忘れないだろう。登世子さんは「体が弱い」とお伺いしていたが、この見事なバラの花園を目の当たりにして、得心がいった。人間は一つのことに、しかも好きなことに絞り込めば、大きな目標も達成可能だと。城ケ崎の海は、当日とても風が強かったが、これまた爽快な風景であった。

登世子さんとは三度お会いし、鋭夫先生と三人でたっぷり雑談を楽しんだが、「ヴェブレンの顕示的消費論」について「勉強したい」というお話だったにもかかわらず、いつしか拙訳の「宣伝」をしていただくようになった。『ブランドの条件』と『贅沢の条件』は、新書ゆえの制約を逆手にとって、「贅沢と美」のあいだで必ず生じる軋轢を、「語り口の軽妙さと的確さ」を武器にして読者に呑み込ませてしまう作品である。ココ・シャネルの突っ張った生き方を、優しく包み込んでしまう理解力も文学者や評論家の域を超えているが、「景気が悪くなると、贅沢批判はまったく駄目ね」と漏らした一言は、今も耳に残っている。

山田登世子さんは、良い意味での「川筋」育ちである。まっすぐに生き、愛する人に寄り添い、虚言を嫌い、ひたすら努力しつづける人であったに違いなかろう。ただ、もう一度あのバラの下でゆっくり語り合えたらと、今も強く願うだけである。合掌。

（九州大学名誉教授／経済思想史）

登世子先生のバラ

藤田菜々子

いま、我が家のベランダにある二鉢のバラ。山田登世子先生が手ずから育てられたこれらのバラは、枝を短く切り詰め、梱包し、キャリーバッグで一鉢ずつ、名古屋から桑名まで電車を乗り継いで運んだものです。

学部・大学院時代の恩師、山田鋭夫先生の奥様である登世子先生に初めてお会いしたのは、確か大学院初年の頃で、フランス人を招いての研究会の後の食事会だったと思います。名古屋大学豊田講堂裏のレストランに現れたのは、鮮やかな青色の衣装をまとった、ものすごくおしゃれな女性。夫婦は似た者同士といいますが、丸い感じの鋭夫先生と、ちょっと尖った感じの登世子先生の関係は意外に思えたものでした――いまでは、見かけはともかく、中身は似た者同士なのではないかと思っています。

しばらくして、あるとき、登世子先生に、

「あら、ななこちゃん。経済学なんて、色気のない学問、よくやっているわね。」

と強烈な言葉で、痛快に言われたことがありました。ええ、まあおっしゃるとおりです。実は、私も高校時代には国語が得意で、もともと文学部志望だったのですが……。しかし、しばらくして思うようになりました。そうした分野の研究は、登世子先生のような人がすればいいと。渋くできている私には、経済学という分野の方が向いていていて、これでよかったのだと。

それでも、ありがたいことに、登世子先生は私を気に入ってくださって、ご自宅へ呼んでいただき、屋上から夜景を眺めながらお話ししたこともありました。励ましのメールをいただいたこともあります。鋭夫先生の退職祝いの会、深夜の羽田空港国際線ターミナルでのおしゃべりも思い出されます。また、私の母がちょっとした「フランスかぶれ」だと知ると、母までもご自宅にお招きくださいました。サガンやデュラスの話をし、きれいなゼリーとお茶をいただいて、バラの数々を見せていただきました。

そのバラはいま我が家にあります。暖かくなり、新芽や若葉が出てきて、その生気に、私はようやく、ほんの少しほっとしています。私も研究者として就職して一〇年が過ぎ、先生ご夫妻に近づけた気がしているこの頃です。これからこそ、ゆっくりと先生のお話が聞きたかったのに。アドバイスもいただきたかったのに。登世子先生はご自分の感覚と美意識に圧倒的な自信をおもちで、いつも楽しげでした。そうしたものに、もうしばらく私は触れていたかったのです。

（名古屋市立大学教授／経済学）

憧れの登世子先生

松永美弘

現在、私は高崎商科大学で経営学の教授として教鞭をとっています。四五年前、滋賀大学経済学部の学生だった私は、山田先生のゼミに学ばせていただき、以後、鋭夫先生の弟子の一人として認めていただき、今に至っております。

登世子先生にはじめてお会いしたのは、私が滋賀大学の学生として名古屋の先生のご自宅に、先輩について行った時でした。七〇年当時の私は、彦根の町を下駄履きで肩をいからして歩いていたバンカラ学生でした。礼儀知らずで、態度も横柄な私でしたから、当然のことですが、登世子先生は嫌悪感をもたれたようでした。それでも、私は登世子先生のオーラに魅力を感じ、憧れるようになりました。

大学卒業後、登世子先生にお目にかかりお話ししたのは数回でしたが、鋭夫先生とは「山田会」（滋賀大学在職時代のゼミ生の集まり）で、年一回の懇親会で親しくお話しさせていただいています。二〇〇八年の「山田会」では、登世子先生同伴で出席していただきました。その時が登世子先生にお目にかかり、直接お話しした最後となりました。登世子先生は、「松永君、お会いするのは二〇年ぶりね」と親しく声をかけてくれました。二〇年ぶりとは、東京で内田義彦先生を偲ぶ会に参加したとき以来だったのです。その「山田会」で著書、『シャネル――最強ブランドの秘密』を手渡していただきました。表紙を開くと、可愛いハートのシールのついたメッセージカードが入っていました。この本は私の宝物のひとつとして、今も大切に持っています。

私が名古屋のご自宅に電話をしますと、時には登世子先生が出てこられました。私は長年の憧れの登世子先生と少しでもお話ができたことがうれしくて、黙っていられず、いつも妻に報告して聞いてもらっていたのです。あるときの電話で、私が「登世子先生、この教師の世界は頭がおかしくなっている人が多いみたいです」というと、「そう、この世界は頭がおかしくなる世界なの。松永君も、もうおかしいのよ」と登世子先生に切り返されたことがありました。

もう、名古屋のご自宅に電話をしても、登世子先生のお声が聞けないのはさびしい限りです。登世子先生から「松永君も、もうおかしいのよ」といわれた言葉をかみしめつつ、「さもありなん……」と。

（高崎商科大学教授／経営学）

大学院時代の登世子さんの一齣

若森文子

強烈な印象　登世子さんに初めてお会いしたのは、半世紀ほど前、外部から参加させていただいた名古屋大学・平田清明先生の大学院ゼミ夏合宿（長野県の神代）においてだった。先生を中心に車座で真剣に議論する二〇名ほどの薄汚い大学院生の中に、テレビから飛び出てきたようにファッショナブルで妖艶な女性が白いパンタロン姿で斜め座りしている。赤いマニキュアをつけた長い透き通る指先で、朱塗りのケースからタバコを一本さっと抜きとり、優雅にくゆらしながら宙の一点に目を凝らし深慮している様に度肝を抜かれる。ゼミ合宿のテーマ（マルクスの価値論との関連から聖書を読み込む）は私にとってもともと難し過ぎたが、先生初めみんなを喜ばせた「生産過程は目に見えない」という彼女の甘い声での発言は、ますます私を混乱させた。

お食事会　登世子さんも私もそれぞれ結婚した一九七一年の翌年の春休み、私たち夫婦は平田ゼミの仲間と共に、名古屋市郊外・枇杷島の、磨き上げられた小さな新婚家庭に招かれた。お喋りと食事がメインと思っていたのに、「食べるものはまだ何も考えてないの。手伝ってね」と登世子さん。急遽、一緒に近くの市場へ買い出しに。「カキフライにしよう！」と提案するが、ダサいおかずと感じられたのか、同意もなく、「板わさしか作れないからお願い！」と頼まれ覚悟する。楽しかったひと時が思い出されるから、何とか間に合ったのだろう。

友人E旧夫妻との「お招きごっこ」の時の話も忘れられない。E旧夫妻によるミートローフなどのご馳走に、鋭夫さんは飢えた子供のようにぱくつき始めるが、「みっともない！　鋭夫さん、おやめなさい」との登世子さんの一言で箸の動きが止まったそうだ。そして、次の山田夫妻によるお招きでは、真っ黒なロングドレスで迎えられたものの、テーブルに出てきたのはしゃれた器に上品に盛られたイカさしとワインくらいで、すきっ腹のEたちは帰りにラーメンを掻き込んだという。

素直に話してみたかった——後悔

「玄関チャイムも電話線も切ってお互いに研究に励みましょう」という「学的交流宣言」のような手紙を鋭夫さんから頂いて以後、山田夫妻との日常的付き合いはほとんどなくなった。子育てや家事中心の日々に飽き足らず「自分の人生」の意味を探していた私は、屈折した気持ちもあって、登世子さんをさらに遠い存在と感じるようになっていた。

突然、登世子さんが亡くなられた時、あの華やかな印象と共に後悔の念が押し寄せてきた。登世子さんを惜しむ新聞記事や、『フランスかぶれ』、偲ぶ会で戴いた資料などを読みながら、若い頃から「フランスかぶれ」を実践し、研究し、それを突き抜けた彼女のことを思う。《この半世紀を生きてようやく自分の人生を受け容れられるようになった今のような素直な気持ちで、出会い、お話しする機会をもちたかった。矛盾しているが亡くなられる前に偲ぶ会が行われていたらよかったのに》、と悔やむことしきりの私である。

（翻訳家）

イエス・キリストもみの木教会での日曜礼拝後の会食にて
（2016 年 8 月 7 日）

風のような女《ひと》

中川智子

登世子先生とは、今から二十年くらい前に出会いました。所属する教会が一緒だったこともあり、お互いに住んでいる場所は名古屋と東京ではありましたが、電話で聖書の言葉や祈りを通して、親交を深めていました。

登世子先生は、何よりも「言葉」を大切になさる方でした。たとえ、どのような状況にあろうとも、み言葉によって立ち上がられる姿は、共に信仰の道を歩く良きお手本でもありました。

新約聖書、ヨハネによる福音書、三章八節に、『風は思いのままに吹く。あなたはその音を聞いても、それがどこから来て、どこへ行くかを知らない。霊から生まれた者も皆そのとおりである。』という、み言葉があります。

ある夜、ファリサイ派に属するニコデモという人が、イエスのところに救いについて教えを請いに来ます。ニコデモの質問に対してイエスは「新たに生まれなければ」と、悔い改めを求められ、「風は思いのままに吹く」という謎のような言葉を語られました。このイエスの言葉によって、ニコデモは人知れず苦しみ、悩み、心の中で葛藤を味わったことでしょう。今までのようにファリサイ主義に安定した、まとまった一つの心ではいられなくなり、問いつ問われつという二つに分かれた心の間を、行ったり戻ったりする者となったはずです。この心の間は、イエスに出会ってから出来たものです。イエスはニコデモの心の中に間をつくり、その間を吹き抜けるように働いておられたのです。

風という言葉の原語は、霊を意味します。ここではイエスを指していると考えられ、「風は思いのままに吹く」とは、イエス・キリストという方は、ニコデモの心の内に問いつ問われつの間をつくり、その間を吹き抜けながらニコデモを導いていかれたということでしょう。これが、イエスが人間に関わって下さる方法なのですね。

街を歩いていると、心地よい風が私を包みます。その時、なぜかその風にのせて、「トモシ」（私の愛称）と、私を呼びかける声が聞こえます。登世子先生は今、風となって、私が信仰からそれないように、主と共に導いて下さっているのでしょう。

（イエス・キリストもみの木教会牧師）

叔母の〝普段着〟

羽田明子

登世子さんに会ったことや見かけたことのある知り合いからは、「とてもお洒落で素敵な叔母様ですね」と言われることが度々あったのだが、その話を電話で本人にすると、「困ったね、家で仕事している時は寝間着のまんまなんだけど、こんな姿見せられないわねえ」と苦笑していたものだった。私自身や私の知人たちも、自宅での仕事中はTシャツにパジャマのズボンという格好だし、やはり皆そうよね、と納得した私だった。

しかし六〜七年前になると思うが、自宅にお邪魔した際、叔父と二人でマンションの玄関まで出迎えてくれたその姿を見て目を見張った。鮮やかな紫のジャージの上下、しかも夫婦お揃い！　同じ「寝間着」でも、やはり普通の人よりは全然お洒落なのだった。

ちなみに登世子さんは大変な寒がりで、逆に私は超暑がり体質。この訪問は春で、天気も良くポカポカと暖かい日だったのに、居間のこたつと暖房カーペットはスイッチが入ったまま。さすがに暖房は私のために予め消しておいてくれたそうだが、その極端な寒がりに改めて驚いたのであった。

登世子さんは名古屋、私はドイツと距離が離れているため、彼女のヨーロッパ滞在中を除くと、会う機会と言えば、同じく名古屋に住むもう一人の叔母・従姉妹と一緒に、年に一度名古屋で食事するぐらい。食べ物には色々とうるさい人だった。嫌いな食べ物も多く、不味い物は不味いとハッキリ言うが、逆に美味しいものに出会うと、何度も「これ美味しい」と、子供のように繰り返しながら、幸せそうな顔で食べていた。白身の魚、特に鯛が好きで、お米にもうるさかった。紅茶もお気に入りのメーカーしか飲まなかった。

最後にヨーロッパで会ったのは亡くなる一年前にベルリンで。最近ようやく国際化されてきたものの、元々グルメな店が少ないこの街で、好き嫌いの多い登世子さんをどこに案内するべきかと困ったのだが、行ったモダンドイツ料理の店では、ちょうど旬のアスパラガスを喜んで食べてくれて、ホッとしたものだった。天国でも好物のアール・グレイを飲みながら、幸せな時を過ごしていることを祈る。

（姪　映像作家）

祈り続けて

須谷美以子

体が弱く、寒がりで、夏でも風邪を引いて熱を出す。方向音痴で、待ち合わせても何時来るか分からない人。家事に疎く、新しい道具に「こんなものがあったのね」と驚く妹の登世子。親みたいな姉が四人もいたから、一人暮らしの学生時代は不自由したかもしれない。

登世子が四〇代に入ってから、膠原病みたいな病に苦しみ、また、美人で優等生で、しかも幸せだった姉の不幸な病の死に遭って、登世子は神を求めた。聖書を熱心に読むクリスチャンとなった。

三年ほど前に姉妹で映画を観た。登世子にパンフレットを送ったら、観たいと言うので、一緒に行った。アルプスの山脈に建つ修道院の内部を一六年間かけて許可を得た監督が、共に暮らしながら撮影したドキュメンタリーである。祈り続ける修道士の沈黙の世界。音楽も語りもない映画は、神父様やシスターも観ていたけれど、寝ている人が多かった。しかし、登世子は熱心に観ていた。既に癌であった登世子の祈りを感じた。

登世子とはメールばかりのやりとりで、体が弱いから、「この時間は昼寝かな」と思ったり、忙しそうだからと、メールで用事を済ませようと、話すことをしないまま過ぎた月日だったが、死の数カ月前、「信仰のあり方」について電話で話した。カトリックの病院でボランティアをしている私は、シスターたちの「愛と奉仕」が気になって、登世子の意見を聞いた。「初めてこんな話を長くしたね」と言った。信仰についての本を書きたかった妹の信仰論をもっと聞きたかった。

二〇一六年七月三十一日、登世子が篠田桃紅さんのことを書いた新聞の欄を見た。教会の芸術家がアメリカで桃紅さんに会い、作品展示を名古屋に、そして新しく建ったＫＩＴＴＥビルにとセッティングした。それを私が先に観て、登世子はこの作品が好みだから観せたいと思った。ついでに新しく変わっていく名古屋駅周辺を観てもらいたいと勧めた。「老いて悠に遊ぶ」。コラムの題名は、あの場所、あの作品、そしてこれまで名古屋になかった雰囲気にふさわしいものだった。新しい名古屋は未完成だったけれど少しでも観てくれたことを嬉しく思う。「ありがとう」と電話があった。

私は登世子の人生の節目に、三度、衣装を用意した。一度目は大学卒業式の着物。用意した紐は祖母の手作りのウールのゴツゴツしたもので、心地悪かったと思う。二度目はウェディングドレス。私の知人の古いものだった。もっと新しいものを用意すればよかったと後で悔やんだ。三度目は人生最後のもの。娘と登世子の衣裳を選んだ。薄い体には、ギャルソンの地模様のある黒のスカートで立体感を出し、細い首にはエルメスの銀のスカーフ。赤も好きだったとの夫の鋭夫さんの言葉に、上着を赤にした。三人の思いを込めた衣装だった。納棺師の若い娘が「美しい方だったのですね」と言ってくれた。皆様の「美しい」という言葉も嬉しかった。三度目で私は心から満足した。

「死が怖い」と言っていた妹が「もう大丈夫」と言ってくれた。祈りに応えた主の慰めだと私は信じている。神の慈愛に包まれて、自宅が見える高い丘にある教会の納骨堂に登世子は眠る。

（姉　名古屋市在住）

バルザックと登世子さん

藤原良雄

ここに一冊の本がある。バルザック／山田登世子訳『風俗のパトロジー』。奥付の日付は、一九八二年一〇月三一日とある。

この本が、彼女との出会いであり、すべてであるといっても過言ではない。

一九八〇年初秋のまだ残暑が残る日だった。夕刻、連れ合いの山田鋭夫氏に勧められるままに、名古屋の東山公園のご自宅に伺った。

鋭夫氏とは、七年前まだ駆け出しの編集者の頃、京都ではじめてお会いした。マルクスの「要綱研究」で秀れた論文を発表されていた氏と、内田義彦論に花が咲いた。気がつくと、名古屋行き最終の時間。氏と新幹線まで走ってようやく何とか間に合った。昼の三時頃から計七時間もコーヒー一杯で内田義彦について語り合った忘れもしない思い出だ。話の中身はあまり覚えてないが、とにかく内田義彦は、一つのことしか言ってないんだ、という点で同感した。彼とは長い付き合いになるかも、という予感がした。

その後、関西に出張する度に氏と楽しい時間を過ごしたが、ある時、今度名古屋の自宅に泊まりがけで来ない？　と誘いをうけた。著者の家に泊まるのは初めてであったが、好奇心もあってお邪魔することにした。見晴らしのいい高台にあるマンション。結婚しておられると聞いていたが、奥方の姿は見えなかった。夜、帰宅され、お寿司を取っていただいた。二人で一杯やりながら、ところで奥方はどんな仕事をしておられるの？　と聴くと、同業者だという。それで拙に話がある、と。それまで遠慮されていたのか奥に引っこんでおられたが、大きな包みをもって現れた。シャイで可愛い感じの奥方、登世子さんが、その原稿の中身について話をはじめられた。

山田鋭夫氏とは、これまでマルクスのことばかり話してきたが、登世子さんはバルザックの研究者とか。これまで鋭夫氏とは一切バルザックについて話はしなかったが、『回想のマルクス』を読むと、マルクスが最も好きな作家は、バルザック。マルクスはバルザックを歴史家として愛読していたことがわかる。

この原稿は、「社会生活の病理学」と訳出されていた。話を聴きながら、原稿の目次を眺めていると、マルクスが何故バルザックを愛読していたのかがわかったような気がした。「読ませてもらいましょう」とクセのある字で書かれた手書き原稿を預って帰った。

それからまだ生硬だった訳文に少し手を入れていただき、何度かやり取りをしながら完成稿にしていただいた。それに長めの解説？大論文といっていいかもしれない文章を書いていただいた。あとは、これをどういう本にして、読者に提供するか、である。小説家バルザックのエッセー集じゃあ売れない。訳者も新人だし――当時は、有名な作家の作品は、大先生が若い研究者を使って下訳させ、自分の名前で出すのが普通とされていた時代――。この本をどう読者にプレゼンするかに、日夜頭を悩ました。

「優雅な生活論」「歩きかたの理論」「近代興奮剤考」の三本のエッセー。文章だけでは面白くない。それぞれに合う画を入れたい。そのためには、組み方の工夫をしないと。A5判か四六判か。何箇所かに画を入れるのではなく、下段に画を入れ立体的に見せる版面づくりと。デザイナーと打ち合わせながら決めた。登世子さんには、その空きにふさわしい画を提供していただく。当時は、まだ活版の時代だったので、印刷所も大変だったと思うが、よく頑張ってくれた。〝見せる版面づくり〟を、と。

それから目次。ただエッセーの見出しを並べるだけでは中身の面白さが浮んでこない。異例のことだが、これも二段にして、下段に、本文中より、箴言を抜き出して入れる。例えば「スカートの下の劇場……」とか。誰かに使われた言葉だが。

とにかく、一読した読者を飽きさせない内容をどう見せるか、それが編集者の仕事。

最後に、装丁とタイトル。タイトルは、「社会生活の病理学」では売れない。病理学を仏語ではパトロジーという。誰もわからないかもしれないが、「社会生活」を「風俗」にかえれば、「風俗のパトロジー」はいけるかも、と決めた。

カバーにふさわしいパリの都市風景画で色合いの良さそうな画を訳者に提供してもらい、カバーをデザインした。オビのキャッチは、「文豪バルザックによる出色の社会批評――、ジャーナリスト、バルザック！」と。かなり手の込んだ仕事ではあったが、定価もぎりぎりに抑え、一八〇〇円、初版三〇〇〇部。出きあがった見本を見て、これはイケル！　と確信。中々いい出来栄え。大型のA5判上製角背。これまで読み物は、大体四六判が普通だが、これは、下段に画を入れたので、大きな画面が必要だった。

発売されるや、これまであまりない現象が起きた。新聞一面のコラムニストが、次々にこの本の面白さを書いてくれた。特に『朝日』の「天声人語」、『毎日』の「余録」、『サンケイ』の「サンケイ抄」。いずれも当代きっての名コラムニストといわれた方々が、この本に魅力を感じてくれた。それを追うかのように、各紙で書評が相い次いだ。『朝日』『毎日』『日経』『読売』……と。誰も知らない新人の訳者なのに。重版に次ぐ重版で、知識人で読まない人は居ないほど話題になった。一年で一万部を超えた。

寺山修司が倒れる一ヶ月前に渋谷のパルコで逢った時、このバルザック『風俗のパトロジー』の話題に花が咲いたことを思い出す。それほどこの本が、世の心ある読者に与えた衝撃は大きかった。

この仕事を通して山田登世子は、ジャーナリズム界に出現したのだ。以来、時折逢ってはいても、拙が独立するまで一冊の本も出さなかった。九〇年代藤原書店を創ってしばらくして、そろそろバルザック生誕二〇〇年を迎えるから、バルザックの〝人間喜劇〟をやりませんか、と持ちかけた。

コルバンの『においの歴史』で共訳してもらった鹿島茂氏と一緒に、何度か編集会議を持ちながら、その間何度かの大きな嵐ものりこえ、遂に、生誕二〇〇年に間に合わすことができた。「バルザック『人間喜劇』セレクション」（全一三巻・別巻二、鹿島茂・山田登世子・大矢タカヤス責任編集、一九九九年五月―二〇〇二年三月）。出版されるや、ジャーナリズムが取り上げてくれたのはいうまでもない。

今もバルザックの諸作品は、読まれ続けている。

＊　＊

亡くなられる三日前、小社で打合せした後、新宿で会食をし、次作の企画にも話が及んだ。竹久夢二。かなりご機嫌だったので、もう一軒お誘いした。疲れた表情は見せておられなかった。京王プラザホテルの地下のバーで、一時間位話して別れた。三日後の深夜、鋭夫氏の突然の電話で驚き、翌朝早く新幹線で名古屋に向った。かける言葉もなく、もうあの華やいだ登世子さんではない、永遠の眠りについたお姿が横たわっていた。登世子さん、ありがとう。合掌。

（藤原書店社主）

Ⅱ　山田登世子の仕事——書評から

書斎にて（一九八六年、四三歳）

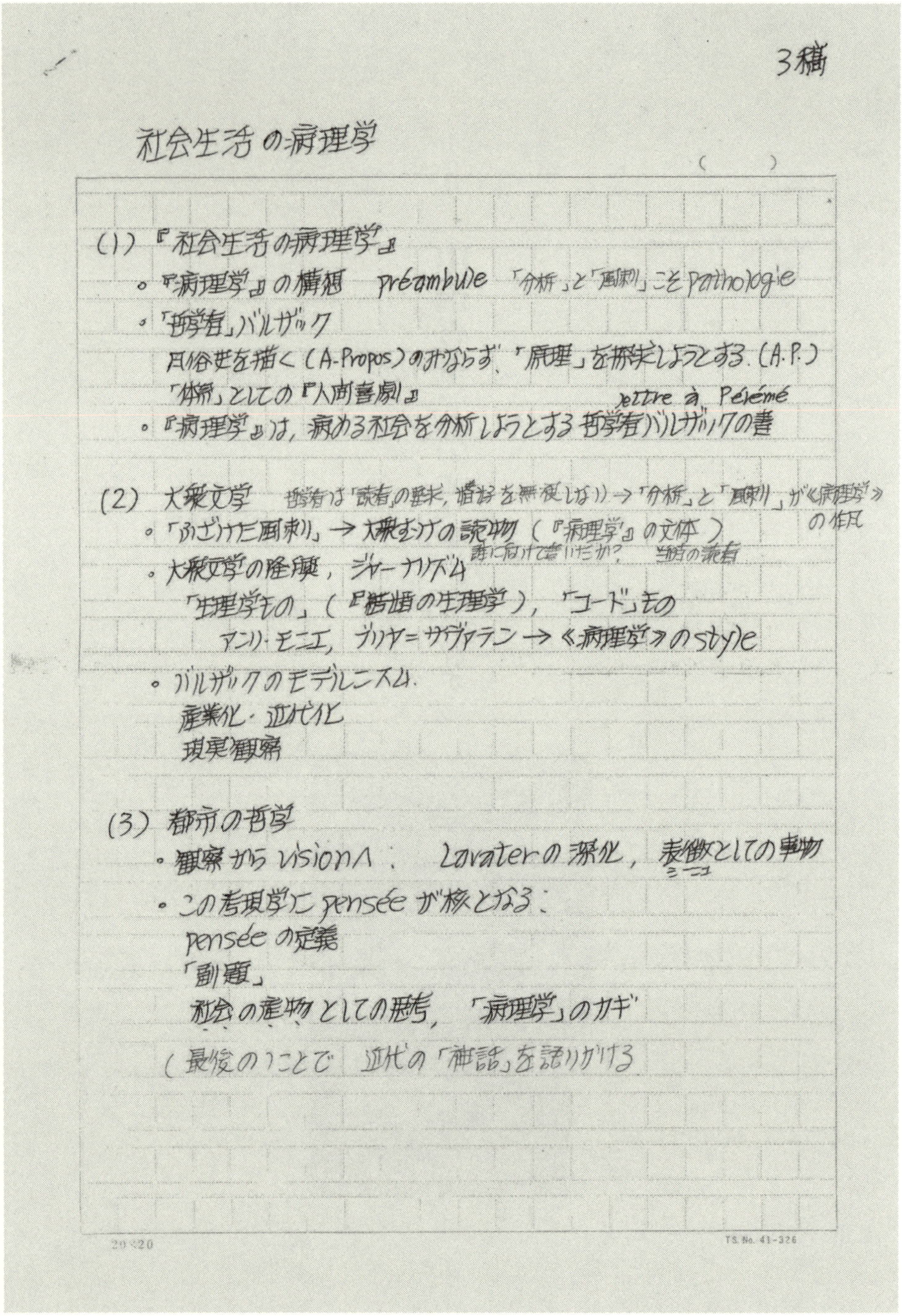
3稿

社会生活の病理学

(　　)

(1)『社会生活の病理学』

。『病理学』の構想　préambule　「分析」と「風刺」こそpathologie

。「哲学者」バルザック

風俗史を描く(A-Propos)のみならず、「原理」を探求しようとする(A.P.)

「体系」としての『人間喜劇』　Lettre à Pélémé

。『病理学』は、病める社会を分析しようとする哲学者バルザックの書

(2) 大衆文学　哲学者は「読者」の要求、嗜好を無視しない → 「分析」と「風刺」が《病理学》の作風

。「ふざけた風刺」→ 大衆むけの読物(『病理学』の文体)

誰に向けて書いたか？　当時の読者

。大衆文学の隆盛、ジャーナリズム

「生理学もの」(『結婚の生理学』)、「コード」もの

アンリ・モニエ、ブリヤ＝サヴァラン → 《病理学》のstyle

。バルザックのモデルニスム

産業化・近代化

現実観察

(3) 都市の哲学

。観察からvisionへ：　Lavaterの深化、表徴《シーニュ》としての事物

。この考現学にpenséeが核となる：

penséeの定義

「副題」

社会の産物としての思考、「病理学」のカギ

(最後のことで　近代の「神話」を語りかける

20×20　TS.No.41-326

バルザック『風俗のパトロジー』(原題『社会生活の病理学』)
訳者解説の構想ノートの断片

『社会生活の病理学』について

観察からvisionへ ―― バルザックと近代

~~『病理学』~~ ジャーナリズム生理のイギ(都市の哲学) 川端引用 mustos (maker)

~~はじめに~~ 時評をこえた近代社会認識 《分析研究》のイギ (2)

産業革命の時代

『優雅な生活論』(9) スタイル(ふざけ半分の評論)これから

(1) 階級論.

- 7月革命論 → 近代社会論 バルベリス注
- 新しい特権階級
- サン=シモン主ギの仁三. 解放から支配へ

(2) 差異の表徴

(3) 民主主義の神話 喜としての世界.

〈幻滅〉につながる社会認識

「近代」のヤーヌスの顔. 《人間喜劇》の両義性

『歩きかたの理論』(10)

- 『Elégante』にみる2重性をさらに掘りさげたもの
3年の間にルイ=フィリップ体制の確立がある

(1) 運動の理論

(2)「狂人」と「学者」 近代認識より、バルザックの「哲学」にかかわる.

しかし「狂人」認識において、〈進歩〉の悲劇という時代性が生きる.

永遠の情念ではない.

(3) 都市の病理

- 消費 ―《Fille》のパリ地獄認識. 都市のvisionにかかわる.
- とともに〈あら皮〉の神話を「時代の神話」としてよめる.

(4) 近代の2重性

- 破壊と進歩. 『歩きかた』の2律背反
- 〈偉大な認識〉

まとめ

《人間喜劇》をつらぬく二重性. しかし しだいに《消費》に傾く.

《従妹ベット》の地平は, 富と毒の, 毒をえがく.

反・自由主ギの仁. (未来がない)

『華やぐ男たちのために——性とモードの世紀末』

「オジサン」ファッションを斬る

男は見てくれである。見てくれは力である。なぜ男はもっとモードの誘惑に身を任せず、男を演じるための短髪、背広に身をやつしているのか。こうした近代の「常識」から自由になり、男たちよ、華やいでみなさい。本書の論旨をわかりやすくいえば、以上のようなことである。いわば、性差を超えられない男性に向けた、知的戦略に満ちたファッション論である。

ポーラ文化研究所、1990年

著者によれば、近代のモードの誕生は、十九世紀ロンドンの伊達男、ボー・ブランメルの襟飾りに始まったという。白いチョッキに黒の長ズボン、シルクハットと徹底的にシンプルな衣装は、絹やビロード、サテンの生地と華美を競った当時の英貴族社会のファッションとは劇的なコントラストをなした。そしてこの「シックの衝撃」はヨーロッパをかけめぐる。

王の装束をモデルとしていた貴族社会の装いが、一介の平民の洒落者の着こなしに凌駕される。ここに著者は絶対的モデルのかわりに、「個性」と「新しさ」を新たな価値にする近代モードの生誕をみる。そして重要なのは全く同じ現象が十九世紀末から二十世紀に女性のモードの世界で起きていることだ。つまり華美豪奢のオートクチュール時代からシャネルら「シック、シンプル、リラックス」というプレタポルテへの変遷は、ブランメルの革命の後を追ったのだ。しかし著者によればその後、女性のファッションは女性「性」を解放する方向で花開いているのに、男性のそれはブランメルの過激さとは程遠い「オジサン・カラー」になり果てた。

ファッションの歴史と本質に鋭く迫った評論集である。

（『日本経済新聞』一九九一年二月三日付）

『華やぐ男たちのために——性とモードの世紀末』

鷲田清一

十九世紀のダンディズムから現代のファッション・シーンまで、加速度的に膨張する「イメージ資本主義」＝「モードの帝国」のなかで、〈性〉〈モード〉〈政治〉の交差関係が、いかに変容してきたかの刺激的論考。

山田登世子は昨年、『現代思想』（青土社）での連載「メディア都市——十九世紀の流行通信」で、十九世紀のロマン主義文学とそれを囲い込んでいた勃興期の大衆消費社会状況（とりわけモードの出現）との関係を、近代的な新聞の原型ともいうべき大衆紙「プレス」で週一回掲載された流行通信「パリ便り」を読みながら分析するという、そのユニークで、しかも綿密な作業によって多くの注目を集めたが、本書ではその彼女が、十九世紀ダンディズムを起点に現代のファッション・シーンまで、性とモードと政治について大きな見取り図を描くような議論を展開している。加速度的に膨張してきた二十世紀の「イメージ資本主義」＝「モードの帝国」のなかで、性の様態、〈私〉の構造、そして権力の仕掛け、この三つの契機が、あるいはその交差関係が、どのように変容してきたのか、それぞれの論稿がそういう問題意識に貫かれており、議論はテンポよく進む。

モードという現象、それは、たえず湧出する〈いま〉という時間を、つねに新しい断片としてたまゆらの光輝のなかに包み込む。美のための美であることを超えて、それは、「変化のための変化」（ボードリヤール）という論理のなかを浮遊する。このヴァニティ・フェアに対する著者の位置は、きわめてアンビヴァレントである。モードのこの空虚ともいえる運動は、かつて貴族の「階層性の美学」を崩壊させ、いままた性の近代的な境界線を廃棄しつつあるように、拘束されたわれわれの意識のフレームを確実に組み換えてきたのであって、それが内蔵する快楽主義の力に著者は相当な信頼を寄せている。この点で、「新しさ」が絶対的な価値をもち、「別の私」を追いかけるというかたちで実はつねに「散漫な気晴らし」状態にある現在の〈空虚なナルシス〉たちに、抵抗の一つの形態をすら見いだす「エフェメラの帝国」の著者、リポヴェツキーにかぎりなく近接しながらも、まさにその「柔らかい領域」にこそ現代の権力が照準としているものを逆発見する点で、彼女はリポヴェツキーから離れてゆく。「文化の政治学」という視点の欠落、それをきびしく告発するのである。

性の黄昏への哀悼や、散乱する〈私〉たちへの喪の感情と、「新しさ」、「軽さ」、「明るさ」への著者の趣味――この二つの旋律が、言葉が言葉を追い越してゆくようなそういうスピード感とエネルギーをもって展開されるのだが、それがいつもあまりに痛快なので、かえってときには著者の憂いやため息に湿らされたつぶやきをページの隅に聴きとりたい感じがすることもあった。

(『マリ・クレール』一九九一年七月号)

『メディア都市パリ』

〝神話〟解体の手際に説得力

青土社、1991年

十九世紀のパリで新聞の学芸欄が誕生する。と同時に、ロマン主義文学の花がいっせいに咲き乱れる――バルザック、デュマ、ユゴー。かれらの小説は、大衆紙の学芸欄に連載されることで、新聞を買う人々に消費される「商品」となっていった。ジャーナリズムという市場で、文学が商品として流通し、消費されていくという今日的な光景が誕生したその場所を、本書は丹念に描いていく。

バルザックたちロマン派は霊感によって小説を書いたなどと言われているが、その実、自らの小説を売り歩く商人だったのだという具合に著者は徹底的にロマン派の甘い神話を突き崩してみせる。

広告や輪転機によって大衆紙を確立した新聞王、ジラルダンのメディア戦略、流行を生み出した新聞コラムなどを具体的なデータを盛り込みながら、ロマン派とメディアの関係が解き明かす。小説を書く行為を一つの労働ととらえ、「消費」「流通」「市場」などのマーケティング用語をちりばめながら神話を解体していく手際は、説得力に富み、十九世紀の光景を今日の問題にひきつけてくることに成功している。

その都度いまを楽しみ、新しさ、変化という価値だけで人々の欲望をそそるメディアの不思議な力は、ファッションの流行をつくり出すモードの論理でもあり、今日の大衆消費社会の支配論理でもある。メディアが流行作家を作り出し、流通し、大衆がそれを消費する——十九世紀のメディア都市パリで生まれたこの枠組みは今日に至るまで変わっていないのだ。今日の東京が、十九世紀のパリを何倍かに膨らませたメディア都市であることは論を待たない。

(『日本経済新聞』一九九一年六月十六日付)

仏文学史に新しい光

十九世紀のパリは産業が発達し、店には商品が陳列され、街路は大勢の群衆でにぎわった。そのころ、この都市で起こる出来事と話題を記述し伝える「パリ便り」というトピックスが「プレス」という新聞に掲載され、人々に愛読される。十九世紀のパリではジャーナリズムが社会の中に一つの地位を確立するようになったが、この時代はまた近代的な小説が生誕した時代でもある。

本書は、十九世紀のパリを、このように規定しながら、この時代に生まれたロマン主義文学としての小説が、実は今週の話題を伝えるトピックスである「パリ便り」と同じく、〈十九世紀のもう一つの大流行現象〉ではなかったかという視点から、文学史に新しい光を当てている。

すなわち、本書では、アンリ・デュマやバルザックらに象徴されるフランスのロマン主義を、十九世紀のパリが生み出した流行現象としてとらえ、〈文学の「外」としての流行風俗ではなく、流行風俗というフレームの「内」に文学の方を囲い込んでみる〉という方法で、十九世紀の文化史を書き換えてゆく。

著者はまず〈いわゆるロマン主義の時代として知られ

る時代は同時に近代メディアの生誕の時代でもある〉という認識を前提に置く。そしてジャーナリズムと文学という、一見離反し合うかに見える二つの言説が〈その実、深いところで「いかがわしさ」を共有しあっている〉という問題を抽出しながら、ロマン主義文学がジャーナリズムの連載小説という形式に影響され、メディアの市場の中で商品化してゆく様子を描いている。

その過程で浮き彫りされるのは、デュマが集団創作という形で小説の商品性を徹底してゆき、バルザックがジャーナリズムの形式に疎外されることで作品の質を高めるという問題。文学史をメディアの形式とのかかわりで論じることで、新しい文化史の方法を提示している。

（『山口新聞』一九九一年六月二十二日付）

「トレンド情報」のルーツ

井上章一

このあいだ、ある雑誌が「トレンドを叱る」という特集を、くんでいた。メディアがながす都会の尖端風俗情報と、それにおどらされるひとびとを「叱る」特集だ。

けっさくなのは、この雑誌の巻末である。毎月のトレンド情報を紹介する欄があるところだが、その号でもそれが存在した。特集で「トレンドを叱」っておきながら、巻末でトレンドにすりよったのだ。あきれた無節操。

ところで、いったいいつごろからなのだろう。メディアが強迫的に、トレンド情報をながしだしたのは。「これについてこられなければ、あなたは現代からとりのこされますよ」。こんな言いかたをしはじめたのは、どこの誰なのか。

著者の山田登世子は、そのルーツのひとつを、十九世紀前半のパリに見る。「プレス」紙の「パリ便り」が、そういう活動の端緒をひらいたというわけだ。モードやトピックスに関する最新情報の紹介。新奇さを売りものにする文筆記事。それは、この時代の出版産業、あるいはメディア装置の発明品だった。

トレンド情報をうみだしたこの装置は、さらに有名作家をもつくりだす。文筆家の名前を、文筆業界のブランドにしたてていく。作家が、有名人、さらにはスターになりおおせる環境をも、形成したのである。

十九世紀前半に、ロマン主義がおこったのはそのためだ。それは、文筆家の功名心がこの時代に解放されたがゆえの、ひとつの症候群だというのである。文芸思潮史上の潮流を、出版産業の動静と関連づけて論じる視点がおもしろい。ことの当否はわからぬが、そのあざやかな着眼には感心した。

私事にわたるが、私は「美人」を研究テーマにしている。そして、そのことで、以前山田登世子に、こっぴどく批判されたことがある。おろかでくだらない研究だと。だが、私が彼女に酷評されたのは、『美人論』を刊行する前である。山田は、まだ私の本を読みもしないうちから、私の研究を罵倒したわけだ。はやさをきそう最新情報も、ここにきわまったというべきだ。そして、本がでてからは、もう見むきもしないのである。

へんなひとだなと、当時は思った。だが、この本を読んでいくと、なんとなくわかってくる。ようするに、あの批判は、彼女自身の「パリ便り」、トレンド紹介だったのだ。もうおわかりだろう。山田は、自分自身のルーツを、十九世紀のパリにもとめているのである。

（『産経新聞』「井上章一が読む」一九九一年十一月五日付）

ジャーナリズムと小説と「成り上がり」の本質暴く

高橋源一郎

山田登世子の『メディア都市パリ』（青土社）にはこんな一節がある。

「……さらに庶民的な階層のあいだでは一段と格安の「虚報新聞」が出回っていたのである。……その売り物はと言えば、一にかかってセンセーションとスキャンダルであった。……そのトピックスは有名人のゴシップにはじまって、天災、事故、疫病、珍獣、フリークス、そして犯罪、である。……こうした虚報は同一パターンの周期的反復だった……それを知りつつ大衆が買って読んだということは、人びとの心性においてやはり真実への要求より娯楽価値、快楽価値が勝っていたということにほかなるまい」

これが十九世紀パリの「東スポ」の姿だ。山田登世子がこの『メディア都市パリ』で描きだしているのは「インダストリーの世紀十九世紀が生んだ最大の産業の一つ」ジャーナリズムである。十九世紀前半、情報がはじめて商品となっていた時代を描きだしながら、山田登世子はもう一つの風景も同時に提示する。それは小説の誕生というスリリングな風景だった。

「ジャーナリズムの言説のうさん臭さ。『真実』を仮構するその言説の虚構性を、現代のわたしたちはすでに良く知っている。けれども忘れてならないのは、このジャーナリズムと同時代現象であるもうひとつの言説も同じくらい得体の知れないものであったということである。もちろんロマン主義文学のことだ。……文学は、大衆から身をひき離し、『選ばれた少数者』としておのれを特権化する言説であり、『天才』、『霊感』、『栄光』というのがその典型的な記号である。もういっぽうのジャーナリズムは、大衆によって消費され、なにより市場で『売れる』ことをめざす。一見逆の身ぶりによって離反しあうこのふたつの言説は、その実、深いところで〈いかがわしさ〉を共有しあっている。そのふたつに通底するものを一言で言ってしまうなら、それは、〈成り上がり〉ということにつきるであろう」

バルザック、ネルヴァル、デュマ、メリメ、ユゴー。フランスロマン主義の〈成り上がり〉たちの隠された本質を、山田登世子はマルト・ロベールの『起源の小説と小説の起源』を例に出しながら、暴きだしていく。

（『朝日新聞』夕刊、一九九一年七月二十五日付）

「ロマン的魂」成立を斬新解釈　鹿島 茂

目から鱗が落ちるとはよく言うが、この言葉は、まさに本書にこそふさわしい。

ナポレオンがワーテルローの戦いに敗れて成立した王政復古の社会は、逆にナポレオン神話をとてつもなく増幅させ、多量の「成り上がり願望の青年」を生み出す結果になったが、剣がすでに力をもたなくなったこの時代に、こうした成り上がり願望の青年たちの心を最も引き付けたマーケットはといえば、それは、最小の資本でもっとも手取っり早く「名」を獲得することのできる分野すなわち「文学」であった。著者によれば、十九世紀の代名詞とも言えるロマン主義は、天才や霊感によって彼方の栄光を目指した無償の芸術運動などでは決してなく、なによりもまず、「名」の征服といういかがわしい欲望がプレテクストとして先行する世俗的な現象であるという。すなわち、ユゴーもバルザックも、霊感によってペンを取ったのではなく、「ナポレオンのなしたことをペンによってなさん」という上昇願望につきうごかされて、紙を黒くしていったにすぎないのである。ところが、結果的にこの成り上がり願望の青年たちが本当に天才だったため、それに続く青年たちのみならず、御本人までが自分たちを「高貴な魂をもった詩人」と錯覚し、ここにいかがわしい成り上がり願望を心の純粋さと取り違える「ロマン的魂」が成立することとなる。

だが、この「ロマン的魂」もその錯覚を物理的に支えてくれる「言説の市場」つまりジャーナリズムが成り立っていなければ、はじめから存在しえない。なぜなら王侯貴族というパトロンのいなくなった十九世紀においては、自らの文の価値を金に換えてくれるマーケットがなければ「名声」を「富」に代えることはできなかったからである。ところでモダンのみならずポスト・モダンまでをも支配することになるこのジャーナリズムも、実はロマン主義と同じく、成り上がり願望に燃えたエミール・ド・ジラルダンというスキャンダラスな私生児によって、伝達すべき内容をもった言説（思想）から言うべきことを持たぬ言説（商品）へと、一挙に資本主義の枠内に編入された制度であった。すなわち「一見逆のみぶりによって離反しあうかに見えるこの二つの言説はその実深いところで《いかがわしさ》を共有しあっている。それは《成り上がり》ということにつきる」。

このように、著者の意図は「市場の中の芸術家」が自らの「文の興行師」となってジャーナリズムという「市場の要請」に従い、文学と呼ばれる「インダストリー」を成立させていった過程を「成り上がり」というグリッドによって分析することにあるが、実はなによりも楽しいのはこうした《いかがわしさ》を著者が限りなく愛しているらしいことである。この意味で本のタイトルにはジラルダン夫人の流行通信にウエートを置いた現行の題よりもいっそ三章の副題『「ロマン的魂」虎の巻』を使ったほうがよかったのではないか。内容を一言にして要約しているこんなスキャンダラスで素晴らしい惹句はそうはないのだから。

（『週刊ポスト』一九九一年八月十六日号）

『娼婦――誘惑のディスクール』

〈モード〉を通して〈愛〉を語る

高橋幸子

今〝女ノ世界〟が浮上する。ミスコンテストへの抗議、〝有害〟コミックの規制問題、時同じくして宮沢りえさんのヌード写真が話題になり、テレビでは大林雅子さんの身辺が画面をにぎわす。この時代、現代を読み解く一つのキーワードを示す心憎い女性論である。

まずタイトルに仕掛けがある。著者自身、『娼婦』というタイトルとは裏腹に「語りたかったのは愛である」と述べる。

だが愛は見えない。見えないものを語るために、見え

日本文芸社、1991年

る衣裳を主軸にして、化粧や香水や装飾品と男の目を誘うモードの世界を、それに見合うおしゃれな文体で語りつづける。『娼婦』は〝誘惑のディスクール〟を象徴しているのだ。「それは眼に映った〝表層〟にはじまり、移ろう時の忘却の中から呼び出されて幾重もの〝意味〟や〝感情〟を付与され、再び表層のまま再現される」と。

近代は男と女を二分する性の境界線と、〝女ノ世界〟をクロウトとシロウトに分断する境界線を引いた。第一章は、その境界線に殉じた三島由紀夫を〝最後の人〟として描き、それが解体しつつある方角を山田詠美に見、そしてもはや男と女という性愛の様式は喪に服したかのように〝暖かい心と美しさ〟を綴る吉本ばななをとりあげて、愛の行方を暗示する。

かつてリブの女たちは「ありのままの私である」と、例えば化粧をしないGパン姿で世間をカッポした。させられてきた化粧へのレジスタンスと見てもよい。だが今、女は抵抗者というより他人のまなざしを射る誘惑者として、〝私〟のために再び装う。いや老いも若きも大衆が飾りたてるこの時代。舞台は〝エレガンス〟を追ってフランスへ移る。

フランス文学専攻の著者は、ゾラ、プルースト、ボードレール、フロベール、バルザックなどを自在になぞらえて、〝生の華麗さ〟を辿ってゆく。それは人為の技によって、自然を偽り自然を凌駕した、虚の美である。

このモードは〝新しい新しさ〟をもとめてやまない。バロック時代、衣裳はそのまま位階秩序の表層をなしていたが、美の掟は近代、城から市場へ移った。王の専制から時の専制へ。それは任意性と匿名性をもち、大衆化されて無秩序の秩序となる。

皮肉なことに〝新しさ〟は反復されるだけ、新しいものは何もない。全てはかつて見たものであり、互いに他のコピィと化す。

人妻と娼婦が〝同じ飾り棚〟で生き、語れば語るほど言葉は出来事から遠ざかり、貨幣や仕事は幻のように出現して何も生むことなく消費される。絶えざる否定の秩序は、起源のない出発をくりかえす。

ボーボワールはもう古い？　今や古着が新しい、か。あてのない社会の演劇。社会の〝外〟へ運ばれる〝絶対の肯定〟として、愛は最後に姿をあらわす。語りえぬものの力として。幸福の狂気として。エレガンスの末路のように。愛の元素は全てを放棄して悲劇に身をゆだね、愛のみを価値としてアーメンを唱える。究極の衣裳は死装束。

ぶれの深いこの本で、私はもう一つのパラドックスに遊ばれる。無秩序という秩序にも、ワライカワセミの毛繕いとふんころがしの愛があるかと、ゆらぐ価値をゆらしつづけて。

（『週刊ポスト』一九九一年十一月十五日号）

古い定義から解体し〝根源〟に照明

娼婦という存在は、考えてみると不可解なものである。もし娼婦が女性差別や社会経済制度の産物なら、差別や制度の変化と共に変化したり消失してよさそうなものである。人類史と共に歩んできた娼婦の歴史は、人間存在のずっと奥の方から光をあてないと理解できないものであるようだ。

何よりもまず、娼婦を「金で買われる女たち」という定義から解体していかなくてはならない。金で買われようと金が介在しなかろうと、女であることと娼婦であることとが何か根源的なものを共有しているという大胆な仮説から出発してみる方がよい。おそらく著者の視点はここにあるようだ。

本書は、三島由紀夫からボードレールやプルーストてはバルザックを論じつつ、娼婦という在り方がもつ女性の最も豊かな世界を描いてみせる。

女が最も充実し、最も美しく生を享受するためには、裸体をふくめて衣裳のディスクールの技巧をアートとして練りあげることが必要である。娼婦とは、女の生き方を芸術にまで高めることのできる人間をさす。娼婦は売女ではない。それは美の極致をめざす生の芸術家である。三島もバルザックもプルーストもそれをよく知っていた。

著者は女を描く作家たちを引用し注解することで、娼婦賛歌を語りつづける。本書の価値は、娼婦を見るまなざしを一変させたことにあると言えよう。だがもうひとつ、著者は「愛」の何たるかを語る。

娼婦的であることを極限にまで生きることなしには「すべてを肯定する」愛のあり方は決して見えてこないし、経験もできない。誘惑の言葉も忘れ、否定の言葉で虚構される人工的世界から脱け出すときに、一瞬間ではあれ、愛なるものの真の姿に立ち合うことができる。そのとき、作家も批評家も、そして何よりもわれわれ自身が、いっさいの言葉を失う。充溢した力にみたされてひとは言う――「然り、然り」と。

（『毎日新聞』一九九一年十一月十八日付）

『モードの帝国』

ファッションのさまざまな位相

鷲田清一

ファッションという現象に対して、わたしたちは二つの分析の軸を設定することができる。一つは衣服を身にまとうものと考え、それを身体との関係から考察する視点であり、いま一つは、それを流行という時間的な現象として捉える視点だ。

本書は、これら二つの問題次元に、これまで、一方ではセクシュアリティやエロティシズムとの関係に焦点を当てつつ、他方ではモードを「近代」に固有の制度として浮き彫りにしながら、取り組んできた山田登世子の最新モード論集である。

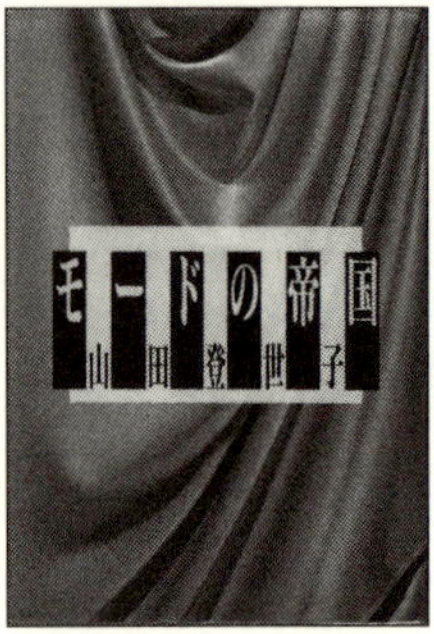

筑摩書房、1992年

モードの誘惑、モードのエロス、モードのフェティシズム、モードとシュルレアリスムの関係などが、空虚・表層・軽薄さ・誘惑・祝祭・エロス・エフェメラといったきらびやかなヴォキャブラリーを散りばめた独特のエクルチュールを駆使しつつ、まるで歌うように語りだされるのだが、何と言っても圧巻は、ポール・モランの言葉「皆殺しの天使」を副題とするシャネル論だ。そこで著者は、シャネルを、ポワレによって開始されたモードのモダン革命（身体と衣裳との関係から過剰な装飾と意味づけとを排除するシンプリシティの探究）の完成者と見ると同時に、ファッション・メディアの牽引役であったがゆえにそれがまき散らす夢物語の飽和状態のなかで自分自身の仕事をたんなる〝ワン・ノヴ・ゼム〟として相対化せざるをえなくなる、そのような《モダン》が内蔵する「《否定》の力」そのものの体現者として、残酷なほど明快に描きだしている。

そのスピーディな文体に軽やかに乗せられて、ファッションのさまざまの位相を周遊しているうちに、私たちはなぜ〈美しさ〉と〈空虚〉と〈表面〉にこれほど儚くも深く魅了されるのか、その根源的な理由を問いたくなってくる。豊富に挿入された美しいファッション写真を見つめながら、私たちをふとそういう哲学的な問題のうちに誘う書物である。

（『日本経済新聞』一九九二年七月五日付）

エロスは失われたか

男も女もひたすら外面を磨きあげる時代である。そしてまた肌を露出させたセクシーなファッションが街に、メディアにあふれている。だが美しくなり、セクシーになったはずの男女に、性のにおいが希薄になっているのはなぜか。ファッションという「表層」のイメージから、エロスに切り込んだこの本がその答えの一端を示している。

二十世紀に入って、女たちは隠されていた脚を見せ、スポーツに興じて、自由で新しい身体意識を獲得した。そして社会の変化とメディアの発展によって、皆が等しく享受できるファッションのマス化の時代がやってきた。その時代の変容を的確にとらえ、それに明確なスタイルを与えたのがシャネルである。

シャネルが最初にヒットさせたのが、避暑地で着るドレス。プルーストが「時の深さ」に女のエレガンスとエロスをかぎとっていた十九世紀を色濃く残した都会ではなく、避暑地という「野」を舞台にすることで、シャネルは二十世紀の新しい女性像とモードのモダニティーを確立した。野の風は濃密な十九世紀的女の性のにおいを吹き飛ばす。

「かぎりなくフラットでユニセックス的なそのスタイルは、女という性にまつわる神秘的な『深み』を奪い去るものである。（略）語のあらゆる意味でシャネルは『平-板』なるものによって性的な想像力の厚みを消去しさったのだ」

だが社会階層の差さえ消し、平板（フラットネス）を獲得したモードに、いま私たちは逆襲されている。表面と内面との差異をなくしたファッションからは、動物的な「生き物の感覚」、つまりは本来のエロスさえもが失われているのではないかと本書は述べる。

前著「華やぐ男たちのために」でユニークな男性論を展開した著者が、今度はファッションとエロスと女性の三点を結んだ新しい切り口の「女性論」を提起した。豊富な写真と鋭い文体が刺激的である。

（『神奈川新聞』一九九二年七月二十日付）

エレガントでセクシーな文体の乱舞の奥に

鹿島　茂

内容と形式の一致した本を書く。これは物書きならだれもが一度は夢見ることである。映画を語るのに映画の文体で書く。パリを語るのにパリの文体で書く。ではモードを語るのに、モードの文体で書くとは？　もちろん、モード雑誌のような雑駁な文体でモードを語るのではない。「ケスク・ラ・モード（モードとは何か）」という無骨な問いを発して本質を露呈させながら、いっぽうで、モードのように華麗でしかもシックな、エフェメラの文体で、さりげなくその本質を隠蔽してしまう。そのとき形式は内容に張り付いて、もはや見分けがつかない。『モードの帝国』の著者の狙いはまさにここにある。

したがって、まず読者はパリ・コレのステージを見つめる時のように、エレガントな、あるいはセクシーな文体の乱舞に幻惑されることになる。「空虚のエロス」「ファッション／誘惑ゲーム」「惑乱しに、とモードは言う」「小物の物語り」「シャネル　皆殺しの天使」「ドレスの涙」各章に付された、こうしたなんとも小粋なタイトルに誘惑されて、ページを開いた読者は、ソニア・リキエールのように蠱惑《こわく》的でパラドクサルな、スャパレリのように唐突でスキャンダラスな、シャネルのようにシンプルでテロリスト的な文体たちに好きなようにもてあそばれ、そのまま放りだされてしまう。序論、本論、結論タイプのダサイ書物しか知らない読者が、モードの本質を教えてくれる約束だったのに、とあとから泣き言をいってもはじまらない。なぜなら、モードの本質はこれらの文体それ自体のうちに語られているからである。だが、その本質は、さながら、モードのように、開示されたと思う次の瞬間にはかき消されている。要点をくどくどと述べるほど野暮なことはないからだ。

だが、読者がひとたびこの形式＝内容というディスクールの約束事を体得するならば、そこに語られているモード論は、むしろモードとは正反対の《論理性》に貫かれていることを知るだろう。あるいは著者にとっては侮辱とも聞こえるかもしれないが、この本は意外に「骨っぽい」のだ。

本書のモード論を要約すれば、それはまさに「空虚のエロス」という言葉に尽きる。モードという表面を剝いだところの、ひめやかな内奥にエロスが存在しているのではない。

「女がかくも誘惑的なのは、まさに女が表面でしかないからだ。内部にどのような《秘密》も隠していないからだ。きらきらとまぶしく輝く美しいドレープはあなたの欲望をはずませる。あなたは秘密をのぞこうとして『包み』をほどきたくなる。けれど、あなたが女をほどいてしまえば、そこにあるのはただの空虚だけ。空っぽの箱。

あなたの力はそこでくじかれてしまう」

このエロス論がそのままモード論となる。素顔を欠いた表面であるモードは理性を知らず、明日を知らず、永遠に繰り返される《いま》であり、透きとおって何も隠していないがゆえに、強烈な伝染性を持つ。なんとならば、そこには《個》が、《実体》が欠如しているので、いくらでも交換可能だからである。

モードはまず王侯貴族を離れ、ついでポワレとともにブルジョワジーからも離床し、最後にシャネルによってモード・メディアというマスの上に着床したとき、《個》や《実体》を放擲して、ついにあの透明性、表面性を獲得したのである。そして、そのときから、モードは、女と同様に、男の視線の独占的な対象でしかない《室内》を離れ、「いまや誰のものでもなく誰のものでもあるメディアの部屋の中で華麗なモードの輪舞を舞い続けている」のである。

モードの帝国の本質を摘出する著者の文体は、その外見的な華麗さにもかかわらず、むしろ剣士のようなラコニスムを感じさせる。その意味で、シャネルの《シック・シンプル》を内容と文体の両面で模した「シャネル　皆殺しの天使」は、全編中の白眉となっている。図版の選択ひとつとっても、素晴らしいセンスを感じさせる一冊である。

（『中央公論』一九九二年九月号）

「男の帝国の黄昏」指摘
——本書をひきしめる「シャネル論」

塚原　史

本書のカバーを見て、ロラン・バルトの二つの著作の表題のコンビネーションをそこに読み取ってしまったのはたぶん僕だけではないと思うが、バルトの『モードの体系』と『記号の帝国』（邦題は『表徴の帝国』）の前後を組み換えると本書の表題ができあがってしまう。この組み換えはたんなる思いつき以上の「意味作用」を含んでいて、じつはもう一方の組み合わせである「記号の体系」を影の部分として伴っているのだとすれば、本書の表題にはすでにその内容がセットされていることになる。つまり、このタイトルは、「モードの帝国」すなわち／または「記号の体系」、と読むことさえできるのだ。

じっさい、著者が前半の部分でバルトやボードリヤールを援用しつつ強調しているのは、まさにこのことであり、モードの表層性、軽薄さ、空虚さ等々すなわちシニフィエの希薄なシニフィアンとしての記号性が「ファッションという《女の形式》」のさまざまなあらわれをつうじて具体的に語られている。しかし、こう言っただけでは本書を正確に紹介したことにはならないだろう。そここではモードというあの「記号の体系」が、たとえばバルトがモード雑誌の言説をセミオロジックに分析してみせたように、外側から冷静に裁断されているわけではないのだから。本書の面白さはむしろ、一見記号論ふうな語り口に惑わされずに、モードの「帝国」の出現というう現代社会の徴候的な事件の主観的なノートとして読んでいくときに実感されるようである。

モードの帝国の出現、それは実質よりイメージ、機能よりデザイン、キタナイよりキレイが価値化されるわれわれの消費社会の巨大な流れのなかで、かつてはより強い（つまり資本主義社会ではより金持ちの）男たちの快楽に奉仕する道具として機能していたモードが、女たち自身の快楽のための装置に変貌したことを意味する、という著者の主張は、それ自体としてはすでにもろもろの論者たちのそれと（少なくとも部分的には）重なるものであって、とくに新しいものではないが、この変化を「男の帝国の黄昏」として読み替え、性が「かつてセックスと呼ばれた身体の深層からテイクオフして、ファッションという表層の戯れに移行をとげ」たとする山田氏の指摘にはそれなりの説得力がある。この世界的な光景の変化を、彼女は情報、フェティシズム、ポルノなどとのかかわりからも描写してみせ、世紀末のワンダーランドでの女たちのシュルレアリスム的変身ゲームを、肯定的かつ独断的（失礼！　だが、シュルレアリスムがファッションと「手をつないだ」と言ってはブルトンがかわいそうだ）に論じるのである。

こう書くと、女であることの快感へのナルシス的陶酔にひたりきっているかに感じられるかもしれない本書をひきしめているのは、多くの写真と、やはり最後のシャネル論である。そこで著者は、十九世紀末から今世紀初頭にかけてのモードの変容、すなわち「金と暇のハイ・ファッションを葬り去る新しい美意識と身体感覚」の出現をプルーストからの引用によって浮き彫りにしつつ、『失われた時』の作家が懐かしむ「十九世紀的な女の楽園」の破壊者としてシャネルが果たした役割を今度はもう少し客観的に強調している。だが山田氏も言うように、かつての「一人の男の所有物としての女の楽園」が今日では「誰のものでもなく誰のものでもあるメディアの楽園」として再生しているのだとすれば、「モードの帝国」にもそろそろ新しい「皆殺しの天使」が現れる頃なのではないだろうか。

（『週刊読書人』一九九二年九月二十八日号）

『声の銀河系
——メディア・女・エロティシズム』

当惑と魅力の「女声」満ちる

鈴村和成

本書が語るのは、何よりもまず女性の「当惑させる」力である。

たとえば女性の長電話ほど「当惑させる」ものがあるだろうか？　著者によれば、電話、テレビ、モードなどの視聴覚文化は、書物の文化の「威儀を正した」姿勢とはことなり、「散漫なくつろぎ」を特徴としていて、この「冗長」で軽薄な世界は限りなく女性的なものになじむ、とされる。

著者のメディア観を端的に示しているのは、女流作家デュラスに関するエッセイだろう。

河出書房新社、1993年

著者はデュラスのたぐいまれな「聴く力」にふれ、彼女は「外の声が響きわたる〝音響室〟なのである」と論じる。

この気鋭の女性フランス文学者の「声」について書いた本書がまた、「外の声が響きわたる〝音響室〟」の観を呈するのは、ゆえなしとしない。

著者は必ずしも一冊の本を書くという〝意志的〟な立場をとらず、デュラスのように自分を空無と化して、そこに他者の声を反響させるのである。

ここにいう他者の声とは、〝引用〟である。ベンヤミン、マクルーハンは言うに及ばず、『読書の文化史』のシャルチエ、『文化の政治学』のセルトー、『音楽のレッスン』のキニャール……引用と地の文が「モザイク」状に組みあわされ、長電話のようにとりとめもない、しかし魅惑的な声が聞こえてくる。

誘惑する女性の「愛の声」であって、権威ある「作者の声」ではない。著者は「作者の声」なるものを信じていない。

マスメディアの信憑性が、「どのマスコミもとりあげている」という「他人の信用」で成り立っているように、本書もまた、「情報のつくりあげる寓話」を「暗唱する」

（セルトー）スタイルをとっている。

書く、というより、聴く。すみずみまで女性的な受容の力に満たされている本書は、女性の時代の新しい本の誕生を予感させずにおかないものだ。

（『日本経済新聞』一九九三年十二月五日付）

一回かぎりのメッセージの多様性　柏木　博

歌手の差異性は声の粒にかかわっており、歌を聴く快楽もまた声の粒によっているのだといった意味のことを語ったR・バルトのエッセーを読んだとき、一気にことの本質にむかっていくその速度感に眩暈《めまい》を感じた。そのことを突如思いだしたのは、「電話でかわされるのは『愛のことば』である」「電話は、執拗《しつよう》にレスポンスを求めてやむことがない」と語る本書の冒頭のコトバによってである。「声」をテーマにしているという共通性もあるが、いきなりことの中心に入り込むその速度がバルトのエッセーを想起させたのだろう。

人々の口から直接発せられる声は、一回かぎりのはかないメッセージである。だが、それゆえに複製された文字や映像とは異なった「生もの」であり、「いま、ここにしかない」という性質、つまりベンヤミンがいう「アウラ」が声にはある。著者は「声」をまずはそうしたものとして位置づける。そこから声とメディア、声と権力、声とエロスといった、声をめぐるさまざまな現象を認識論的にとらえる。同時に、文字や、表情がつくりだす視覚的メッセージとメディアの特性を描き出す。

たとえば、親密な声（人）が直接参加していく「電話」というメディアを「声の共同体」であるとする。また、声は「いま、ここにしかない」身体性を持つものであるが故に、かつての王の声は、まさに王の権力を具体的に示すものであったという。電話という声の共同体に権力が存在しないのは、それが中心を持たないネットワークだからであり、その結果、電話による会話はまとまりのないやり取りになり、時として、二人だけの極私的な関係をつくりだすことを著者は指摘している。

発声されたメッセージに対して、書かれたメッセージは視覚を中心とした「沈黙」のメッセージであり、メッセージの送り手と受け手の間に距離をつくりだす。してみれば、文字を朗読するその声は「文字となって死んだ声に息を吹きこんで蘇《よみがえ》らせる」のだという著者の解釈は、朗読を聴くことの官能的性格を見事にとらえている。

自ら発した声は、他者とともに自らも耳にすることができることを指摘しつつ、「声は認識である」（『声と現象』）

と語ったのはJ・デリダである。そうした声の現象をわたしたちは久しく忘れていたようである。しかし、電子的メディアの出現によって再び声が復権してきている。本書は声という現象の多様性と快楽を思い起こさせてくれる。

（『朝日新聞』一九九三年十二月五日付）

『有名人の法則』

もてる男への定理、究極は？

男たちへの愛に満ちあふれた書物だ。著者は愛する男たちの幸福を願い、女に愛される、すなわちもてるための法則を十二の定理にまとめた。著者はいう。偉人はもてない。もてるのは有名人。これが「有名人の法則」だ。仏文学者である著者は、十九世紀仏文学を軸に、その法則を明らかにする。十九世紀はジャーナリズムの勃興《ぼっこう》期。有名人なる存在が生まれ始めた時代だ。

偉くなりたいとパリに出てきたバルザック。デュマとの原稿料、評判をめぐる嫉妬《しっと》と憤まん。自負ほどには売

河出書房新社、1994年

れなかった彼は、後年そのてんまつを小説にした。
作家たちの競争は激しい。他人には見えない差にこだわる「マッチョの定理」は、競争相手をねたむ「嫉妬の定理」と表裏一体。「プライドの原理」と欲望の三角形をかたちづくる。導きだされるのは「おれがおれが」の「オーレの定理」。

他人へのわずかな優位に満足をおぼえる「虚栄の定理」。少しでも劣っていると嫉妬心を感情の銀行口座にせっせとため込む「銀行の定理」。偉人になるのも大変だ。だが、と著者はいう。私たち女にはそんなこと全然関係ないの、と。女たちはある対象を全面的に称賛する「すてき！ の定理」で生きているからだ。女には好きか嫌いかの「ミーハーの定理」がすべて。だから「モデルの定理」は売れるが勝ちの有名人。活字がテレビになった現在、この傾向は強まるばかりだ。

かように著者の「偉人」、すなわち旧タイプの男たちへの筆は挑発的だ。「有名人の時代」である現代は、まさに女の時代なのだろう。さて、男はどこへ行くのか。著者のほくそ笑む顔が見えてくる。

（『日本経済新聞』一九九四年四月十七日付）

『偏愛的男性論——ついでに現代思想入門』

文体模写用いて人物論展開

橋本治、筒井康隆、澁澤龍彦、長嶋茂雄、蓮實重彦という、著者が「偏愛」してやまない五人の男たちを論じた本書は、実に意地の悪いつくりだ。著者のとった方法論は文体模写である。すなわち、論じる対象の文体を使ってそれを論じるのである。論じられる内容ばかりではなく、文章そのものも対象への批評となっているわけだ。

橋本治論なら「女のことなんか、俺はもう知らない。女のことは女にかえせ」といった具合に始まるし、蓮實重彦論なら、「いま、ここに読まれようとしているのは、

作品社、1995年

ある名付けがたい『醜悪な』風景をめぐる言説である」という具合に書き出される。本人の文体のもっともあからさまな部分を著者は執拗に拡大してみせるのだ。論じられる対象が思わず赤面するだろうと思えるほどあからさまだ。

筒井康隆論に至っては「なにしろ危険と毒がいっぱいのこの作家、うっかり手を出すと感電死してしまいそう」と、小ばかにしているようですらある。だが、それでも本書の読後感がすがすがしいのは「あざけり」でも「揶《や》揄《ゆ》」でもなく、対象への「愛」がベースだからだ。著者は「錯乱する男」をいとおしむが、本書での著者は彼ら以上に錯乱しているのである。

錯乱した著者は対象の「間抜けさ」を愛を込めて、だからこそ容赦なくなぞってしまう。つまりこの本を読む快楽は、錯乱した男を愛する女の、「相手の肉体を食べて自分のものにしてしまう」と同時に「相手になってしまう」錯乱した姿を味わうことにある。その意味で各章に詳細な脚注を付し、「ついでに現代思想入門」などと言い訳めいた副題をつけてしまったことは、錯乱者として潔くない。

（『日本経済新聞』一九九五年七月二十三日付）

『ファッションの技法』

「空虚さ」という魅力

鹿島　茂

大学でモード論の講座を受け持った著者は、最初、ジンメルの「男性に対する女性の関係は、承諾と拒絶につきる」という性差による誘惑論からファッション論をスタートし、男と女、承諾と拒絶、見せると隠す、外と内という二元論に依拠して議論を進めるが、学生の思わぬ反論に出会ううちに、より考えを深化させる。

すなわち、ファッションの魅力とは、承諾しつつ拒絶し、見せながら隠し、内であると同時に外であるそうした「対立を無効化」する「空虚」にこそある。この空虚

講談社現代新書、
1997年

さが「闘わずに勝利する」ファッションの技法なのだ。「内部があるものが相手だったら、ひとは闘うことができる。もしそれが深さと対立する浅さだったとしたら、ひとはその浅薄さを非難することができる。ところが、空っぽなもの、空虚なものを相手にすると、ひとは闘いようがない」。ファッションとは「善悪の彼岸」にあって、真面目なものを愚弄する軽薄さの「力」なのである。

二元論を越えた新しいファッション論。

（『毎日新聞』一九九七年十月二十六日付）

『リゾート世紀末――水の記憶の旅』

仏文化史に見る「水」への衝動

港　千尋

海水浴のシーズン到来である。最新モードに身を包んだ人々がビーチにあふれ、水族館やマリンパークが繁盛し、さらに最近では海水によって美容や健康を向上しようという「タラソセラピー」も各地にできて、いまや海は新しいリゾートの時代に入ろうとしているかに見える。しかし、こうした海浜の文化が成立したのは、たかだか一世紀あまり前のことであり、そしてわたしたちが現在享受している海浜リゾートのほとんどは、十九世紀フランスで生み出されたものだった。

筑摩書房、1998年

本書は、近代都市の人間が水のほうへ生活圏を拡げていったこの時代を、文学から絵画やファッションなどの、さまざまな文化を通して描いた力作である。実に幅ひろい資料収集と図版の豊富さに、まず驚かされる。マルセル・プルーストやモーパッサンといった日本人にも馴染《なじ》みのある作家たちの作品を導きの糸にして、著者はわたしたちを「水の記憶の旅」へと誘う。

　最初はセーヌ河で河遊びをしたり、観光船に乗って優雅なコート・ダジュール巡りをしたりといった、まさにリゾート気分あふれる世界が展開するが、著者の目論見は単なるリゾート文化史を描くことではない。水のなかに「癒し」を求めた時代の想像力は、そのいっぽうで極端な「衛生共和国」をも生んでいた。ひたすら「クリーン」で「潔癖」な社会を求めようとする社会は、実は「目に見えないもの」に脅えていた社会でもあったのである。人々は何かに憑《つ》き動かされるようにして、水へ向かったのだ。

　ベルエポックの温泉ブームからジュール・ヴェルヌの仮想旅行まで、わたしたちは百年前に展開されていた世界に、現在の自分の生活を重ねながら、いったいわたしたちは水のなかに何を求めようとしているのかと、自問させられるのである。（『読売新聞』一九九八年七月十二日付）

水・大気から読む十九世紀仏文学　富山太佳夫

本書は「フランス世紀末文学研究である」と著者は言う。確かにその通りであるが、ただしここには、やれ幻想性だの、デカダンスだのといった手垢のついた言葉の繰返しはみられない。信じられないかもしれないが、この世紀末文学論はさわやかな微風の中にある。そして明るい光の中にある。著者は、「本書は、あくまでも十九世紀の海浜リゾート文学研究」であるとも言う。

　世紀末文学を光る大気と水との関連において読むことを考えついた瞬間に、おそらくこの本は成功を約束されていた。またそのような視点がなければ、モーパッサンとプルースト、ヴェルヌのＳＦ、アルセーヌ・ルパン物語、ピエール・ロチの作品、そしてユイスマンスの退廃文学の間を自由に舞うことは出来なかっただろう。とくにモーパッサンの使い方がいい。

　リゾート文学というのは素晴らしい切り口であった、というよりも、フランス式の窓であった。それを開けたとたんに、著者の眼の前に新しい世界が展開したのだろう。軽やかな文体に誘われて、読者もそれが追体験できる。

印象派の画家の描いた風景の周辺にはどんな光景があったのか。人々はセーヌ河でどのように泳いだのか。リゾート地はどのように開発されたのか。ミネラル・ウォーターはなぜフランス産が有名なのか。万博と世界旅行はどうつながっているのか。温泉地や海浜のリゾートに花開いた文化とはどのようなものであったのか。ツール・ド・フランスはいかにして始まったのか。ココ・シャネルのファッション革命はそれらの事象にどうからんでくるのか。著者の好奇心はそのすべてに拡がってゆく。

確かにここにはドレフュス事件は存在しない。「ドレフュスは裏切り者だ、あいつの人種からしてそう言える」と言ったモーリス・バレスはいない。だが、「浮き浮きした遊覧気分」でこの世界を味わえば十分に満足だ。

(『日本経済新聞』一九九八年七月二十六日付)

〈水〉から解読する仏文化史　海野 弘

私が読みたいテーマがいっぱいつまっているうれしい本である。「水」をキーワードに、世紀末とリゾートをあらゆる面から解読していく。

人はなぜ水辺で癒されるのだろうか。川、湖、海といった自然が人間に働きかけてくる。十九世紀末は特に人々が水の癒しを求めて、水辺に押し寄せた時代であった。モーパッサンの小説と印象派の絵画はその時代を鮮やかに映している。

「異色のフランス文学・文化史」と帯にある。どこが異色だろうか。おそらく文学史をテクスト・クリティークから解放して、あらゆる分野との交流のうちに時代のパノラマをくりひろげる点にあるだろう。

モーパッサンの小説の日曜日の水遊びにはじまった旅は、印象派の美術史と触れあい、さらには世紀末のパリジャンの風俗、レジャーの歴史、交通史や観光旅行の起源、水治、湯治といったセラピーの歴史に入りこみ、さらにはプラージュ(浜辺)といったトポロジー、空間論を語らなければならない。そして水質をめぐり、衛生学、病理学をも参照し、地下へ降りていかなければならない。結核やコレラといった病気と水との因縁を抜けて、水の旅は温泉へと噴出し、陽光の下の青い海へと流れ出す。そこでは花咲く乙女たちがスポーツに興じており、シャネルのファッションが躍っている。

モーパッサンやプルーストの文学史を、風俗史や都市論などへと解放し、その広大な海を旅することは、膨大な資料を考えただけで気が遠くなりそうだ。その途方に暮れる想いがあとがきにもらされていて、なんだか身につまされる。しかし本文ではその重苦しさが微塵もなく、さまざまなテーマを軽快に編み上げて、想像力をかきたてるタペストリーを描き出している。

時には、その軽やかなスピードが私などにはあまりに速すぎて、ついていけない時もあり、このテーマにもう少しとどまってほしいと思うこともある。しかし、それはいずれあらためて展開されるのだろう。二十世紀もまた、水の癒しを求める世紀末にさしかかってきており、それにふさわしい本である。


(『中日新聞』一九九八年八月三十日付)

世紀末文化に新しい光を当てる

鹿島 茂

人間はないものに対して幻想を抱くばかりではない。あるものに対しても幻想を抱く。テクノロジーの進化で生活を便利にするモノが誕生すると、人はそれを道具として使うばかりか、使用価値を越えたところに存在するなにものかに幻想を投影してそのモノを慈しむ。社会に新しい事物なり習慣が生まれるたびに、人は新たな幻想の虜《とりこ》となってゆくのだ。

本書は、十九世紀末のフランスに登場した海浜リゾート、温泉保養地、衛生設備、ホテル、電気、スポーツ、自転車や自動車などの流行現象や事物を当時の資料に直接当たって再現しながら、人々がそこに投影した幻想の本質を見極めようとする野心的な試みである。

著者が第一に注目するのは「水」である。というのも、世紀前半まで水を恐れていた上流階級が突如、水の治癒力を求めてセーヌや海辺や温泉に繰り出し、その地で「リゾート文化」をつくり出したからである。

それはまず、セーヌの水遊びとなって現れる。モーパッサンや印象派の描いた水辺の幸福。だがブルジョワたちは、汚染の始まったセーヌ河畔を捨ててノルマンジーの海水浴場へと足を運ぶようになる。なぜなら海水に浸かり、太陽の光を浴びることが健康によい、とりわけ肺結核に効くと医者が勧めたからだ。「健康がかつてない価値の記号となり、健康願望が広まってゆく」。ノルマンジーの海水浴場トルーヴィルには最新設備を備えた豪華なホテルが立ち並び「海辺の女王」となる。水セラピーの夢である。

この水セラピーにはもう一つ別のジャンルがあった。温泉治療である。といってもヨーロッパの温泉で「重視されたのは入浴より鉱泉の〈飲用〉であった」。ここからミネラルウォーターの神話が生まれる。人を癒す魔法の水は投機家にとっては巨万の富をもたらす「白い石油」となる。ヴィシーは「温泉の女王」と呼ばれる。

やがて、毎年、夏や冬の休暇時にはこの海水リゾートと温泉リゾートに、パリの上流階級が集団移住するようになる。すると、そこに新たな社交場が生まれ、「快適さ」と「衛生」の幻影が生まれる。その典型がホテルである。リゾート地のホテルは、パリでは見られない衛生的な入浴設備や清潔なシーツを備え、人々を目に見えない細菌の恐怖から救う。リゾート地のホテルはブルジョワの夢想する「無菌ユートピア」そのものと化す。その一方で、リゾート地のホテルは電気照明やエレベーターなどの最新の電化設備の充実に努め、清潔なエネルギーたる電気の効能を力説する。この電気崇拝はヴェルヌやリラダンにあってはむしろ信仰に近づく。「電気というこの新しいもの、モダンなものは〈災厄〉であれ〈宗教〉であれ、非合理なものを一掃したのではない。むしろそれは人びとの想像力の領野を広げたのだ」

モーパッサンやプルーストの文章を効果的に配して「水の夢」という観点から世紀末文化に新しい光を当てた画期的力作で、それぞれのテーマの選択も結論も申し分ないが、敢えて瑕瑾《かきん》を指摘すれば、テーマを疑問として提出し、その答を探すという謎解きの構成がないため、答えが「断定」の形で早く出過ぎて、途中で繰り返しになっている。結論はもう少し出し惜しみした方がいい。

とまれ、こうした形で「事象の想像力」を扱った世紀末研究は皆無だけに、本書は世紀末研究にとって、無限のアイディアの宝庫となるにちがいない。

（『毎日新聞』一九九八年九月十六日付）

水、この両義的なるトポス　堀江敏幸

「二一章からなる項目の一つ一つが、それぞれ一冊の本にできそうなほど幅広いテーマばかりである。（中略）その多彩さは裏返せば本書の短所でもあり、どのテーマも中途半端な研究になっているかもしれない」とあとがきにあるのは、むろん謙遜だろう。本書が上田敏の『海潮音』の水脈に連なるきわめて個性的な、それでいて普遍的な仏文学受容史であると同時に、フランス十九世紀を俯瞰する優れた「水の文化史」であることは、明らかだからだ。

十九世紀末、オスマンによる大改造を済ませたパリの「城壁」の外側には、田園と工場地区の混淆地帯がひろがっていた。都心に豪奢なアパルトマンを構える上流階級のエリートたちは、やがて交通機関の発達によって身

近になったこの緑と水のあるセーヌ沿いの「郊外」を「発見」していく。まぎれもない田舎暮らしを敢行して引きこもりに美を見出したロンドンのインテリたちとは逆に、パリ人たちは、彼らの視線なくしてはひとつの光景ですらなかったはずの外部に、積極的な意味を立ちあげたのである。しかもそこに現出したのは、日常のきらびやかなサロン生活の、いわば出先機関だった。

一方、壁の外に追いやられた庶民にとって、セーヌ沿いの緑地は厳しい仕事から解放された週末にこぞって出かけるかりそめの逃避場所であった。アッパーミドル階級の住む合衆国のサバービアなどと決定的に異なるそうしたパリ郊外の構図は、二十世紀にいたっても受け継がれ、貧民層の住むゾーンから移民たちが寄り集う一種の掃き溜めへと変転を重ねて機能しているのだが、壁の内側と外側の境界を無化し、都市の内部で保たれた階級序列をつかのま破棄する特権的な無法地帯こそ「水」の領域だったとする仮説は、豊富な事例によってみごとに立証されている。

海の生命力を力説したミシュレ、ピクニックと水上の散策を愛したモーパッサン、ブヴァールとペキュシェに田園への憧憬を語らせたフロベール、海底二万里の水を描いたヴェルヌ、そして瑞々しい少女が群生する浜辺のリゾートを描ききったプルースト。病を癒す霧深い北の海と湯治場、美しくはかない幻想を生んだオフェーリアと結核患者の蒼白い相貌の美化、万博を支えるエギゾチスムをあおった大洋と、旅行ではなく「逗留」を許す豪華ホテルの鮮やかなネオン、そして清潔な浴室。

水とは、いかがわしくもあり、またこのうえなく官能的でもある曖昧なトポスなのだ。セラピー効果と疫病の媒介という相反するふたつの極をあっけなく結合してしまう大胆不敵なその水の行方をたどって見えてくるのは、十九世紀的な欲望の果てとしての二十世紀であり、あらたな世紀末だと思われてならない。

(『すばる』一九九八年十月号。のちに『本の音』中公文庫、二〇一一年所収)

『バルザックがおもしろい』

いま〝売れている〟その理由は

日高　普

藤原書店、1999年

久しぶりに『ふくろう党』を読み返して、やっぱりバルザックはおもしろいと思ったちょうどそのとき、本書の存在を知った。早速読んだが、本書もおもしろくたっぷりと楽しむことができた。本書の前半は二人の著者の対談で、後半は往復書簡で成り立っているが、二人の意見にほとんど対立はなく、陽気に盛り上がって読者の気持ちを牽《ひ》きつける。かつて日本の社会でバルザックがあまり売れなかったのはなぜか、というところから話は始まる。

バルザックの小説は成熟したブルジョア社会を背景にしている。しかしかつての日本社会は清貧が尊ばれ、求道的文学が重んぜられてきた。バルザックが売れなかったゆえんである。それが高度成長とバブルの時代を経て、やっとバルザックの小説をおもしろがる成熟に達したのではないか、というのがその趣旨だ。それを良く示すものとして二つの作品『谷間の百合』と『ウジェニー・グランデ』の戦前での扱いを見る。

『谷間の百合』は大部分が人妻を恋うるラブレターからなっていて、単調で退屈だ。それが戦前は清純な恋愛を描いたものとして、まるでバルザックの代表作であるかのような扱いだった。ウジェニー・グランデという人名を日本では小説の題に選びにくいという事情はわかるが、誰の発明か純愛という言葉を括弧に入れて題にくっつけるという習慣が定着したが、これがまったくの誤解にもとづくことは本書に詳しい。

バルザックは「永遠性と現在性」を合わせ持って人間の情熱を追求したが、それは必ずしもすべて財産と立身出世を求めるものばかりではなかった。一応はそういったとしても「そういうふうに言い切れないところがある。もっとそれを越えた恐ろしい部分がある」というところが、本書の優れたところだ。「前に一度読んだものを読み返すと、あれこんな凄いことをいっていたのかと驚くことが多い」「読む度に新しい。深いんだなあ、バルザックは」。

後半は二人の往復書簡になる。評者に不満な点といえば、この往復書簡の材料になっている作品の大きな部分を『幻滅』が占めていることで、もっとあれを論じてほしい、これも論じてほしいと不満を感じながら読み進んだ。とはいえ、バルザックの数多い傑作を全部論じようと思えば何も論じないままで終わってしまうであろうし、ひとつ取りあげるにしても人の好みによっていろいろであろう。トルストイといえば『戦争と平和』といった、万人共通な定番がバルザックにはないのである。

読者を先にひっぱっていって、夜も眠らせない力、『幻滅』にはとびきりの密度でそれがあるというのだ。ここまで言われたら、評者としても引っ込むより他にあるまい。せめて「人間喜劇」セレクション十三冊、作品としては短編集を別として選ばれた長編小説九編のうちに、ごひいきの『ラブイユーズ』が入っているのをもって満足すべきであろう。

『ペール・ゴリオ』のなかにかつて『あら皮』に登場させたラスティニャックの以前の姿を描いた。こうして『人間喜劇』という天才的着想が始まったわけだが、同じ試みをフォークナーが試みたことを本書で知っておもしろかった。作品数が相当多くなければこれは無理というものだ。

（『毎日新聞』一九九九年六月十三日付）

『ブランドの世紀』

ブランドの誕生と発展

実川元子

なぜ女性たちは給料数カ月分をはたいてエルメスのバッグを買うのか？　プラダの靴のどこがいいのか？　おじさんたちのそんな素朴な疑問に答えると同時に、「ブランド」という切り口で二十世紀の産業と文化を読み解いた書である。

ブランドの誕生と発展は「贅沢《ぜいたく》の大衆化」と関係している。著者は市民階級が贅沢を求め始める二十世紀初頭の英国から「ブランド前史」をスタートさせる。

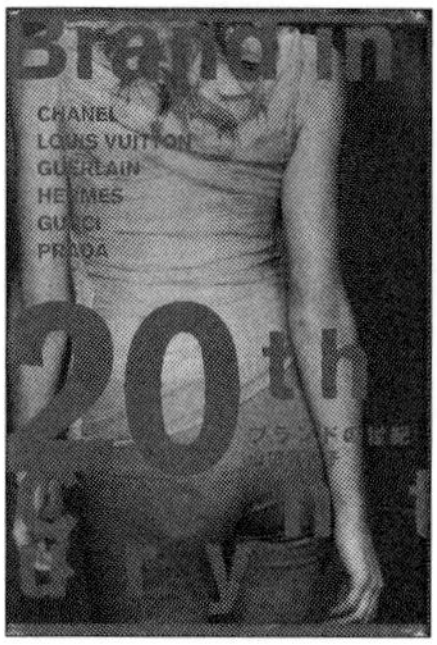

マガジンハウス、
2000年

ブランドが誕生するのは、当時のヨーロッパの文化の中心地パリ。希少性、高級イメージ、豊かさの記号というブランドの価値と魅力は、ルイ・ヴィトンやエルメスといった先見の明のあった老舗《しにせ》の「メイド・イン・パリ」の商品によって作られる。

ヨーロッパでは上流社会のものである高級ブランドが、大衆に広がって巨大な産業に成長するのがアメリカだ。それはマスメディアの力によるところが大きい。アメリカで生まれた「ヴォーグ」誌は「パリ・モード」を世界のブランドに仕立てた夢の装置だった」。

そして現代日本のブランドブーム。ブランドが、本来持っているはずの選良性や永続性と真っ向から対立するはずの大衆性や流行と「おかしな」関係を結んでいる日本。その特異な現象を読み解くカギは、若い女性たちの「カワイイ」という感性である。

女の子が「カワイー」と叫ぶ対象は、実は自分の身体の延長、つまりイメージだけで成り立つメディア的身体。女の子たちはブランドものでメディア的身体に変身し、メディアが作りあげた渋谷の109やセンター街という、バーチャルな街を歩くのである。

オースティンから林真理子まで、シャネルからキティちゃんまでを縦横自在に取り上げた本著は、初の本格的な「ブランド論」として刺激的。軽くおもしろく読めるが内容は濃密で、ファッション以外の商品分野のマーケティングのヒントもいっぱい詰まっている。

（『岐阜新聞』二〇〇〇年五月二十八日付）

縦と横の視点からブランドを描く

張競

なぜ和服にはブランドはないのか。この意表をつく問いにはまず一驚した。

イギリスで生まれた勤労の制服であるスーツは、旅行の習慣とともに女性モードに取り入れられ、女性を外に解き放つきっかけを作った。ポワレはコルセットから身体を解放しただけでなく、デザインという無形の価値をブランドに盛り込んだ。モードに芸術を持ち込んだポワレは一九三〇年代に早くも忘れ去られたのに比べて、「モードは芸術ではない、技術だ」と言い切ったシャネルはアメリカ市場を征服した。ブランドという鏡には、近代文化の移り変わりが映し出されるだけでなく、ときには現代芸術の根幹にかかわる問題をも反転させて見せる。

縦と横の視点からブランドとは何かを解き明かす手法は印象的である。モードと情緒や思考の史的関係を浮かび上がらせたと同時に、ロンドン、パリ、ニューヨークや東京といった異空間におけるモードの往還を通して、ブランドがどのように意味の体系を形成されたかが示された。

（『毎日新聞』二〇〇〇年七月三十日付）

『恍惚』

バルザックなどの研究で知られる仏文学者による小説。二十世紀初頭のパリを舞台に、社交界で知らぬ者はいない高級娼婦ジュリアをめぐる恋愛物語である。デルクール侯爵の愛に包まれていたが、彼が束縛するそぶりを見せると、侯爵の知り合いの肖像画家アンリとの気まぐれな恋に身を任せる。一人の女性をめぐる二人の男の争いは意外な結末を招く。ファッション評論も手がける著者らしく、服飾品の描写も読みごたえがある。

（『日本経済新聞』二〇〇五年十月二日付）

文藝春秋、2005年

『晶子とシャネル』

二人の人生の小気味よさ

酒井啓子

「晶子」は与謝野晶子である。「あの」シャネルと同時代人で、パリにいたのも同時期とは、結構意外だ。臆面《おくめん》もなく性の喜びを歌い、鉄幹との馬鹿ップルぶりを披露する晶子と、ひたすら活動的にと、帽子を捨てスカートを短くしたシャネル。お嬢様の飾り立てた様式を元気に飛び越えたところが、二人の人生の小気味いいところである。

晶子が山川菊栄らと戦わした「母性保護論争」のくだりが、面白い。「実家の財産に胡座《あぐら》をかいてるアナタた

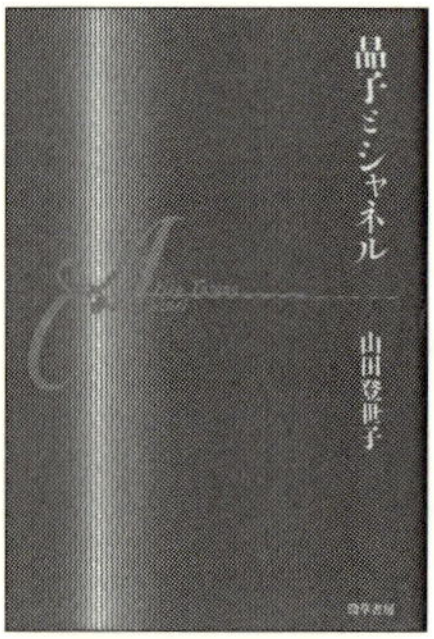

勁草書房、2006年

ちと違って、アタシは働かなきゃなんないのよ」、とでもいうような晶子のせりふが聞こえてきそうだ。

二人の登場の背景に、「好き勝手やる若い女たち」の台頭を見るのも、印象的。『明星』に集うのも、ジャージーを着て自転車に乗るのも、きゃぴきゃぴの女学生だ。

「はたらく女」と「しろうと」性が共通項と、著者は言う。いつの世も大衆と女子高生が、文化を作る。


（『朝日新聞』二〇〇六年二月二十六日付）

我を貫いた「働く女」の先駆

吉武輝子

晶子は『みだれ髪』で短歌の世界に新風を吹き込み、二十世紀の恋歌を創造した与謝野晶子。そしてシャネルは装飾に溢《あふ》れた宮廷ファッションを一掃し、働く女性のマスファッション──現代モードを作り上げたココ・シャネルである。晶子が五歳年上だが、二十世紀という新時代を共に生きながら二人は一面識もない。

片や日本の裕福な商家の生まれ、片やフランスの孤児院育ち。才能の開花の点では、晶子を語る時ごく自然に鉄幹を語ることになるが、「無からの創造者」シャネルを語る時シャネル自身をして語るという違い。日露戦争中に反戦詩を敢然と世に問うた晶子と、第二次大戦中ドイツ青年と暮らし、戦後その汚点によって十年近く隠遁《いんとん》しなければならなかった戦争とのスタンスの違い。類似点よりも相違点の方がはるかに大きい二人を、「魂の姉妹」と位置づけ、その正当性を個々の資料を積み重ねながら辿《たど》っている本著は、華麗でかつ日仏文化交流史の繊細さ、壮大さに彩られた上質な推理小説の感が深い。

この二人が「魂の姉妹」たり得るのは、女の自我を認めぬ時代に、徹底的に「我」を追求した表現者であったこと。そして一生働き続けた「働く女」であったこと。「男に寄食して労働を回避する」女に対しては二人ともきわめて厳しい。それにもまして、「皆殺しの天使」と称されたシャネルが孤独なランナーであったのと同様、平塚らいてう、山川菊栄を巻き込んで繰り広げられた「母性論争」の中で「女が働くことの必要性」を説いて孤立し続けた晶子もまことに孤独なランナーであった。

本著の傑出している点は、はるか後輩である自分たちを晶子、シャネルの「娘」と位置づけている点である。孤独なランナーとして生きた先輩女性がいてくれたから、今を孤独に生きずに済む──歴史の連続性を認識した後輩の存在に偉大な先輩たちは孤独から解き放たれ、安らかな眠りにつくことができたのではないだろうか。女に優しい秀作である。


（『東京新聞』二〇〇六年三月十二日付）

身体解放した女性の同時代史

小倉孝誠

与謝野晶子（一八七八―一九四二）とココ・シャネル（一八八三―一九七一）。一方は近代日本の和歌に清新な作風を持ち込んだ作家、他方は現代モードの基礎を作ったフランスのクチュリエである。世代が同じであることを除けば、この二人には一見何の接点もない。そんな二人の女性を並べて論じるのはなぜか。

二人にはいくつか共通点があるからだ。まず彼女たちは規範にとらわれず、ひたすら「私」を表現することに努めた。そして、歌壇やオートクチュールの伝統のなかで育たなかった彼女たちは、和歌とモードの世界で終生「しろうと」であり続けようとし、結果として大衆の感性を見事に捉《とら》えた。しかも晶子とシャネルはどちらも、生涯「働く女」だった。経済的な自立を保障する労働は、二人にとって大きな価値だった。

このような基本認識にもとづいて、著者は二人の女性の間にさまざまな「視《み》えざるコレスポンダンス」を読み解いていく。もっとも興味深いのは、身体とセクシュアリティーの問題である。『みだれ髪』に代表される晶子の作品では、恋する女の身体が謳《うた》われ、性愛の悦《よろこ》びさえ表現されている。女がみずから「やは肌のあつき血汐」を詠んだのは、まさに衝撃的な事件だった。他方シャネルは、それまで窮屈な衣裳《いしょう》に包まれていた女性の身体に自由をもたらした。第一次世界大戦の後、社会のさまざまな分野に進出した女性たちには、活動しやすい衣服が必要だということに、彼女はいち早く気づいた。今でこそ高級ブランドの代名詞だが、シャネルが当初めざしたのは「着やすさ」だったのである。二人は女性の身体を解放したという点で、一致している。

本書は晶子とシャネルの仕事を跡づけるだけでなく、二人の生涯の軌跡を同時代の状況のなかに見事に組み込んでみせる。晶子のパリ滞在（一九一二年）を素材に、ベルエポック期のパリの文化風土を、知的な優雅さをもって鮮やかに再現したページは、著者の面目躍如というところである。女性読者は、二人のスーパーウーマンの生き方にいくらか圧倒されつつも、元気をもらえることだろう。

（『日本経済新聞』二〇〇六年二月二十六日付）

『ブランドの条件』

起源掘り起こしたブランド論

グアムで著者はエルメスそっくりのバッグを目にする。エルメスとよく似たロゴのその店の店員によると、エルメスの職人が独立して開いたブランドだという。その後、近くの別の店にも似たバッグがあり同様の説明を受けた。著者が最初の店に戻って尋ねると「韓国のコピーですよ」と事もなげに言う。驚くことにその〝コピー〟の店を訴えたこともあるという。

「偽物」が「偽物の偽物」を生む。この挿話は、偽物が本物の価値を浮き彫りにする逆説を示す。この構図を活用したのはシャネルの創設者、ココ・シャネルだ。名を高めることに寄与すると判断した彼女はコピー商品に寛容だった。人造宝石に高値を付けて売り出しもする。「名」そのものが持つブランドの魔力はココの登場で完成する。

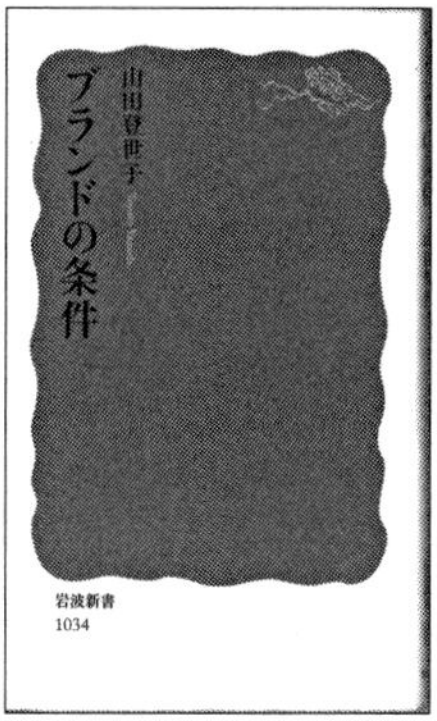

岩波新書、2006年

ブランドとは何か。この命題に著者が採った手法は起源を掘り起こすことだ。ルイ・ヴィトンのような王侯貴族を顧客としたぜいたく品は、ナポレオン三世の産業振興策とデモクラシーを機に、金で買える商品に生まれ変わる。大量生産時代の到来に、エルメスは量産の一形態としての少量生産という道を見いだす。

メディアと伴走する大衆消費社会の到来を予見したココに至るまで、ブランドはその価値をこうして身にまとってきた。流行にコミットすることで価値を刷新し、「名」を磨く知恵もつけている。平易に書かれた小著だが、本格的なブランド論の登場といえる。

（『日本経済新聞』二〇〇六年十月十五日付）

『贅沢の条件』

シャネルのモード革命の原点とは　中村達也

『贅沢《ぜいたく》の条件』の中に、こんな一節がある。「満月の夜は、愛《いと》しい人に会うかのようにいそいそと帰宅を急ぎ、ひとり月の出を待ちわびる。やがて山の端に赤い満月が姿を見せる時のおののき。見る間に月は中天にかかって色をなくし、やがてきららかな銀に輝く。その銀のしずくを浴びるかのように、リビングの床に座りこんで、床に映る月の光に身を浸す。わたしの内からリストの水の音楽が聞こえてきて、想《おも》いは遠く『ここ』を離れ、あらぬ虚空にのぼりゆく——わたしにとってかけがえのない贅沢な時間である」。月を愛《め》でる閑暇こそが贅沢の核心なのだという。

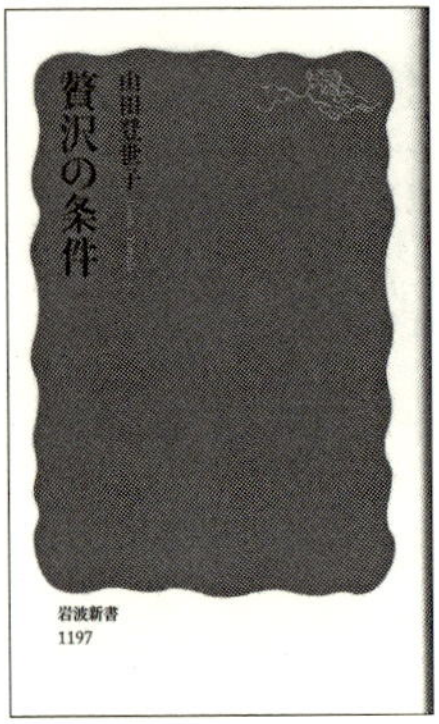
岩波新書、2009年

　バロック時代の王侯貴族たちの金銀宝石にとり囲まれたきらびやかな贅沢、やがてブルジョアの時代となり経済的富を手にした男たちが、その富と権威を誇示するために、妻たちがくり広げる代行的消費の派手派手しさ。そうした贅沢に痛烈な一撃を加えたのがココ・シャネルであった。シンプルで機能的で着心地のいいスーツ。シャネルは、それまでの貴族的な贅沢を覆して現代的なラグジュアリーを世に広めたモードの革命児である。そして、そのシャネルの贅沢革命の原点が、実は、青春期を孤児として過ごしたオバジーヌ修道院にあったことが、『贅沢の条件』を構想するヒントだったという。

　「贅沢とは使い古した服だ」とシャネルは語っていた。何万枚ものスーツを作り巨万の富を得たこのクチュリエは、いつも同じ一着のスーツを着ていた。亡くなった時、ホテル・リッツの部屋のワードローブにはたった二着のスーツしか掛かっていなかったという。著者は、オバジーヌ修道院を訪ね、質素でシンプルなそのたたずまいを見て、シャネルのモード革命の原点を確認した。そして、修道院の中庭から月を見たときの満ち足りた想いを語っている。忙しいビジネス社会から失われて久しいもの、それは「はるけさ」。遠い昔に起源をもち、悠久の時を経て現在に運ばれてくる、そんなゆったりとした時の流れこそ贅沢の条件なのだが、情報社会はそんな悠長な時間を許さない。ベンヤミンのいう「退屈」である。「身体的にリラックスした状態の頂点が眠りだとすれば、精神的なそれは退屈である。退屈とは、経験という卵をかえす夢の鳥だ」

(『毎日新聞』二〇〇九年十月十八日付)

『誰も知らない印象派——娼婦の美術史』

娼婦たちの印象派

美術市場で印象派は今日も人気が高い。その理由の一つは美女を描いた絵が多いからだ。ルノワール、マネ、ドガ、モネ。彼らの絵にはパリの歓楽街や劇場、セーヌ河での舟遊びや河沿いのカフェを描いた作品が多い。そこに描かれた女たちが、じつはほとんどが貧しい階層出身の娼婦《しょうふ》たちであったと教えるのは、山田登世子の『誰も知らない印象派——娼婦の美術史』(左右社)である。

バルザックやゾラ、モーパッサンの専門家である山田は、たとえばゾラの『ナナ』のように、貧しい娘が性的

左右社、2010年

魅力によって男の注目を浴び、やがて身を持ち崩していく生涯を、絵の中の女たちに読み取る。レジャーとリゾートが急速に郊外へ発展した十九世紀後半、富裕階層の歓楽はボート遊び、ガンゲットと呼ばれるダンス酒場に集中した。カンカン踊りが生まれたのもそこからである。そんな場所ではダンサーもバーの売り子も、自分を売り込んでパトロンを獲得するのに躍起だったのである。

　当時のフランスは先端の娼婦文化国だった。美術史の授業では決して教えない、脂粉まみれの生々しい実態が絵には封じ込められている。文学がそうであるように、美術も高邁《こうまい》な芸術として崇《あが》めるだけでは読み解けない。

（モンマルトル）

（『中日新聞』夕刊「大波小波」二〇一〇年十月九日付）

印象派の画面から省かれたもの

十九世紀パリの印象派の画家たちは、セーヌ河畔のピクニックや水浴を好んで題材とした。健康的で光あふれる絵画だが、画家たちは現実にはいたはずのある種の女性を画面から省いたという。フランス文学者の著者は、文学や新聞、ポスターなどから当時の風俗をひもとく。オペラの世界にも目配りしながら、画家たちがなぜ『椿姫』のヒロインとその予備軍から目を背けたのかを読み解く。経済的な背景にも触れるなど、その手際は鮮やかだ。

（『日本経済新聞』二〇一〇年十月三日付）

ブルジョワの欲望をおおいかくした光と色のドラマ

井上章一

フランスの印象派絵画は、美術展のきりふだである。とにかく、人気がある。ルノアールやマネなどがおがめるとなれば、その展覧会には、おおぜいの愛好家があつまる。日本だけのことではない。アメリカでも、ヨーロッパでも、印象派の人気は圧倒的である。

　明るい外光のなかで、光があふれているところをえがきだす。すきとおった空と、雲のかがやき。水面にあふれる光のたわむれ。風にゆれるドレスが、陽光をあびて、虹のような色にそめられる。そんな画面に、現代人はなにほどかいやされるのかもしれない。

　しかし、印象派の画家たちは、しばしばとんでもないところでえがいていた。光の描写でうっとりする現代人が、考えもしないような現実を、その背景にしていたのである。すなわち、十九世紀後半におけるパリの性風俗を。

　たとえば、ルノワールに「舟遊びの昼食」と題された絵がある。ランチにつどう何人もの男女が、語らいあうところをとらえた作品である。水辺のそばで、セーヌ川からてりかえされた光があふれる、明るい画面になっている。

そこにうつされた女たちは、しかしセミ・プロの娼婦であるという。遊び人の男たちと、小使い銭めあての女たちが、よってくる。そういうハント食堂の様子が、あらわされているらしい。

そんなことが、どうしてわかるのかと、疑問をいだくむきもあろうか。だが、はっきり読みとれる。同時代のイラスト、チラシ、文献などとてらしあわせれば、うたがう余地はない。この絵が、同時代のナンパ風俗とともにあることは、あきらかである。

印象派の画家たちは、ルノワールにかぎらず、そういう場所をおいかけた。男女の出会いをめぐる尖端的な風俗スポットが、スケッチの場所にえらばれている。だが、性的にふしだらな部分の描出は、さけられた。うすよごれた男女の場所が、光と色のドラマにかえられている。ブルジョワの欲望を、おおいかくした印象派の社会史に、この本はせまっている。

（『週刊ポスト』二〇一〇年十月十五日号）

『「フランスかぶれ」の誕生——「明星」の時代 1900-1927』

「日本語の近代」語る熱い著者の筆　川本三郎

近代日本の文学者の多くは西洋、とりわけフランスへ憧れた。

永井荷風は「嗚呼《ああ》わが仏蘭西《フランス》。自分はどうかして仏蘭西の地を踏みたいばかりに此《こ》れまで生きていたのである」（「巴里《パリ》のわかれ」）とフランスへの憧れを率直に表明した。

萩原朔太郎が大正のはじめに「ふらんすへ行きたしと思へども　ふらんすはあまりに遠し」（「旅上」）と歌ったのはよく知られている。島崎藤村は大正時代にパリに

藤原書店、2015年

行ったし、昭和のはじめ林芙美子は『放浪記』がベストセラーになると飛ぶようにパリに出かけた。

挙げてゆくと切りがない。作家や詩人にとってフランスは憧れの地であり続けた。

本書は、フランスへ熱い思いを抱き続けた文学者たちを辿《たど》っている。「フランスかぶれ」を軸にした近代文学史になっていて面白い。

語られる文学者は、与謝野鉄幹（のち寛）と晶子、北原白秋、石川啄木、永井荷風、島崎藤村、堀口大学ら。大杉栄に一章割かれているのは異色（文学者として評価している）。

「フランスかぶれ」に大きな役割を果したのは明治三十三年（一九〇〇）に鉄幹と晶子を中心に創刊された雑誌『明星』だと、著者はいう。

短歌だけではなく詩、そして翻訳を載せた『明星』は、当時としてはきわめてハイカラな雑誌だった。表紙を藤島武二のアール・ヌーヴォーの絵が飾った。フランスの香りがした。白秋や啄木らが作品を寄せた。

なぜフランスだったのか。

まず何よりもフランスが芸術を大事にする国だったからだろう。明治の日本は、富国強兵、殖産興業が謳《うた》われ、芸術文化よりも実学が優先された。だからこそ、芸術の国フランスが、芸術の都パリが、文学者たちの憧れになっていった。

本書は、しかし、ただ「フランスかぶれ」の流れを追っているだけではない。日本語の近代というもうひとつの重要な主題が底流にある。

西洋文明に接した日本が、いかにして近代日本語を作り上げてゆくか。「神」「恋愛」「青春」「芸術」などの言葉が近代になって翻訳語としてうまれたように、言葉に生きる文学者は、新しい時代に合った新しい近代日本語をどう作ってゆくかの難題に直面した。

その悪戦苦闘のなかで大きな手がかりとなったのがフランスとの遭遇だった。世紀末フランスの文学、あるいは印象派の絵画から受けた新鮮な感動をどういう日本語で表現していったらいいのか。

「フランスかぶれ」の文学者たちは、ただ芸術の国に憧れただけではない。翻訳という言語表現を通して、新しい日本語を考え作り上げてゆくことに傾注した。著者は、この点こそを強調する。

上田敏によるフランスの象徴詩の訳詩集『海潮音』（明治三十八年）が『明星』に拠《よ》る文学者たちにいかに大きな影響を与えたか。永井荷風訳の『女優ナナ』の文章がいかに素晴らしいか。

あるいはまた北原白秋の、色彩と光にあふれた詩や歌が、いかにフランスの印象派の絵画に近接しているか。堀口大学の軽やかで、はかない詩の世界が、いかにパリの詩人たちに多くを学んでいるか。

「日本語の近代」を語る著者の筆は熱い。本書の読みどころだろう。個人的には、荷風がフランスを体験することで、官能の喜び、近代人の憂い、そして都市を一人歩く孤独の楽しみを知り、そこから新しい文体を作っていったという指摘には、荷風好きとして納得するものがあった。

（『毎日新聞』二〇一五年十二月六日付）

明治の日本人の憧憬と文芸誌

池内　紀

うんと質の高いカルチャー講座を受けたぐあいだ。先生はファッションに敏感な女性であり、歴史や文芸一般にゆたかな知識をそなえたフランス文学者であり、その上、たのしく語ることを心得た作家でもある。珍しい挿絵がどっさりついていて、なにげなく聴くなかに、ときおり「おやっ」と耳をそばだてる。

それにしても、あざやかなタイトルである。「フランスかぶれ」。ふつう「かぶれる」は、ウルシや薬などで皮膚がただれたときにいう。かゆくなるのが特徴だ。ウルシに「まける」ともいう。その言葉が明治末年から昭和初年のころの日本人の精神風土にあててある。とりわけ一世を風靡《ふうび》した文芸誌「明星」の時代の詩人、歌人、作家、知識人たち。与謝野鉄幹・晶子、木下杢太郎、北原白秋、永井荷風、島崎藤村……。アナキスト大杉栄が加わるのが出色のことだ。しめくくりは堀口大學と訳詩集『月下の一群』。

「海のかなたに空想の翼をひろげる西洋かぶれ」

「パリの芸術がいかに明治の青年の憧憬をそそったか」

パリはたいてい「巴里」と書いた。まさしくそれは「憧れの地」であって、現実のフランスというよりも空想と欲望の産物だった。憧憬が生み出した夢の街であり、異国の文化に対していだいている想像力と切りはなせない。その「かぶれ」の程度、かゆみぐあいをミリ単位ではかるようにしてあとづけていく。

短歌、詩文、回想、報告、遺《のこ》されたものを初出のかたちで丁寧に見直した。たのしい文化誌をつづる一方で、多少とも意地悪な試みでもある。憧憬や熱狂とともに語られた証言が、しょせんは表層にとどまって認識には至らなかった状況が浮かび上がってくるからだ。

「明星」の時代は一九〇〇年から一九二七年に及ぶ。二十世紀の幕開けから第一次世界大戦後の大混乱期である。大戦前の古き良きヨーロッパはあとかたなく消え失《う》せて、ファシズムやナチズムが頭をもたげ始めていた。そのなかで「かぶれ」患者は何を見て、何を考えただろう？　自分の夢に必要なものだけを選びとり、巧みに自作にとりこんで、あとは捨てた。悪の発散するあぶない魅力は正確に感じる一方で、文語という美的人工語で夢の素材につくりかえた。大杉栄がまじりこむたしかな理由があった。だからきちんと書きそえてある。「大杉の言葉は明治の言葉よりはるかに新しい」

　花のパリでひと騒動やらかして、刑務所に放りこまれた際の文章がスゴイ。ノミ、シラミの巣窟にいたが、少しもかぶれていなかった。

（『日本経済新聞』二〇一五年十二月六日付）

性的に占領する、フランスにかぶれる

鹿島　茂

　米兵にとってフランスのイメージは「簡単にセックスできる国」だったが、これに比べると明治・大正の日本人がフランスに対して抱いていたそれははるかに純粋にして高尚なもので、「フランス好き」というよりも「フランスかぶれ」という言葉がふさわしかった。山田登世子『「フランスかぶれ」の誕生――「明星」の時代1900-1927』（藤原書店　二四〇〇円＋税）は、「明星」や「スバル」のオリジナルに当たりながら、グラフィックと活字とのハイブリッド・メディアである雑誌の大きな影響力に注目した意欲作。

　著者はまずオリジナルな「明星」を捲って、短歌の雑誌という固定観念とは異なり、詩、評論、小説、翻訳、それにグラフィックからなる総合的文学・美術雑誌であることに驚く。特に多いのは翻訳である。「翻訳を欠かさないのが編集方針だった」。翻訳の中心となったのは上田敏で、彼の名訳詩の多くは「明星」が初出だった。この上田敏訳の象徴詩の及ぼした感化は甚大で、その影響の下に北原白秋、永井荷風、堀口大學らの「フランスかぶれ」の系譜が育っていったのだが、そうしたレールを敷いた人こそ新詩社社主・与謝野鉄幹であった。

「装丁からレイアウトまで『総て新しい匂いに満された』雑誌『明星』は他誌の追随をゆるさなかった。（中略）初めに『明星』があったのだ。プロデューサー鉄幹の美意識は時代を領導したのである」

　明治・大正から昭和に至るフランスかぶれの源流には鉄幹という総合プロデューサーがいたという、意外に気づかれていない事実を発見した功績は比較文学的にも大である。

（『週刊文春』「私の読書日記」二〇一五年十二月三日号）

バルザック『風俗のパトロジー』

現代に通じる風俗批評

「社会生活のパトロジー（病理学）」という原題で、バルザックが一八三〇年代に書いた三編の風俗批評の初訳である。一部のフランス文学通にしか向かない、落ちこぼれ古典の紹介なのだろう、と敬遠するなかれ。まず、余白をたっぷり組んで、図版や写真を数多く入れた丁寧な本づくりがたのしい。そして戯文調の要所要所に置かれたアフォリズムには、そのまま、当節のコピーライターが拝借してもよさそうなものがある。いわく

「服装は人間の象形文字である」

新評論、1982年

「お洒落《しゃれ》とは学問であり、芸術であり、感性である」

「優雅は生活をドラマにする」――

アフォリズムだけではない。苦心の訳業によって、よくその軽妙さとスピード感が伝えられているこれらの文章に、読者はしばしば、驚くほどの現代性を見いだすだろう。ブルジョワ王政期に、服装や歩きかた、あるいは嗜好《しこう》品といった風俗の記号をとりあげてバルザックが解読を試みた近代の病理には、今日にもなお通じるものがあるからに違いない。同時にそれは、はてしない破壊と生産に向けて加速しつつあった産業社会の明暗を、「人間喜劇」の作者がわが身にひき受けて生きぬいていたことのあかしでもあるだろう。巻末で訳者が、主としてマルクシスト批評家のピエール・バルベリスの分析を踏まえて展開している行き届いた解説は、〈近代〉の源流へとさかのぼる知的な踏査行へ、読者を案内してくれるのである。

三編のうち「優雅な生活論」は一八三〇年の七月革命の直後に書かれており、〈栄光の三日間〉ののち新たな〈金融封建制〉がうちたてられた時期の幻滅感が反映している。「とどのつまり現代は金持の民主主義ではないか」。新特権階級の「新しい差異のしるし」は、「もの」を「優雅」に使いこなすことだ。当時の「優雅」のパスポート

だった馬丁付き二輪馬車をベンツやBMWに置きかえてみれば、差異の記号を追う競争は今日の〈民主主義〉体制下も相変わらず――あるいは一層、さかんなのである。

「歩きかたの理論」でブルヴァールの通行人を観察したバルザックは、彼らの不自然な動きにがっかりして、文明は運動さえゆがめてしまう、と断じる。また「近代興奮剤考」では、彼と切り離せないコーヒーをはじめ酒、タバコ等を論じながら「生きるとは遅かれ早かれ自分をすり減らすこと」と定義する。

この三編は雄大な「人間喜劇」の構想において、しめくくりとなるべき「分析研究」に分類されていた。しかしその部門は、ほかに「結婚の生理学」を残したのみで未完となり、バルザックはわずか五十一歳で「自分をすり減らす」人生を終えたのである。

（『読売新聞』一九八二年十一月十五日付）

近代化の病理へ鋭い目

風俗は社会の皮膚である、というわが国二十世紀の哲学者のよく知られた言葉があるが、十九世紀のバルザックの本書（原題『社会生活のパトロジー』）には、服装は社会の表現である、われわれの社会のすべてが女性のスカートの中にある、といったアフォリズムがちりばめられている。『人間喜劇』九十数編の全作品が十九世紀フランス社会の風俗小説であるといえようが、本書はそのバルザックの〝風俗〟の哲学である。

本書（本邦初訳）は「優雅な生活論」「歩きかたの理論」「近代興奮剤考」の三部と、ちかごろの翻訳書には珍しく訳者による丁寧な解説「近代の毒と富」とから成っているが、「近代興奮剤考」の序文によるとバルザックは一八二〇年来「社会を根本から分析し」た四冊の「研究」書を書く構想をもったという。それは教育論、結婚論、風俗論、道徳論だったようだが、第二と第三だけが実際に書かれていただけだった。いずれにせよ、バルザックの〝哲学〟とは「政治道徳と科学的考察を織りまぜ諷刺《ふうし》をきかせた評論」ということである。

さて本書における風俗の哲学はパトロジー（病理学）と呼ばれる。なぜそうなるのか。本書が書かれた七月王政下の一八三〇年代は、フランス社会が近代化、「産業社会の構築に向かった動的な時代」（訳者）であった。したがって風俗、身だしなみの優雅さ（エレガンス）も歩きかたも〝二律背反的〟となり、近代的五つの興奮剤（蒸留酒・砂糖・紅茶・コーヒー・タバコ）が猛烈な普及を開始し、文明は〝狂人〟と〝学者〟（科学者）、〝富〟と〝破壊〟とに乖離《かいり》する。哲学は風俗の病理学たらざるをえなくなったのである。

バルザックのジャーナリストとしての炯眼《けいがん》は、いちはやく的確にこのことを見抜いた。そして「知性は万人に平等とはいきませんが、感性の方はまずだれにも等しく授けられております」というバルザックのロマン主義は、訳者の指摘しているとおり、「二十世紀末、〝近代の終焉〟を生きる私たちへの一つのメッセージ」たりえている。この点に本書の歴史的意義を評価しなければならない。

バルザックによる三エッセーは饒舌《じょうぜつ》な文体の評論というういらだたしさを感じさせられもするが、優雅さ・歩きかた・コーヒーをめぐってバルザック自身の矛盾を解説したバルザシアンとしての訳者の労は多とされえよう。

（『朝日新聞』一九八二年十一月二十二日付）

アラン・コルバン『においの歴史』

嗅覚でたどる十八世紀
ジュースキント『香水』／コルバン『においの歴史』

田中優子

新評論、1988年
山田登世子・鹿島茂訳

言葉によって、におい物語が書けるものだろうか。しかしまさにここにある。『香水』はにおいによって書かれた物語である。物語はのっけから十八世紀のパリのにおいだ。ゴミの山のにおい、小便のにおい、腐った野菜のにおい、鼠の糞のにおい、すえたミルクのにおい、よごれきってどろりとしたセーヌ川のにおい。ありとあらゆるにおいがパリに満ちていた。この十八世紀から十九世紀にわたるヨーロッパの都市のにおいについては、『においの歴史』に詳しい。香水を代表とする「香り」の歴史も、悪臭の歴史と不可分である。人々がいかにその悪臭と戦いつつ、公衆衛生のイデオロギーを確立していったかの歴史である。汚物や下水との戦いは病気との戦いを意味したし、よどんだ水から立ちのぼる瘴気は病気を運ぶと考えられていた。病気がそれとは異なる原因から起こることが明らかになるのは、十九世紀も末のことである。十八世紀の世界はヨーロッパも含めて、日本人が近代だと思っているものからはるかに遠い。しかしその遠さは、十八世紀という時代の奇妙におもしろい、我々の常識から外れた活気なのだ。その活気は人間のめくるめくにおいとなって発散されている。

『香水』という小説はこの、コルバンの『においの歴史』にヒントを得て書かれたといわれている。舞台は十八世紀のフランスだ。悪臭につつまれたパリ。魚屋の女は腐った魚のにおいのたちこめる調理台の下でひとりの男の子を生みおとした。少年は異常に鋭い嗅覚《きゅうかく》をもつ。彼の歩くところ嗅覚で歩くパリであり、嗅覚で出会う男や女や親方や香水や科学者や自然である。我々は自分の持ち得ない嗅覚の地図を、この小説を読みながらもってしまう。彼は十八世紀フランスをにおいで皮肉に眺める。大地の発する腐敗ガスが肉体に悪影響を及ぼすという「致死液説」を売りものにする貴族の登場は、瘴気をもって病気の原因とする当時の人々の騒ぎを思わせて可笑しい。体臭をまったくもたない主人公がみずから体臭を調合してはじめて人なみに堂々としてくるところ、人心をつかむにおいを調合して見事に成功するところも、まさに十八世紀の大衆社会の発生をにおいで見ていて、めまいを起こさせる。

においは人間の記憶や存在感にわかちがたく結びついているようだ。人間の割り切れなさが秩序化されないまま、矛盾が矛盾としてそのまま混合され、立ち現れてくる。極度ににおいを嫌悪し排除しようとする現代社会は、そのような無秩序に耐えられない神経を育ててしまったのかも知れない。

（『朝日新聞』一九八九年一月九日付）

春の野の香り栄えるわけ

最近、嗅覚に対する関心がにわかに高まり、トイレの悪臭を除去し快適なものにする、ハーブ（薬草）かスダチ、カボスの類を料理に愛用する、室内空間、衣料などに香りをつける、好みの香水を調合するなどの試みが、公私のレベルを問わず活発になってきた。医学の世界でも、これまでの内科の時代から耳鼻科の時代に移ろうとしているとも言われる。それだけ、感覚が優しくかつ鋭くなってきた。あるいはそうならざるをえない時代ないし社会状況が、生じつつあるということなのかも知れない。

現代フランスの歴史学は感性、心性（マンタリテ）の歴史、社会史、日常生活史などの分野で、いわゆるアナール派を中心にきわ立って華麗で実り豊かな展開を示している。本書はその一つであり、嗅覚の歴史という、これまでほとんどだれも手をつけたことのなかった分野での、野心的かつ画期的な業績である。

コルバンによれば、一七六〇年から一八四〇年ころにかけて「嗅覚革命」と呼ぶべきものが起こり、公衆衛生学にスポットが当てられる。その祖ジャン＝ノエル・アレをはじめとするパリ臭気調査団の一人は、十八世紀末、悪臭で舌がはれ上がり、別の一人は糞《ふん》尿溜《だ》めに落ちて死んだ人夫の口をかいだ途端、「死ぬ」と叫び、意識を失ってばったりと倒れた。

麝香《じゃこう》のような動物性のきつい香りが批判、排斥されて衰退し、代わって黄水仙をはじめ、ヒヤシンス、スズラン、スミレなど、植物性のほのかな春の野の香りが好まれるようになる、というのが「嗅覚革命」の内容である。それはブルジョア的感性が上昇し、ついで普及したことと関係し、それによって人の集まりのなかでだれにも好かれ、陽気になれることが求められたからであった。

この共存の感覚はまた、現代人のものでもある。パトリック・ジュースキントのベストセラー小説『香水』（邦訳は文藝春秋刊）は、本書をきっかけに書かれたとも言われ、きわめて豊富な事例に富む「ミアスマ（瘴気、毒気）と黄水仙」（本書原題）の成功をよく物語っている。山田登世子、鹿島茂訳。

（『読売新聞』一九八九年一月三十日付）

「黄水仙」がナゾ解き

この本の原タイトルは、『瘴気と黄水仙』という。謎めいたタイトルから、二つの大きな文脈が読みとれる。瘴気《しょうき》とは、外界にただよう臭気で、人に病気などの害毒をあたえるもの。古来の自然学や医学は、それの存在を信じ、ひたすら恐れた。ついで、自然界の毒気にかわって、都市の非衛生な空気、つまり排泄物、密集した人混みでの息や体臭などに、瘴気がもとめられる。鼻をつくいやなにおいがうとまれる。生理的にも、くわえて社会的にも。においの歴史を語るために、十八世紀西欧の現実と観念から出発する。やがてブルジョワたちは、「悪臭」の根源を発見し、排除と退治にむかう。外界のにおいへの対応の変化が、おこる。嗅覚革命の名すら援用されている。

だが第二のモチーフがなければ、この本はたんなる社会史で終わっただろう。「黄水仙」。ヨーロッパ人は、これから香水をつくる。その香水の原料が、嗅覚革命の前後でかわりはじめる。ジャコウのような動物性から、植物性へと。強烈なにおいを発し、性的吸引力を発揮するかねての香水は、洗練されてほのかな芳香を発する草花のエッセンスによって、とってかわられる。かれらは、草花をもってにおいの自己表現にとりかかる。

何か重大な変化がおこったらしい。においにたいする感受性と想像力の領域で、さらには、においに価値体系をあたえる社会的編成原理にも。

M・フーコーの構想にヒントをもとめ、しかし、歴史のなかで嗅覚という感性をあつかうかぎり、はるかに困難な課題にむきあう。疑いなく、現代フランス歴史学の最良の成果というべきだ。

なお、この本から霊感をえて、ドイツでミステリー小説がかかれ、大評判をとった。ジュースキント『香水』(池内紀訳・文藝春秋刊)。この邦訳も出版されたばかりである。

(『毎日新聞』一九八九年一月三十日付)

混沌たる嗅覚を誰が美醜に分けたか

巖谷國士

戦後のある時期まで、日本の多くの都市には、汲みとり屋(またはオワイ屋)というのがいた。家々の手洗所の糞尿を汲みとって木桶にあけ、その桶を二つ長い竿の両端にさげて歩いたり、荷車に積んで馬に引かせたりする。それは日本の都市生活にとって、不可欠の仕事のひとつだった。

通りかかると猛烈な臭いがした。猛烈ではあってもショックを受けるほどではない。ごく当り前の、おなじみの、懐かしいような恥ずかしいような、都市の臭いに属していたからだろう。

悪臭にはちがいないのだが、「悪い」ものではなかった。東京なら東京の住宅地の空気のなかに、ある程度は自然に溶けこんでいて、風物詩のひとつにさえなっていたようにも思える。

だがそれも徐々に姿を消して、こんどはバキュームカーというものがあらわれた。象の鼻みたいな長い管をふるわせ、ごぼごぼと糞尿を吸いあげる。この怪物が街角に停車しているときには、息をつめて早足で通りすぎ、あとは何事もなかったかのようにふるまう、そんな人々の姿が思いおこされてくる。

この怪しいバキュームカーとは、いまもたまに出会うことがある。まだ「水洗化」されていない地域、家屋も意外に多いらしい。怪しい車は悪臭を文字どおり背負ったまま、逃げるようにどこかへ走り去ってゆく。

妙なことから書きはじめてしまったが、他意はなく、つまりこういうことだ。なんであろうと都合のわるいものを隠蔽して、「あるものをなかったことに」しようとするのが、現代の都市行政のやりかたであるらしい。

明るさとか便利さとかとおなじく、清潔さや健康さ、デオドラント（無臭）の状態に固執するこの傾向は、異様にユートピア化しつつある現代の都市につきものの、むしろ病的な特性のひとつだともいえる。

だが、臭いとは本来すべての人間にそなわる生理であり、多かれ少なかれ身近でなつかしい、自然そのものであったはずである。

現に私たちはつい最近まで、例の悪臭ともつきあい、ある程度まで仲よく暮していた。感性にはもともと一種のアナーキーがあり、差別を必然としてはいないのかもしれない。

いや、臭いには一般に差別があり、芳香と悪臭とがあると思われているようだが、ほんとにそうだろうか。両者の間にはっきり境界を設けられるものかどうかは疑わしい。

ある臭いが快く、ある臭いが耐えがたいというようなことは、少なくともよくある二項対立ではなく、本来は程度の差にすぎなかったはずである。

ところが歴史上のある時期に、ヨーロッパ文明のシステムは、芳香と悪臭を区別し、前者には善・美の領域を、後者には悪・醜を割りふるようになった。それはまた光と闇、健康と病気の二項対立にも呼応するものだった。

十八〜十九世紀のブルジョワ思想は、都市の臭いをも差別・階層化する方向へと進んだ。

一方には、巨大な糞溜のようになった民衆の町パリがあり、他方にはそれを局地的に脱臭しながら、香水や温室の花々でここちよく演出してゆくブルジョワジーの町パリがあった。

この画期的な大著『においの歴史』の原題は『瘴気と黄水仙』である。以上のように悪臭と芳香、醜と美、悪と善の対比をつくりあげてきたフランス近代社会の諸相を、著者アラン・コルバンは、アナール派の心性史の方法を駆使して、じつに鮮やかに描きだしている。

管理された利便・健康・清潔のみなぎる昨今の疑似ユートピア都市など、コルバンは信じていない。臭いにひそむ集合的なノスタルジアを随所で喚びおこしつつ、近代文明への反省を促している名著である。

(『朝日ジャーナル』一九八九年二月十七日号/本書掲載に際し修正)

『バルザック「人間喜劇」セレクション』

《欲望》に光をあてて——際立つ現代に通じる編集

フランスの文豪に新しい角度から光をあてた『バルザック「人間喜劇」セレクション』(藤原書店、全一三巻、別巻二)が完結した。人間の諸相を描いたバルザック(一七九九—一八五〇年)の作品群が「欲望」をキーワードに編集され、軽快な日本語でよみがえった。シリーズの魅力を探った。

「歴史や社会を、イズム(主義)ではなく、日常生活の積み重ねの中でとらえようとしたバルザックに、歴史家、ジャーナリストとしての資質を感じていた」。バルザシアン(バルザック愛好家)を自任する藤原書店の藤原良雄社長は、バルザックをこう位置づける。

刊行を思い立った一九九〇年代前半の日本——。バブルがはじけ、欲望の行き場を見失ったうたげの後と化していた。「バルザックの世界は、大量生産・消費型の高度資本主義を経験して、初めて見えてくるところがある

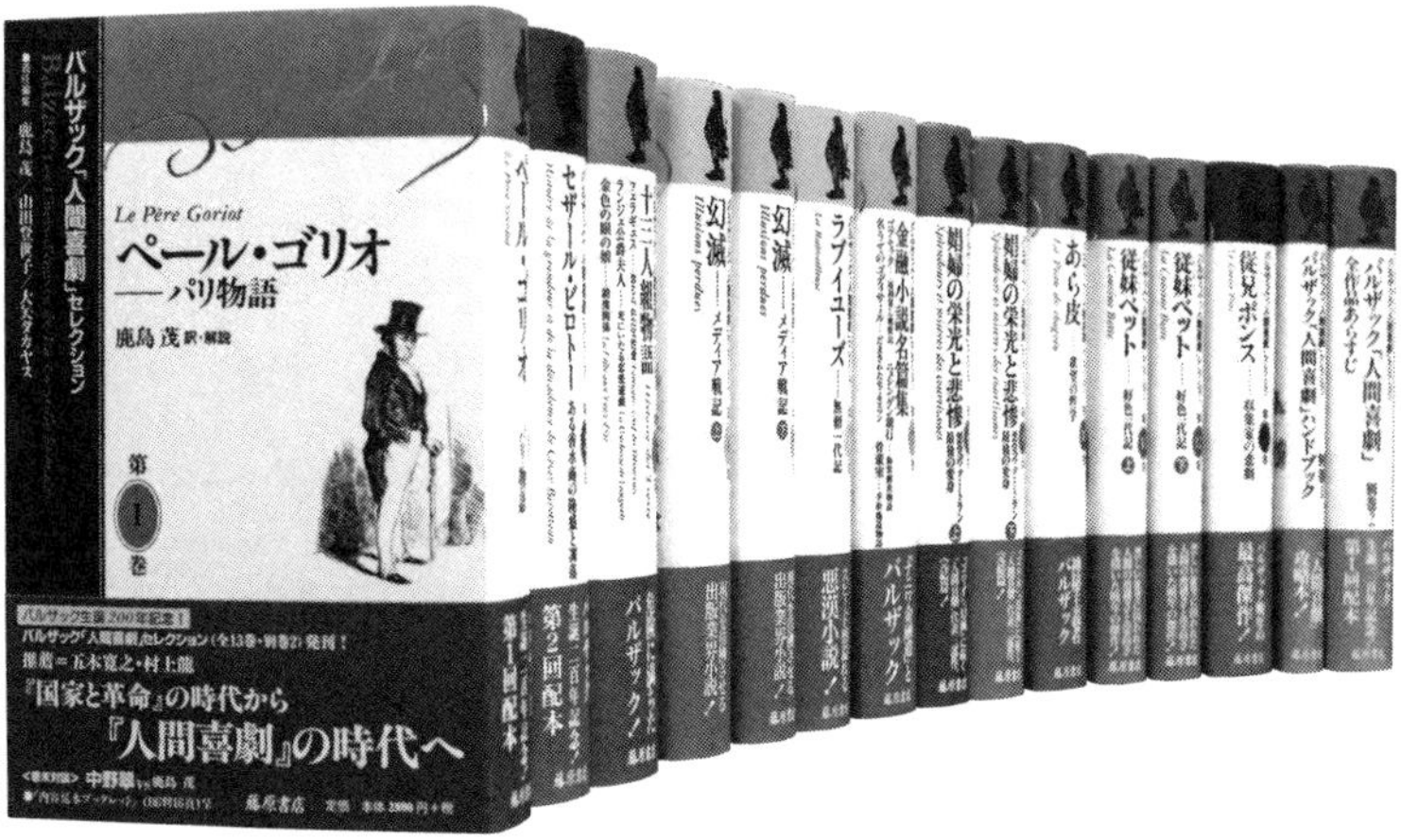

藤原書店、1999～2002年

のではないか」。藤原社長は、九九年のバルザック生誕二〇〇年を視野に「今だからこそバルザック！」と手をたたいた。

日本語でのまとまったバルザック作品集は、七六年に東京創元社が刊行した『バルザック全集』(全二六巻) 以来になる。

編集の基本方針は三つ。楽しんで読める▽現代とクロスさせる▽「人間喜劇」を立体的に概観できるよう、延べ約二〇〇〇人の作中人物やあらすじは別巻で紹介する――だった。

〝バルザック・ツアー〟への水先案内として、フランス文学者の鹿島茂、山田登世子、大矢タカヤスの三氏が責任編集（訳者も兼務）に就いた。

山田、大矢両氏によれば、翻訳の際、「地名や当時の風俗など語句説明のための脚注は極力避けるように気を配った」と言う。欄外の脚注は、読書のリズムを狂わせ、気が散る、という理由からだ。このため、補足的な説明を地の文に入れるよう工夫した。また、漢字の表記もこれまでより少なくした。

バルザックは、十九世紀前半のフランスを舞台に、革命を経て、貴族社会から市民社会へと移り変わる社会の様相を、政治制度、産業、風俗、人間の欲望を絡めながら写実的に描き出した。近代小説の祖の一人でもある。

服装や調度品、町並みなどを細かに書き連ねるリアリズムの手法と、ある作品で端役として登場した人物が別の作品で主人公として現れるような「人物再登場法」を取り入れたことは有名だ。これによって、街や人の姿形が鮮やかに浮かび上がり、読者の脳裏に壮大な人物絵巻が刻印される。

「人間喜劇」と呼ばれるシリーズは、「風俗研究」「哲学的研究」「分析的研究」からなる約一〇〇編の総称だ。今回はこの中から、パリを舞台にした小説を選んだ。

人口が増大し、都市景観も刻々と変貌《へんぼう》を遂げつつあったパリにこそ、果てることのない欲望が渦巻いていたからだ。編者らは、「欲望」「都市」に、現代との接点を見いだした。

読者の関心を引くため、各巻の作品に必ずサブタイトルを付け、巻末には翻訳者とゲストとの対談も収録した。登場するのは青木雄二、高村薫、町田康、松浦寿輝の各氏ら。バルザックに幅広い人たちが興味を持っているのが伝わるとともに、現代の読者に対して、バルザック文学への格好の導き手になっている。

『従妹《いとこ》ベット』に、男女のしつようなまでの愛憎劇を見るのもいいし、放蕩《ほうとう》とは何かに思いをはせるのも可能だ。あるいは、『金融小説名篇集』中の「ニュシンゲン銀行」にある偽装倒産や、「ゴプセック」の高利貸しは、人間の強欲を考える時、現代にも鮮やかによみがえってくる。

対談に登場する詩人の松浦氏は「重苦しいバルザックではなく、スピーディーな文体に仕上がっている。バブル前後の日本の姿と重なる部分もあり、今日的な関心を持って読むことができるのではないでしょうか」とセレクションの魅力を説明している。

（『毎日新聞』二〇〇二年六月二十一日付　有本忠浩記者）

バルザック「人間喜劇」の宇宙へ　鹿島　茂

日本社会もようやくバルザックを理解できるまでに成熟してきた!

バブルは崩壊したとはいえ、高度資本主義の段階に入った日本の社会においては、飢えと貧困に基礎をおいた清貧の思想はすでに有効性を失い、郷愁としてしか機能しえなくなっている。飢えを知らない子供の前では、克己心を呼びかけるどんな思想も文学も無力である。かつては若者にとって人生論の代役をつとめていた外国文学の名作とて例外ではない。古本屋の店先に積み上げられた世界文学全集は、たとえ金をもらってでもほしくないもののひとつだろう。

一般には、バルザックの小説も、こうした賞味期限の切れた世界の名作のひとつと思われている。たしかに世界文学全集の常連だった『谷間の百合』や『ウージェニー・グランデ』では、たとえこれらを「純愛小説」といいくるめようと、現代の読者の関心をつなぎとめることはできないだろう。

だが、実際には、これら二つの小説は、清く正しくそして貧しく生きることを義務づけられていた時代の日本の感性が、無限に多様なバルザックの宇宙から、自分にもっとも都合よく理解できる側面のひとつとして恣意的に選び取ったものにすぎない。いいかえれば、清貧の時代の日本の風土では、『谷間の百合』や『ウージェニー・グランデ』を純愛小説と「誤読」する以外にバルザックを理解する手立てがなかったのである。

しかし、このことは、裏を返せば、残りのバルザックの宇宙、つまり清貧時代の日本が手をつけなかった部分のバルザックは、求道的な偽人生論とは一切無縁の冷徹な認識を示す恐るべき文学であるというその点において、いまようやく理解可能なものとなったといえるのではないだろうか。時代がバルザックに追いついてきたのだ。

いや、もう一歩踏み込んで言おう。時代はいまや、自らを見据えるために、バルザックを切実に必要としているのだ。

ならば、全集が出ているとはいえ、一般人にはおよそなじみが薄くなっているバルザックの作品群を、現代の読者の要請にあうような形にアレンジして、できるだけ多くの人に読んでもらえるように再編しなおすことは、現代日本の社会にとってまたとない贈り物になるのではなかろうか。すなわち、「人間喜劇」のなかから、高度に都市化し、資本主義化した今でこそ理解できる、パリを舞台とした「私生活情景」と「パリ生活情景」の傑作群を選び出し、今日、われわれが直面しているような問題は、百六十年も前にすべてバルザックが語り尽くしていることを示すことができたら、都市で生きる現代の日本人も、たんにバルザックを我がことのように感じるばかりか、飢えを知らない子供の前でも有効な文学というものも確かに存在していることを認識するにちがいない。

今の日本に一番必要なのは、読みやすく、容易に手に入るバルザックを、ヴィヴィドな形で読者に差し出すことである。バルザックの世界というものは、いったんそこに入りこんでしまったら最後、そうは簡単には出てこれない豊饒な世界であることはわかっている。だが、なかなか入り口を見つけにくい世界であることもまた確かだ。

したがって現在求められているのは、バルザック世界を案内してまわるツアー・コンダクターなのだ。

われわれがそのツアー・コンダクターとなろうではないか。〈バルザック『人間喜劇』セレクション〉は、日本で初めて組織されるバルザック世界のパッケージ・ツアーである。もちろん、このツアーの真の目的は、参加者を一人でも多く募り、そして、その参加者を「人間喜劇」の宇宙に置き去りにすることである。

（『ウィークリー出版情報』二〇〇二―三―四）

読み方の変革をめざす
――都市小説三部作を軸として成りたつ選択

阿部良雄

オノレ・ド・バルザック（一七九九―一八五〇）の生誕から数えて今年で二百年、来年は死後百五十年となる。これを記念してすでに石井晴一氏の『バルザックの世界』（第三文明社）、芳川泰久氏の『闘う小説家バルザック』（せりか書房）が上梓されている。翻訳としては全十三巻に別巻二冊を加えた鹿島茂、山田登世子、大矢タカヤス編『バルザック「人間喜劇」セレクション』（藤原書店）が企画され、すでに第一巻鹿島茂訳『ペール・ゴリオ』と、別巻二大矢タカヤス編「バルザック『人間喜劇』全作品あらすじ」の二冊が、第一回配本としてすでに刊行されている。わが国戦後最初の翻訳全集全二十六巻（東京創元社、一九五九―七六年）が健在であって、今回刊行された「あらすじ」で見当をつけてから「全集」収録の翻訳の一部を丁寧に読むという読み方なども可能となった。描写などは読み飛ばして筋をひたすら追ううちにわけが分らなくなってしまう、というような読み方からの解放を期待してもよいのではあるまいか。

「セレクション」の編者の目ざすところはひたすら「バルザックの読み方」の変革であって、そのために、「プレ企画」として鹿島茂、山田登世子両氏の対談『バルザックがおもしろい』を先に刊行したり、第一巻の末尾にも鹿島氏の解説に加えて、中野翠氏との対談を載せるといった念の入れ方であって、是が非でも「セレクション」が提供する新しい読み方を読者に受け入れてもらいたい、という意図が伝わってくる。

その新しい読み方とは何か。鹿島氏は二箇条に分けて主張する。第一にバルザックは、「ただ推理小説でも読むような気軽な気持でページをめくっていても十分楽しめる作家であること」。これは果してそう言い切れるかどうか、と筆者はいささか疑問を抱く。人物たちの生活の背景になっている政治的、社会的、経済的事情を知らないとよく分らなくて放り出してしまう、ということが間々あるのではないか。（これは逆に言えば、若干の予備知識を与えられれば俄然おもしろくなるということであって、「お勉強」のためでなくて楽しみのための註解なども有用なのではないかと思えるのだ。）

第二には、「今の日本だからこそ、いいかえれば、日本が『貧困と禁欲』の社会から『贅沢と欲望』の社会に移行した現在だからこそバルザックを理解できる状況が生まれたと訴えたかった」のだと鹿島氏は言う。他の箇所ではまた、バルザックを読むことによって今日の日本が理解できる、と言い切っているのを読んだような気もする。

ここには逆説的信念とも言うべきものが現れていて、これに反論をもち出すことも難しくはない。しかしこの信念がなければ、過去の小説を現在の読者に読ませ、熱狂させようとする企てなどが成立するはずはないのだ。今や無用の物の代名詞とされるかの感がある「世界文学全集」類の編者たちも、過去の傑作が普遍的な現在性を帯びて、直接的に理解されてしかるべきだという信念をもっていたはずだ。「セレクション」編者の方は、今の日本の状況をその特殊性においてとらえ、その特殊性が言うならばタイム・マシーンの役割を果してくれるはずだという、バルザックがなぜ読まれないかと苛々していた人々の気持を爽快にするような信念を提示してくれる。（ついでに言うならば、前記芳川氏の『闘う小説家』では、バルザックの時代の印刷術や動物学に関する「考古学的」な手続きを踏むことによってタイム・スリップを実現させるのであって、どちらがより良い方法であるかなどと論じても始まらない。二つの異った接近のやり方があると考えることで、両者の差異が明確化されるというのが好都合なまでである。）

さてそう見極めてしまえば、鹿島氏の言う「新しいパッケージ」、『幻滅』に「メディア戦記」という副題が付されたのなどを見ても、驚きはしない。野望を抱いて地方からパリへ出てきた青年が、ジャーナリズムや出版の世界で栄光の陶酔をも挫折の絶望をも味わって最後は自殺の決意に至るという物語であるのだから。

そしてこの「セレクション」の選択は、パリ征服を目ざして苦闘するウージェーヌ・ド・ラスティニャック、リュシアン・ド・リュバンプレを主人公に立て、彼らに援助の手をさし伸べる「悪党」ヴォートランを副主人公に配した都市小説三部作『ペール・ゴリオ』、『幻滅』、『娼婦盛衰記』を軸として成り立ったものであることを確認しておこう。『谷間のゆり』を純愛小説と誤読しあまつさえ代表作扱いにしたことをもってバルザック無理解の根源と見なす編者たちのことであるから、これを選ばないのも理あってのことだ。ヴォートランは美青年嗜好をもって弱点とするところに彼のモデルニテの一要素が存するという発言がどこかにあったか、記憶は定かでない。

（『週刊読書人』一九九九年八月二十日号）

海外文学『新訳』競う／平易な文体特徴

――作品に現代の解釈注ぐ――

プルーストの大著『失われた時を求めて』やカフカの小説全集など、海外文学の名作の新訳が相次いで刊行されている。いずれも、名作を現代に引きつけて解釈する平易な文体に特徴がある。読みやすい訳文によって、雲の上にあった大作家の存在も、ぐっと身近になってきた。

さらに、バルザック（一七九九―一八五〇）の晩年の名作『従妹ベット』の新訳では、大胆な解釈の結果、焦点となる主人公が別の人物に変わってしまった。

文学史上では、独身の醜い女性ベットの業の深さを描いた復しゅう劇というのが筋立てとされてきた。ベットは、ユロ男爵の夫人で自分の従姉にあたる美しいアドリーヌを恨むあまり、別の女に男爵を色仕掛けでとりこにさせる。ところが、新訳の副題は「好色一代記」。従妹ベットのねたみより、ユロ男爵の女性遍歴を描き出す方向へ傾いた。

翻訳した愛知淑徳大学の山田登世子教授は「都市に生きる独身女性の悲劇と言われてもぴんとこない。女好きの男の欲望が今と変わらない点を強調した方が、現代の読者にはリアリティーがあると感じ、独断で変えた」と語る。格調高い初訳者たちの名文とはひと味違った新訳には、これまでの研究成果を踏まえた自在な視点が感じられる。

（『日本経済新聞』二〇〇一年七月二十八日付　松岡弘城記者）

〈付記〉タイトルのなかったものは、本書収録にあたりタイトルを付した。（編集部）

「今年の執筆予定」(一九九三―二〇一六)

山田登世子

一九九三年

①『声の共同体』(仮題)。「声」を論じつつ、メディア論でもあり権威論でもありエロティシズム論でもあるような本(のつもり)。河出書房新社。四月刊。

②『有名人になりましょう』そのココロは……言わぬが花のスキャンダラスな本。同じく河出書房新社から。もしかしてこれも四月刊。

③『リゾートの誘惑』本格重厚長大なリゾートの文化史。文献資料が二メートル以上になってしまったのに、なかなか進まない。(どこかに連載できたらいいなあなんて、ぼんやりと考えている)。

④『錯乱事典』いちどポシャリの腹案がまたぞろ復活(するでしょうか?)講談社のM・T様?

⑤『愛の資本論』マルクスとフーリエとバタイユとクロソウスキーとバルザックをつかったエロティシズムの経済学を書きたい。机の中に眠っている草稿「美女の論理――マルクスその可能性の周縁」をやおら取り出して……。

などと書きながら、③と④と⑤は今年中に出せるわけないと思えども、着工だけはしておきたい。

一九九四年

どうしてこうも「無難」で「一般うけ」する本が書けないのかと、我ながらほとほと感心してしまう。妙に強烈な批評性があったりするからいけないのかしら?

――と、書いた本人が当惑顔の本が二冊。一つは『有名人の法則』。深遠なる名声論であり、現代社会風刺であり、しかも「男と女」論でもあるという摩訶不思議なノン・ジャンル面白本。河出書房新社より三月刊。もう一つは『錯乱的男性論――ついでに現代思想入門』なる、これまた偏した本。我が偏愛の橋本治、筒井康隆、澁澤龍彦、長嶋茂雄、蓮實重彦の五人に捧げる「愛の批評」。講談社より四月か五月に。

——後は、深く沈黙。本格重厚長大な「リゾートの文化史」に取りくみたい（季刊『is』に連載予定）。

一九九五年

昨年でるはずだった本がのびのびになって、今年の春にでそう。橋本治・筒井康隆・蓮實重彥・長嶋茂雄・澁澤龍彥の五人を論じた「愛の批評」だが、何しろ原稿を書いて、渡したのは一昨年の秋だから、書いた本人が忘れ果てている。未定のタイトルもふくめ、「どんな本？」と、ひとごとの様に楽しみ。

『is』に連載の「水の記憶の旅」、今年も一年間連載が続く。海水浴から温泉から下水からミネラルウォーター、保養からスポーツまで、「水」の深さにめげながら続ける旅。なんだかもう一〇年も前から連載してるような錯覚におそわれるのだけれど、ほんと、旅路には果てしがない……。

だけど、そんな「旅の身」も知らぬげに、「バルザックの『人間喜劇』の翻訳を今世紀中にやろう！」と迫る恐るべき出版社があって、私は涙にくれてしまう。

そういえば、『涙のかたち』という連載エッセイ（一三〇枚）を完了したのだった。これも書きたして本にしたいな。あ〜あ。

一九九七年

○二年半ものあいだ『is』に連載しているリゾート論が三月号でようやく終了の予定。あ〜長かった！（その間に通算七カ月以上も病気で寝こんでた。リゾートってからだに良いけど、リゾート〝論〟ってからだに悪い。）これを本にまとめるのが今年の仕事。

○モードは〝卒業〟と思ってたのに、なぜかまたもファッション論を書きたくなってしまったから不思議。新書をだす予定。だけどタイトルが決まらなくって悩んでる。

○『武蔵野美術』に書評連載をすることになり、にわかに〝猫〟本について書きたくなった。「人はなぜ猫を愛すのか？」——なんて言いながら、また変わってしまうのだろうなあ。猫の目みたい……。

一九九八年

去年は講談社新書『ファッションの技法』をだした。大学でモード論の講義をやっていて、テキストのつもりで書いたのだけれど、意外なことに、中年の男性にけっこう読まれていそうな気配。「女は誘惑する」なんて章がきいたのかしら？　ある編集者いわく、「山田さん、それって、『失楽園』症候群なのじゃない？」――うーむ、よく・わ・か・ん・な・い……。

さて、一九九八年は、ようやく『リゾート世紀末』を出版する。数年がかりで取りくんできたライフワークだから感慨もひとしお。頁数が多いわけではないのだが、この本のために、どれほどの時間と金と心を費やしてきたことか。苦しんで苦しんで書いた本。でるまえからいとおしい。

一九九九年

昨年の夏、数年がかりの「水の記憶の旅」をようやく終え、『リゾート世紀末』と題して本にした。本にしてみて、どれほどの長旅だったのかをしみじみと実感。しばらくはもう何もしたくないほどの虚脱感におそわれた。

ところが、そうしてぼーとしている私に、全然別のところから声をかけてきた方がいる。

「ヴェネツィアとかシャネルとか、そういうの、もういいですよ、山田さん！　そんなのより、美空ひばり論書いて下さい、あなた、しっかりミーハーなんですから」

おかげでハッと目が覚めた。こういうのを天啓というのかしら？

二〇〇〇年

昨年一九九九年はバルザック生誕二〇〇年。藤原書店からだした『バルザック・セレクション』の責任編集をやっているのはいいけれど、自分の翻訳担当の『従妹ベット』の訳が遅々と進まない。二〇〇〇年が追いかけてくる――ああ、どうしよう？

そのかわりに、確実に二〇〇〇年の春に出る本が一冊。『ブランドの世紀』と題したブランド論＝二〇世紀論。マガジンハウスから、ほとんど書きおろしの労作(？)になりました……。

だけど、我ながら、リゾートだのブランドだの、どうしてこうもお金（コスト）のかかるテーマばかりやってしまうのかしら？　求む、パトロン！

二〇〇一年

昨年は『ブランドの世紀』と題して二〇世紀論を出した。〝ミーハーからインテリまで〟がねらいだったのに、なぜかインテリの方々にはパスされてしまって（?）、やたらミーハーにうけた。テレビ書評とか週刊誌とか、いつもとはちがったところからお声がかかって、マガジンハウスというブランドの力を実感した。

明けて二一世紀の今年は、一転して硬派で鳴る藤原書店のバルザック・コレクションを完結させるのが目下の仕事。三年がかりの大巨篇『従妹ベット』の翻訳を終了しなければ……。ああ！

それから、やおら『娼婦の美術史』のはずだけれど、編集のKさん、まだ覚えてるかなあ？　こんなに遅れちゃって……。

二〇〇二年

昨年は、四年がかりで訳したバルザックの『従妹ベット』がようやく、ようやく刊行なった。いや〜長かった！　その前後、『バルザック・セレクション』のうち四巻の巻末対談を担当、いずれも素晴らしい対談相手に恵まれたが、最後を飾る『十三人組』（春刊行予定）の対談のお相手は、まさに真打登場にふさわしい、極めつきのひと。乞ご期待。

さて、翻訳から解放された私の目下の仕事はと言いますと、これは「ひ・み・つ」。（男女何人、どんな風に殺そうかなあ……などと想を練っております……）。お楽しみに。

その後は一転、与謝野晶子論にとりくむ予定。だけどどれもみな枚数があるなあ。あ〜あ。

二〇〇三年

昨年は〝秘密〟の仕事で結局、一年たってしまった。苦しくも楽しく、楽しくも苦しい、秘め事の日々……。さてどんな風に本になるのだか、わからないのもまた楽し。かくて秘密をサヨナラしたあとは、いよいよライフワーク開始。

『晶子とシャネル』への探索が始まる。晶子だけでも大変、シャネルだけでも大変なのに、両方一挙にやるのは超大変なれど、〝脱領域〟の研究は大変であらざるをえないのが宿命。とはいえ、お金と時間と体力と、どれくらいかかるのか、ちょっと目がくらみます。ああ！

二〇〇四年

小説を一本、書いてみましょうと、軽いノリで始めたのはいいけれど、深みにはまって結局すごい時間がかかってしまった。今春ようやく『文學界』に掲載予定。

それにしても言葉のおそろしさ。ヒロインを正子にするか、サヤカにするかで全然ちがう小説になる。〃ジュリア〃という名を決めたら、後は全部オートマチックに決まってしまって、どうしようもなくて……。

とまれ書き終えたので、いよいよ『晶子とシャネル』を開始。ボチボチと晶子を読みこんでいるが、予想以上の発見につぐ発見で、胸がときめく。誰も語ったことのない晶子論を書けそうな気分。

今がいちばん幸せなのかも。と言いつつ、小説のタイトルを考えているうち、その次の本のタイトルが浮かんでしまって、どうなっちゃうんだか。

二〇〇五年

昨年は小説を書いて評論とは別の体験をした。評論は「認識」だが小説は「経験」だ。恋愛小説にしたので、書いている間中、愛欲に悩まされた。(さるひとの感想に、「エロイ!」とあって、赤面……)。せっかく恋やつれしたのだから、何とか本になってほしい。これが今年出版したいナンバーワン。

次は、すでに出版が決まっているけれど、原稿がまだ終わっていない本。ライフワークの『晶子とシャネル』(勁草書房)。さすが与謝野晶子だけあって、万巻の書を読めども果てしない。脱稿予定は春、出版は五月頃?

そのあと、またしてもブランド論を岩波新書で。夏前には出版したい。夏以降は、鉄幹を読みつつひらめいたあるテーマをまとめたい。与謝野鉄幹から矢作俊彦までを一つにつなぐ「男の系譜学」——そのコンセプトは、まだ秘密です。

二〇〇六年

昨年の秋、やっと小説を本にした。『恍惚』文藝春秋刊。パリを舞台に登場人物がぜんぶあちらの人なので、海外旅行をした感じ。しかし確かにわかりました。バルザックの言葉が——主人公は歴史、私はその秘書にすぎない——まったく、まったく。書いている間中、「かれらの恋」の報告者だった。小説とはつまり他人事《ひとごと》なのだ……。

今年はわが事にたちかえって、『晶子とシャネル』を上梓する。勁草書房から。一冊まるっと書きおろしは初めて。明治の文学を論じるのも初めて。初めてづくしが重なって、「母性保護論争」などという柄にもないテーマと真向勝負と相成った。一月刊行、乞ご期待! と思う間もなく、春には岩波新書でブランド論をだす。〃三歩あるけばルイ・ヴィトンに当たる〟みたいにブランドな日々なのに、納得のゆくブランド論がない。だからもう自分が書くしかない。なんて言いつつ、銀座でシャネルのバッグを買ってしまった。早く書き終えないと大変なことになってしまう……。

二〇〇七年

昨年は一月にようやく年来の〝労作〟『晶子とシャネル』を上梓。自分をほめてやりたい……なんて思う間もなく、秋には岩波新書『ブランドの条件』を出版。この間に買ったハンドバッグ、今はワードローブのこやしに。義務感でブランドを買う人なんて、まあ私ぐらいでしょうね。研究者魂ってカナシイ……。

今年は悲しみの涙をぬぐって、朝日新書でシャネル論を出します。その前にシャネルの翻訳を一冊。『獅子座の女シャネル』というタイトルででている邦訳の訳があまりにひどいので（日本語は調子良いのですが、原文とかけはなれていて。肯定が否定になっていたり。しかも不明な固有名詞はあっぱれ、飛ばしてある！）文庫版の版権をとって、中公文庫からだします。そんなこんなで今年はシャネル年。秋からは岩波新書の第二弾の準備を。テーマは旬のものなので、まだ秘密です。

二〇〇八年

すっかりシャネルづいている。一昨年の『ブランドの条件』（岩波新書）に続いて、昨年はシャネル伝の決定版、ポール・モランの『シャネル』の新訳を出した（中公文庫）。三〇年ぶりの新訳だったのでけっこう苦労したけど、念願がかなってうれしい。その勢いで、今年もまた朝日新書で『シャネル論』を出版する。いろいろなところでシャネルを書きながら、実はまるごと一冊シャネル論というのは始めて。これを最後のシャネル論にして、次は前人未踏の（？）大きなテーマにとりくむ。テーマはまだ秘密……経済学が扱わない経済学的主題です。

二〇〇九年

昨年だした朝日新書『シャネル』にてシャネルはやっと打ち止め。次なるテーマのための探求が果てしない。今村仁司『社会性の哲学』にはじまって、『労働のオントロギー』『近代の労働観』などの労働論、アダム・スミス『国富論』、ウェーバー『プロ倫』、ヴェブレン『有閑階級の理論』、バタイユ『呪われた部分』、バルザック

『優雅な生活論』、そこから一転して、中世修道院にかんする数多の本、たくさんの「ワイン」本、そこからまたもどってエリアス『宮廷社会』、絶対王政論、バロック論、また一転して白洲正子の本の数々――いったい何の本のためかと申しますと、『贅沢論』。まったく、こんな勉強の成果を新書一冊におさめるなんて、本当に贅沢だと思う。おさまりそうにないバタイユ論は別の本にまとめることに。あ、全然これとは関係ないモーパッサンの短編集も秋には本に。

こうして書いてみると、あはれなるかな、わが贅沢貧乏のさま。

二〇一〇年

昨年はシャネル・イヤーで執筆以外に大忙しだった。そのさなかに、シャネルの育った修道院をテーマの一つにした『贅沢の条件』をだしたが、「貧乏」が大問題の不況下で反時代的な本になってしまった。続いて出したのは、ぴったり時代の気分にあった『モーパッサン短篇集』。のっけから、落ちこんだ中年男の話。訳しながら涙していた。それにしても一冊は新書、翻訳は文庫で、ここのところ新書と文庫がたて続いてさすがに四六判が出したい。とはいえいちばん売れないのもこれで、出版社探しに苦労したけれど、良き編集者に出会えて、『印象派論』をまとめることに。紋切り型の印象派論をあっと覆すパンチのある本が狙い。本邦初公開の図版にものを言わせたい。〝速度〟でゆくこの本の次は、深く静かに沈思する書物を。テーマはまだ秘密です。

二〇一一年

マンネリの印象派論に新風を送ろうと意気ごんで書いた『誰も知らない印象派』が狙ったセンを行かなくて、ちょっとがっかり。

次の仕事はあまりにテーマ・領域が広くて、寿命が縮まりそう。あの与謝野晶子を生んだ雑誌『明星』全巻を読みこんで、その時代の全容に迫ろうとする企て。無謀かも。『スバル』も『白樺』も読みこんで、文学も美術もフォローするだなんて……。まあ今年はせいぜい助走ぐらいがいいところだろう。ああ、疲れる。「疲れ、落ちぶれ、うらぶれ、しぐれ、やさぐれ」等々の系譜をたどる企画もあり。男性論です。

それらすべてに先立って終えねばならない翻訳が一つ。バルトのモード論集（ちくま学芸文庫）。愛しのバルトに♥をこめて。

二〇一二年

昨年は『バルト・モード論集』(ちくま学芸文庫)にかかりきりだった。記号学ってどーしてこんなに難解なの!?と思いながらやっと訳了、やれやれ。今年からは一転して明治の日本にフィールドをすえて、『明星』とその周辺をじっくりと。何年かかるかなあ……。

平行して、藤原書店『バルザック・セレクション』の第二弾の責任編集もやることになりそう。すべて〝古典〟にかかわる仕事ばかり。そういえば近頃新刊に興味がわかない。不易流行が本道なのでしょう。

二〇一三年

『「明星」論』の準備に追われて一年間があっと過ぎてしまった。与謝野晶子のほかはほとんど知られず、読まれていないこの雑誌を読み始めると、広大な明治文学の世界が広がる。フランス詩の翻訳(上田敏)、自然主義小説とくにゾラの翻訳、さらには印象派の絵画、洋画紹介……。まさに芸術総合誌である。前期『明星』、後期『明星』通算一四八冊、あいだをつないだ『スバル』六〇冊、通読すると、圧倒的な才能の輩出だ。白秋、荷風、高村光太郎、そして森鷗外。フォローするのも大変だが、どうまとまるのか……。藤原書店『環』に春季(四月)号から連載開始予定。明治の「フランスかぶれ」を追う旅が始まる。大変だなあ……。

二〇一四年

昨年の五月から季刊誌『環』(藤原書店)に連載を開始。明治・大正の文学・美術を論じるもので、タイトルは「フランスかぶれの誕生——「明星」の時代」。『明星』(第一次)一〇〇冊、第二次六〇冊、あいだの『スバル』六〇冊を全部読んで、主な作家をフォローする大仕事である。鷗外、白秋、上田敏、荷風、藤村、石井柏亭、木下杢太郎、そして鉄幹、晶子、茂吉、啄木などの歌人も多々。それぞれの全集を読んでいると三カ月の〆切などあっという間にきてしまう。我ながら遠大な企てだと思うけれど、始めた以上はもうやめるわけにもゆかない。何年かかることだろう……

二〇一五年

昨年から連載中の「フランスかぶれの誕生——明星の

時代」がようやく五月で完結。これを本にするのが今年の仕事。無事に刊行なったら、次は久々の翻訳で、アラン・コルバンの『夢の女』〔仮題『処女崇拝の系譜』〕を訳す予定。アリアドネ、ナウシカ、イズー、ベアトリーチェ、オフェーリアなどなど、神話の女たちを感性の歴史家が論じるのが面白い。

二〇一六年

昨年の秋に『「フランスかぶれ」の誕生――「明星」の時代』を刊行。三年がかりで書きあげたけれど、もっとやりたいくらい楽しかった！　明治の作家や文語が面白くて。とはいえ、「明星」全一四六巻、「スバル」全六〇巻に加えて、白秋、藤村、荷風、啄木などの全集で本の山。これを片づけるのが目下の仕事。

今年はアラン・コルバンの新著『夢の女』の翻訳を始めなければ……と思いつつ、まだ明治大正の引力圏にただよっています。

（『出版ニュース』各年一月上・中旬号より。一九九六年は掲載無し）

にてパネリストとして報告

1999年　5月, 共編者として携わったバルザック生誕200年記念企画『バルザック「人間喜劇」セレクション』全13巻・別巻2が発刊（2002年3月完結）。9月，オルセー美術館展1999開催記念シンポジウム「視覚の19世紀」（日本経済新聞社・国立西洋美術館共催）にてパネラーとして報告

2009年　4月，藤原書店「河上肇賞」選考委員（2016年8月まで）

2010年　4月，愛知淑徳大学メディアプロデュース学部教授（学部再編による配置換え）

2014年　1月，肺癌発症

2015年　3月，愛知淑徳大学退職。4月，同大学名誉教授。10月，『「フランスかぶれ」の誕生』出版（最後の著書）

2016年　8月8日午後8時35分，喀血により死去，享年70歳。10日，日本キリスト教団名古屋教会にて前夜式。11日，同教会にて葬儀式。11月25日，山の上ホテルにてお別れ会

2017年　4月16日，日本キリスト教団名古屋教会墓苑（名古屋市立八事霊園第10区内）に埋葬

山田登世子 略年譜

1946年 2月1日，福岡県田川市にて父青柳五郎（弁護士），母喜重の一男七女の末子として生まれ，高校時代までを同市本町6丁目11番地にて過ごす

1952年 4月，田川市立後藤寺小学校入学（読書好き，低学年のころバレエ教室へ通う）

1958年 3月，同校卒業。4月，田川市立後藤寺中学校入学

1961年 3月，同校卒業。4月，福岡県立西田川高等学校入学（作文コンクールでしばしば表彰）

1964年 3月，同校卒業。4月，名古屋大学文学部入学（新聞部に所属）

1968年 3月，同大学文学部フランス文学科卒業（文学部首席卒業）。4月，名古屋大学大学院文学研究科修士課程入学（フランス文学専攻）

1971年 3月，同大学院修士課程修了（修士論文「『哲学研究』について――Balzacにおける『情熱』の問題」）。4月，名古屋大学大学院文学研究科博士課程進学（フランス文学専攻）。9月，山田鋭夫と結婚

1974年 3月，名古屋大学大学院文学研究科博士課程満期退学

1975年 4月，愛知淑徳大学文学部専任講師。7月，フランスへ語学研修のため個人旅行（8月まで）

1976年 6月，フランス政府招聘「スタージュ」に参加のため渡仏（9月まで）

1979年 11月，愛知淑徳大学文学部助教授

1982年 10月，バルザック『風俗のパトロジー』を翻訳出版

1984年 4月，父青柳五郎死去，ついで6月母喜重死去

1987年 4月，愛知淑徳大学文学部教授。同月，パリ大学留学（翌年3月まで）

1990年 6月，病気療養のため大学を休職（翌年3月まで）。10月，イエス・キリストもみの木教会にて受洗。11月，『華やぐ男たちのために』出版（最初の著書，以後著書多数）

1995年 4月，愛知淑徳大学現代社会学部教授（学部再編による配置換え）

1997年 4月，中日新聞広告賞専門家審査員（翌年3月まで）。11月，第6回日仏文化サミット（仏文化省・朝日新聞社共催 於パリ）「都市と建築」

（アンケート）『図書』717，2008.11

「ココ・シャネルの『革命』から贅沢を語る——『贅沢の条件』山田登世子さん」（インタビュー）『クロワッサン』33（18），2009.9.25

「風雅の道は日常にあり——『贅沢の条件』山田登世子さん〈本と人と〉」（インタビュー）『しんぶん赤旗』2009.10.25

「『失われた時を求めて』〈二十歳の頃に読んだ本〉」（インタビュー）『クロワッサン・プレミアム』3（11），2009.11

「与謝野晶子——はたらく女・恋する女」（小倉千加子との対談）『日本女性会議2009さかい Memorial Book』2009　http://www.city.sakai.lg.jp/shisei/jinken/danjokyodosankaku/kaigi2009/hokoku2009/yosanoakiko.html

○ 2010 年代

「『贅沢』とは人と比べるものでなく，自分が『今，ここ』で夢中になれるものを見つけること」（インタビュー）『ゆうゆう』10（4），2010.3

「バルザック『風俗研究』ほか」（アンケート）『創業 20 周年記念アンケート 心に残る藤原書店の本』藤原良雄編，藤原書店，2010.3

「私の本は一行二万円です——山田登世子『誰も知らない印象派——娼婦の美術史』〈週刊図書館 書いたひと〉」（紹介）『週刊朝日』115（52），2010.11.19

「名前は文化遺産, 残して——想い出, 半世紀 大名古屋ビルヂング閉館（下）」（談話）『中日新聞』2012.9.28

「『性豪と『変態』の世界史」（加来耕三・金文学ほかとの座談会）『週刊現代』57（1），2015.1

［謝辞］本著作目録の作成に当たっては，石井洋二郎（東京大学），臼田信行（中日新聞），大野園子（愛知淑徳大学），加藤義久（共同通信），瀬崎久見子（日本経済新聞），渕上えり子（読売新聞），水口郁雄（時事通信）のみなさま方のご協力を得た。記して感謝申し上げたい。（編者）

「対談 出版博物小説」（山口昌男との対談）『幻滅――メディア戦記（下）〈バルザック「人間喜劇」セレクション 5〉』（鹿島茂・山田登世子・大矢タカヤス編／野崎歓・青木真紀子訳）藤原書店，2000.10 →再録：編書［20］

「時代と波長合った人――その子さんを悼む」（談話）共同通信配信『東京中日スポーツ』『日刊スポーツ』2000.12.7

「いよいよコンサバになるのかしら〈2000 年単行本・文庫本ベスト 3〉」（アンケート）『ことし読む本 いち押しガイド 2001〈リテレール別冊 14〉』2000.12

「対談 フレンチドリームの栄光と悲惨」（池内紀との対談）『娼婦の栄光と悲惨――悪党ヴォートラン最後の変身（下）〈バルザック「人間喜劇」セレクション 9〉』（鹿島茂・山田登世子・大矢タカヤス編／飯島耕一訳）藤原書店，2000.12 →再録：編書［20］

「2000 年 私の 3 冊 20 人に聞きました（下）――『パリ歴史事典』『レジャーの誕生』『聖地の想像力』」（アンケート）『中日新聞』2000.12.24

「欲望と消費の都市空間――オタク，ルイ・ヴィトン，ガングロの真相」（鹿島茂との対談）『幕張アーバニスト（URBANIST）』（千葉県企業庁），2001 Spring

「まきこいずみ内閣――小泉新内閣のネーミングは」（アンケート）『中日新聞』2001.4.27

「対談 欲望は崇高なまでに烈しく」（松浦寿輝との対談）『従妹ベット――好色一代記（下）〈バルザック「人間喜劇」セレクション 12〉』（鹿島茂・山田登世子・大矢タカヤス編　山田登世子訳）藤原書店，2001.7 →再録：編書［20］

「対談 危険に満ちたバルザック」（中沢新一との対談）『十三人組物語〈バルザック「人間喜劇」セレクション 3〉』（鹿島茂・山田登世子・大矢タカヤス編／西川祐子訳）藤原書店，2002.3 →再録：編書［20］

「香り文化，最高のおしゃれ〈古代ローマからの贈り物――私的ポンペイ論 8〉」（談話）『朝日新聞』夕刊，2002.3.22

「主役は自分，『カワイイ文化』が底流に――女の子のおしゃれ進化中」（談話）『朝日新聞』2002.10.11

「まとうのは香り？魅せるのはモード？シャネル」（講演記録，文責：後藤繁雄）『Word』20，講演日 2002.10.18 →再録：『ワード文化大事典 '02-'03（月刊 Word vol.13 ～ 24 合本）』資生堂

「哲学で読み解くブランド〈近況 心境〉」（インタビュー）『朝日新聞』夕刊，2006.11.1

「私のタクシー体験」（金子暁男との対談）『名タク Eye』53，2007 Spring

「シャネルの野性 痛感――山田登世子さん，半生記を新訳」（インタビュー）『朝日新聞』夕刊，2007.12.14

「私のすすめる岩波新書――『日本の思想』『社会認識の歩み』『愛すべき名歌たち』」

「希薄な性差を象徴する存在〈柔らかスニーカー 身も心も軽やか！〉」（談話）『朝日新聞』夕刊，1997.8.9
「悋気も少しは愛想」（中沢正夫・山極寿一との座談会）『コミュニケーション』69，1997.10
「『マイ・テイスト』を表現——モードが見えないから古着で『おしゃれさん』」（談話）『朝日新聞』1997.11.6
「総まとめ1997年ベスト翻訳書」（アンケート）『翻訳の世界』23（3），1998.3
「『脱・マニュアル』でみんなと同じ顔から大人の女の魅力へ」（インタビュー）『週刊女性自身』41（24），1998.6.16
「“水”のイマージュを愛する著者の，渾身の探究に導かれて……——山田登世子『リゾート世紀末』」（紹介）『LA』153，1998.10
「水から“癒しと夢”を思い描いたモーパッサン，プルーストの創造力はやがて海辺や温泉地にてリゾート文化を華開かせていく……——『リゾート世紀末〜水の記憶の旅〜』著者 山田登世子氏インタビュー」（インタビュー）『マリ・クレール』17（12），1998.12
「大公開！ 98年翻訳書ベストテン」（アンケート）『翻訳の世界』24（3），1999.3
「21世紀はどんな顔？」（高山宏・鈴木その子との座談会）『月刊アドバタイジング』44（7），1999.6
「'99年の収穫——学者・詩人・俳優に聞いた 印象に残った3冊の本」（アンケート）『中日新聞』1999.12.26
「感心しながら一気読み／2000年なんてたかがA.D.じゃないの〈1999年単行本・文庫本ベスト3〉」（アンケート）『ことし読むいち押しガイド2000〈リテレール別冊13〉』1999.12

○2000年代

「東海・新時代への提言〈扉を開けて5〉」（インタビュー）『読売新聞』中部本社版，2000.1.7
「対談 神秘の人，バルザック」（植島啓司との対談）『あら皮——欲望の哲学〈バルザック「人間喜劇」セレクション10〉』（鹿島茂・山田登世子・大矢タカヤス編／小倉孝誠訳）藤原書店，2000.3→再録：編書［20］
「100人に聞く99年イチ押し翻訳書」（アンケート）『翻訳の世界』25（4），2000.4
「モードの文明史的背景を読みとく——土曜訪問」（インタビュー）『東京新聞』2000.6.10
「ブランドの歴史をよ〜く知れば知るほど庶民は持つモノではないって思うんです——話題の本 INTERVIEW『ブランドの世紀』」（インタビュー）『週刊女性』2000.6.27

ンタビュー）『中日新聞』夕刊，1993.1.13
「文化史的モード論の数少ない良書〈これが訳したい 翻訳熱望の原著〉」（アンケート）『翻訳の世界』18（1），1993.1
「『有名人』はただの現在にすぎない」（猪瀬直樹との対談）『潮』407，1993.2
「92年翻訳書きらめきの498冊」（アンケート）『翻訳の世界』18（2），1993.2
「19世紀西洋の香り文化」（中村祥二・中島基貴との鼎談）『VENUS』（国際香りと文化の会）5，1993.2
「プルースト 失われた時を求めて〈特集 古典の快楽〉」（鹿島茂との対談）『マリ・クレール』12（3），1993.3
「テーマでよむ文庫・新書——52人の収穫」（アンケート）『よむ』3（1），1993.4
「旅」（今福龍太との対談）『クロワッサン』17（12），1993.6
「万国娼婦漫遊談」（池内紀との対談）『國文學』38（9），1993.8
「教育現場からみた企業活性化への道——『会社人間』脱皮のすすめ」（アリー・ハイダーとの対談）『信用情報 繊維版』（信用交換所名古屋本社）新年特集号，1994.1.1
「93年翻訳書 獲れたての529冊」（アンケート）『翻訳の世界』19（4），1994.3
「社会が電話を選び，電話が文化を変えた。」（唐津一・若林幹夫との座談会）『コミュニケーション』48，1994.4
「偉人こそもてると思うのは間違い——〈著者紹介〉『有名人の法則』山田登世子さん」（紹介）『朝日新聞』1994.5.15
「オンナが分析する『ゲイ』信仰」（談話）『SPA!』43（34），1994.8.31
「1994年単行本・文庫本ベスト3」（アンケート）『リテレール別冊』8，1994.12
「見る者を『探偵』にかえる魔力」（推薦文）『革命期19世紀パリ市街図集成（柏書房）宣伝パンフレット』1995.2
「カウントダウン94年ベスト翻訳書」（アンケート）『翻訳の世界』20（5），1995.3
「世紀末B級感覚〈1995年度単行本・文庫本ベスト3〉」（アンケート）『リテレール別冊』9，1995.11
「1995年印象に残った3冊」（アンケート）『中日新聞』1995.12.24
「現代日本文学の水準——外国文学者アンケート」（アンケート）『文學界』50（1），1996.1
「'95年ベスト翻訳書のすべて——思想・哲学」（アンケート）『翻訳の世界』21（5），1996.3
「橋龍のここが好きだ⁉」（アンケート）『広告批評』192，1996.3
「読む 読もう 読みたい これが'96年ベスト翻訳書」（アンケート）『翻訳の世界』22（3），1997.3
「姿を変えた差異化願望〈「ビンテージ」に若者走る〉」（談話）『朝日新聞』1997.5.23

1991.11.3
「週刊新潮掲示板」『週刊新潮』36（43），1991.11.14
「豊かな時代の延長〈りえ 18 歳少女の列島加熱 話題の写真集即完売〉」（談話）『中日スポーツ』1991.11.14
「『娼婦』山田登世子さん」（紹介）『クロワッサン』16（8），1992.4.25
「語るから事件がある。」（インタビュー）『New Paradigm』（NTT DATA 通信）20, 1992.5
「モードとポルノの曖昧な境界」（談話）『新美術新聞』1992.6.1
「山田登世子さん〈PEOPLE あいち〉」（インタビュー）『あい』（愛知県広報課）85, 1992.6
「現代若者考」（谷まさるとの対談）『信用情報 繊維版』（信用交換所名古屋本社）1992 年夏季特集号，1992.8
「よき趣味の系譜――貴族，ダンディズムからバルザック，シャネルへ。」（インタビュー）『クリーク（CLIQUE）』4（15），1992.8.20
「『女性』をキーワードに社会と経営を考えなおす」（インタビュー）『プログレス』（中部産業連盟）498，1992.10
「仕事も恋愛もでき，それが絵になる そんな男性が日本にも増えてほしい――『モードの帝国』の著者・山田登世子さんに聞く」（インタビュー）『VIEWS』2（19），1992.10.14
「確かに女は輝いている。でもそれは，メディアと資本主義のなりゆきのせいで，女は努力していない。〈女たちが「元気」なんてウソだ?!〉」（インタビュー）『PLAYBOY』18（10），1992.10
「究極のぜいたく，有名人願望」（インタビュー）『日本経済新聞』1992.11.14
「今，なぜ『人間喜劇』か（上）」（鹿島茂との対談）『機』22，1992.12
「今年の執筆予定」（アンケート）『出版ニュース』（毎年 1 月上・中旬合併号 全 23 回）1993.1.1 ～ 1995.1.1，1997.1.1 ～ 2016.1.1
掲載号：通巻 1619，1653，1687，1755，1789，1823，1857，1891，1925，1959，1993，2027，2061，2095，2129，2163，2197，2231，2265，2299，2333，2367，2401
「バルザックを読むコード――今，なぜ『人間喜劇』か（下）」（鹿島茂との対談）『機』23，1993.1
「ヘルムート・ニュートン――美しく，スキャンダラスなものたち。」（インタビュー）『SPUR』5（1），1993.1
「社会がもとめる『流行』――メディア文化で世界が一つに〈トークリレー 生きる現在〉」（インタビュー）『中日新聞』夕刊，1993.1.12
「女・子供の時代に――家からなくなった『茶の間』〈トークリレー 生きる現在〉」（イ

2010.3.7

「ベルナール・ステファヌ／蔵持不三也編訳『図説 パリの街路歴史物語 上・下』」『週刊読書人』2010.9.10

「小倉孝誠『愛の情景』」共同通信配信『下野新聞』2011.5.15,『熊本日日新聞』2011.5.22,『沖縄タイムス』2011.5.21,『静岡新聞』2011.6.5

「和田博文『資生堂という文化装置』」『日本経済新聞』2011.6.12

「港千尋『パリを歩く』」『週刊読書人』2011.8.12

「ミシェル・サポリ／北浦春香訳『ローズ・ベルタン――マリー・アントワネットのモード大臣』」『日本経済新聞』2012.2.26

「澁澤龍子『澁澤龍彦との旅』」共同通信配信『下野新聞』2012.5.20

「ジョルジュ・ヴィガレロ／後平澪子訳『美人の歴史』」『日本経済新聞』2012.5.20

「ハル・ヴォーン／赤根洋子訳『誰も知らなかったココ・シャネル』」『日本経済新聞』2012.9.30

「アンカ・ミュルシュタイン／塩谷祐人訳『バルザックと 19 世紀パリの食卓』」『日本経済新聞』2013.3.3

「山田篤美『真珠の世界史』」『日本経済新聞』2013.9.29

「ミシェル・ウエルベック／野崎歓訳『地図と領土』」『日本経済新聞』2013.12.22

「マリー・クワント／野沢佳織訳『マリー・クワント』」『日本経済新聞』2014.1.26

「石井美樹子『マリー・アントワネット――ファッションで世界を変えた女』」共同通信配信『岩手日報』2014.7.27,『東奥日報』2014.8.3

「エリック・フォトリノ／吉田洋之訳『光の子供』」『日本経済新聞』2014.12.21

「ドナルド・キーン／角地幸男訳『石川啄木』」『日本経済新聞』2016.4.24

5 その他（インタビュー，座談会，アンケート，他）

○ 1980 年代

「現代社会と 19 世紀のフランスを比較・分析 山田登世子さん」（紹介）『中日新聞』夕刊，1988.10.27

○ 1990 年代

「『メディア都市パリ』山田登世子さん〈らいたあ登場〉」（インタビュー）『朝日新聞』1991.6.30

「『メディア都市パリ』山田登世子さん〈著者訪問〉」（紹介）共同通信配信『日本海新聞』『北海タイムス』1991.7.22,『福井新聞』1991.7.24,『南日本新聞』『神奈川新聞』1991.7.28,『新潟日報』『山陰新聞』1991.7.29,『静岡新聞』1991.9.21

「読書する女――ジェンダーを無化する世紀末」（山口昌男との対談）『図書新聞』

2004.1.25
「ピエール・ルイス／沓掛良彦訳『ビリティスの歌』」『朝日新聞』2004.2.1
「ピーター・ブルックス／高田茂樹訳『肉体作品』」『日本経済新聞』2004.2.8
「田之倉稔『ダヌンツィオの楽園――戦場を夢見た詩人』」『論座』104，2004.1
「アニータ・ブルックナー／小野寺健訳『ある人生の門出――ブルックナー・コレクション』」『朝日新聞』2004.3.21
「鈴村和成『ヴェネツィアでプルーストを読む』」『朝日新聞』2004.4.11
「三田村蕗子『ブランドビジネス』」『朝日新聞』2004.5.16
「柏木博『「しきり」の文化論』」『朝日新聞』2004.7.11
「グリモ・ドゥ・ラ・レニエール／伊藤文訳『招客必携』」『朝日新聞』2004.8.22
「竹西寛子『陸は海より悲しきものを――歌の与謝野晶子』『朝日新聞』2004.10.17
「吉川一義編著『プルースト「スワンの恋」を読む』」『ふらんす』79（10），2004.10
「稲葉真弓『私がそこに還るまで』」『朝日新聞』2004.11.21
「西川正也『コクトー，1936年の日本を歩く』」『日本経済新聞』2004.12.5
「山岸哲／田中光常ほか写真『けさの鳥』」『朝日新聞』2004.12.12
「鹿島茂『怪帝ナポレオンⅢ世』」『日本経済新聞』2005.2.13
「アリッサ・クォート／古草秀子訳『ブランド中毒にされる子どもたち』」『朝日新聞』2005.2.27
「リオネル・ポワラーヌほか／伊藤文訳『拝啓 法王さま 食道楽を七つの大罪から方面ください』」『朝日新聞』2005.6.19
「サラ・デュナント／小西敦子訳『地上のヴィーナス』」『朝日新聞』2005.7.31
「小倉孝誠『身体の文化史』」『中日新聞』『東京新聞』2006.5.14
「林真理子『秋の森の奇跡』」『日本経済新聞』2006.7.2
「工藤庸子『宗教 vs. 国家』」『日本経済新聞』2007.3.11
「林真理子『RURIKO』」『日本経済新聞』2008.7.6
「今福龍太『群島−世界論』」『日本経済新聞』2009.1.4
「西垣通『コズミック・マインド』」『日本経済新聞』2009.3.22
「ダナ・トーマス／実川元子訳『堕落する高級ブランド』」共同通信配信　『岩手日報』2009.6.27,『熊本日日新聞』『徳島新聞』2009.6.28,『下野新聞』2009.7.2,『沖縄タイムス』2009.7.4,『日本海新聞』『佐賀新聞』『静岡新聞』2009.7.5
「管啓次郎『本は読めないものだから心配するな』」共同通信配信『北陸新聞』『高知新聞』2009.12.20,『神戸新聞』『長崎新聞』2009.12.27,『日本海新聞』2010.1.4,『静岡新聞』2010.1.10,『佐賀新聞』2010.2.28

○ 2010年代

「フェリシア・ミラー・フランク／大串尚代訳『機械仕掛けの歌姫』」『日本経済新聞』

「阿久悠『転がる石』」『朝日新聞』2001.9.9
「鈴村和成『愛について――プルースト，デュラスと』」『論座』76，2001.9
「阿部日奈子『海曜日の女たち』」『朝日新聞』2001.10.7
「ミシェル・ウエルベック／野崎歓訳『素粒子』」『日本経済新聞』2001.10.21
「篠原一『アイリーン』」『朝日新聞』2001.11.18
「佐々木健一『タイトルの魔力』」『日本経済新聞』2002.1.6
「ピーター・ブルックス／四方田犬彦・木村慧子訳『メロドラマ的想像力』」『日本経済新聞』2002.3.17
「稲葉真弓『花響』」『朝日新聞』2002.3.17
「今福龍太『ここではない場所――イマージュの回廊へ』」『論座』83，2002.4
「鷲田清一『死なないでいる理由』」『朝日新聞』2002.5.19
「林真理子『初夜』」『朝日新聞』2002.6.16
「カミーユ・ロランス／吉田花子訳『その腕のなかで』」『朝日新聞』2002.7.21
「西垣通『1492年のマリア』」『朝日新聞』2002.9.1
「ダイ・シージエ／新島進訳『バルザックと小さな中国のお針子』」『論座』88，2002.9
「フィリップ・ミシェル＝チリエ／保苅瑞穂監修・湯沢英彦ほか訳『事典 プルースト博物館』」『朝日新聞』2002.10.6
「ミシェル・ウエルベック／中村佳子訳『プラットフォーム』」『日本経済新聞』2002.10.27
「ダニエル・アラス／宮下志朗訳『なにも見ていない――名画をめぐる六つの冒険』」『朝日新聞』2002.12.8
「深井晃子監修『京都服飾文化研究財団コレクション ファッション』」『朝日新聞』2002.12.22
「柏木博『モダンデザイン批判』」『朝日新聞』2003.2.2
「エミール・ゾラ／朝比奈弘治訳『パリの胃袋〈ゾラ・セレクション 2〉』」『朝日新聞』2003.5.11
「稲葉真弓『風変わりな魚たちへの挽歌』」『中日新聞』『東京新聞』2003.6.29
「中島京子『FUTON』」『朝日新聞』2003.7.27
「今橋映子『〈パリ写真〉の世紀』」『中日新聞』『東京新聞』2003.7.27
「ロール・ミュラ／吉田春美訳『ブランシュ先生の精神病院』」『日本経済新聞』2003.10.12
「ジョナサン・カラー／荒木映子・富山太佳夫訳『1冊でわかる文学理論』」『朝日新聞』2003.11.9
「アルセーヌ・ルパン〈この人・この3冊〉」『毎日新聞』2003.12.28
「ロラン・バルト／石川美子訳『新たな生のほうへ 1978～1980』」『朝日新聞』

「鹿島茂『パリの王様たち』」『文學界』49（4），1995.4
「吉見俊哉『「声」の資本主義』」『日本経済新聞』1995.6.4
「吉見俊哉『「声」の資本主義』」『中日新聞』『東京新聞』1995.6.18
「F・ジルー，B=H・レヴィ／三好郁朗訳『男と女・愛をめぐる十の対話』」『日本経済新聞』1995.7.16
「吉田集而『風呂とエクスタシー』」『日本経済新聞』1995.10.22
「アリス・K・ターナー／野崎嘉信訳『地獄の歴史』」『中日新聞』『東京新聞』1995.11.19
「小倉孝誠『19 世紀フランス 光と闇の空間』」『日本経済新聞』1996.5.19
「白幡洋三郎『旅行ノススメ』」『日本経済新聞』1996.7.14
「カール・グラマー／日高敏隆監修・今泉みね子訳『愛の解剖学』」『中日新聞』『東京新聞』1997.5.11
「アラン・コルバン／小倉孝誠訳『音の風景』」『日本経済新聞』1997.11.9
「三浦俊彦『エクリチュール元年』」『すばる』20（5），1998.5
「今橋映子『パリ・貧困と街路の詩学』」『日本経済新聞』1998.7.12
「吉川一義『プルースト美術館』」『日本経済新聞』1998.11.1
「朝吹登水子『私の東京物語』」『週刊文春』40（46），1998.12.3
「小倉孝誠『〈女らしさ〉はどう作られたのか』」『日本経済新聞』1999.5.2
「ミシェル・マンソー／田中倫郎訳『友人デュラス』」『産経新聞』1999.5.10
「須長史生『ハゲを生きる』」時事通信配信『福島民報』1999.6.5,『山口新聞』1999.6.7,『デーリー東北』1999.6.8,『茨城新聞』1999.6.12
「芳川泰久『闘う小説家 バルザック』」『中日新聞』『東京新聞』1999.7.4

○ 2000 年代

「戸矢理衣奈『下着の誕生』」時事通信配信『陸奥新聞』2000.8.7,『河北新報』2000.8.13,『長野日報』2000.8.22
「アラン・コルバン／渡辺響子訳『レジャーの誕生』」『日本経済新聞』2000.9.24
「植島啓司『聖地の想像力』」『論座』64，2000.9
「小倉孝誠『近代フランスの事件簿』」『中日新聞』『東京新聞』2000.10.29
「山口昌男『内田魯庵山脈』」『新潮』98（3），2001.3 →再録：『山口昌男山脈――古稀記念文集』山口昌男（無用亭）編，私家版，2001.9
「鹿島茂『文学は別解でゆこう』」『朝日新聞』2001.4.15
「斎藤美奈子『モダンガール論』」『論座』73，2001.6
「内田義彦『「日本」を考える』」『朝日新聞』2001.7.8
「大塚ひかり『太古，ブスは女神だった』」時事通信配信『福島民報』2001.9.8,『神奈川新聞』2001.9.17,『山形新聞』2001.9.23

「ジャン=マリ・トマソー／中篠忍訳『メロドラマ――フランスの大衆文化』」『産経新聞』夕刊，1992.1.23
「ジュリア・クセルゴン／鹿島茂訳『自由・平等・清潔――入浴の社会史』」『日本経済新聞』1992.3.1
「フェルナン・ブローデル／浜名優美訳『地中海Ⅰ――環境の役割』」『エコノミスト』70（12），1992.3.24
「ジュリア・クセルゴン／鹿島茂訳『自由・平等・清潔――入浴の社会史』」『週刊ポスト』24（15），1992.4.10
「ヴォルフガング・シヴェルブシュ／小川さくえ訳『闇をひらく光』，加藤二郎訳『鉄道旅行の歴史』」『トピカ』（住宅・都市整備公団中部支社）7，1992.10
「ジャック・ロシオ／阿部謹也・土浪博訳『中世娼婦の社会史』」『日本経済新聞』1992.11.29
「吉見俊哉『博覧会の政治学』」『週刊ポスト』24（48），1992.12.11
「高山宏『テクスト世紀末』」『日本経済新聞』1992.12.20
「海野弘『世紀末パノラマ館』」『産経新聞』1993.5.9
「ウィリアム・ジョンストン／小池和子訳『記念祭／記念日カルト』」『日本経済新聞』1993.6.13
「E・ルモワーヌ=ルッチオーニ／鷲田清一・柏木治訳『衣服の精神分析』」『産経新聞』1993.7.1
「富山太佳夫『空から女が降ってくる』」『日本経済新聞』1993.8.1
「ポール・ラリヴァイユ／森田義之ほか訳『ルネサンスの高級娼婦』」『日本経済新聞』1993.9.26
「鹿島茂『パリ時間旅行』」『新潮』90（9），1993.9
「上野千鶴子『スカートの下の劇場――ひとはどうしてパンティにこだわるのか』――ブックガイド〈知〉の連環」『國文學』38（13），1993.11
「アラン・コルバン／杉村和子監訳『娼婦』――ブックガイド〈知〉の連環」『國文學』38（13），1993.11
「鷲田清一『最後のモード』」『日本経済新聞』1993.12.19
「シンシア・イーグル・ラセット／上野直子訳『女を捏造した男たち』」『日本経済新聞』1994.6.12
「A・V・ビュフォー／持田明子訳『涙の歴史』」『日本経済新聞』1994.8.14
「ジョルジュ・ヴィガレロ／見市雅俊監訳『清潔（きれい）になる〈私〉』」『日本経済新聞』1995.1.15
「ミシュレ／加賀野井秀一訳『海』」『文藝』34（1），1995.2
「ミシュレ／加賀野井秀一訳『海』」『週刊エコノミスト』73（9），1995.2.28
「ジョン・アーリ／加太宏邦訳『観光のまなざし』」『日本経済新聞』1995.3.19

日日新聞』2012.10.21,『信濃毎日新聞』2011.12.3

「余韻のなかにとりのこされて——『レヴィ=ストロース 夜と音楽』に寄せて」『トークとピアノの工房〈レヴィ=ストロース 夜と音楽〉プログラム冊子』Gato Azul 編, 2012.10.27 →再録:山田登世子さんお別れ会配布冊子「余韻のなかにとりのこされて——『レヴィ=ストロース 夜と音楽』に寄せて」Gato Azul 2016, 2016.11.25;一部引用:「『今福龍太コレクション パルティータ』全5巻 内容見本パンフレット 推薦の言葉」水声社, 2017.3

「月の別れ」『日本経済新聞』2012.10.28

「フランスかぶれの誕生——『明星』の時代」『環』(毎季 全7回)54〜60, 2013.7〜2015.1 →再録:著書[18]

ギオロンのためいき(54, 2013.7) 「明星」というメディア(55, 2013.10) 青春——憂鬱と革命(56, 2014.1) 印象派という流行(57, 2014.4) ふらんす物語——芸術と肉体(58, 2014.7) 鉄幹の巴里 藤村の巴里(59, 2014.10) アナキストのフランス——大杉栄(60, 2015.1)

「内田義彦の痛切さ」藤原書店編集部編『内田義彦の世界——生命・芸術そして学問』藤原書店, 2014.3

「女たちのモード革命」『アステイオン』80(第一次世界大戦100年特集)2014.5

「与謝野晶子——女の近代を駆けぬける〈リレー連載 近代日本を作った100人 9〉」『機』273, 2014.12

「鉄幹のつぶやき」『日本近代文学館』267, 2015.9

「『フランスかぶれ』の誕生——『明星』の時代 1900-1927」(著書[18]「あとがき」からの抜粋)『機』283, 2015.10

「文人らに影響 仏文学の翻訳」『中日新聞』夕刊, 2016.4.1

4 書評

○ 1990年代

「パスカル・ディビ/松浪未知世訳『寝室の文化史』」『日本経済新聞』1990.9.16

「アラン・コルバン/杉村和子訳『娼婦』」『日本経済新聞』1991.3.24

「リチャード・マーティンス/鷲田清一訳『ファッションとシュルレアリスム』」『図書新聞』1991.5.18

「バーン&ボニー・ブーロー/香川檀ほか訳『売春の社会史』」『日本経済新聞』1991.7.28

「石井達朗『異装のセクシュアリティ』」『日本経済新聞』1991.9.15

「鹿島茂『新聞王伝説』」『産経新聞』夕刊, 1991.10.24

「鹿島茂『新聞王伝説』」『図書新聞』1991.10.26

(3.30)　文学部は国の力（4.27）→再録：『文学部の逆襲』塩村耕編，風媒社，2015.3　男のいらない女たち（5.25）　晶子と白蓮の反戦（6.22）　涙の河を渡れ（7.20）　21 世紀の資本論（8.17）　文学で見える日本（9.14）　自然を畏怖する（10.12）　美濃紙を世界に（11.9）　今年の 3 冊（12.7）　昌のレジェンドへ（2015.1.11）　21 世紀のバルザック（2.8）　ペットは癒やしだけでなく（3.8）　平和は文芸から（4.5）「主夫になろうよ！」（5.3）　真央がもどってきた！（5.31）　若者よ，もっと危機意識を（6.28）　アベ政治にノー！（7.26）　心からの謝罪を（8.23）　労働者派遣法のゆくえ（9.20）　さよなら，レジェンド（10.18）　文語と平和（11.15）　名駅名所図に想う（12.13）　日記は日本文化（2016.1.17）　テロにゆらぐパリ（2.14）　コント礼賛（3.13）　新聞のたのしみ（4.10）藤田の「平和の祈り」（5.8）　バラク・オバマの言葉（6.5）　若者たちの一票（7.3）　老いて悠に遊ぶ（7.31）

「プロムナード」『日本経済新聞』夕刊（毎週 全 23 回）2010.7.5 ～ 2010.12.27
廃墟の贅沢（2010.7.5）　やさぐれタンゴ（7.12）　アマゾン憧憬（7.26）　アマルフィーの月（8.2）　ヴェネチアの水の衣装（8.9）　ダヌンツィオの愛人（8.16）　愛人生活（8.23）　デュラスの海（8.30）　印象派の娼婦たち（9.6）　誰も知らない印象派（9.13）　ホテル・リッツ（9.27）　名門ホテルに泊まってみれば（10.4）　プチホテルの贅沢（10.18）　シェリ（10.25）　二つの庭（11.1）　密会（11.8）　愛の遊戯形式（11.15）　歴史家の家（11.22）　パリの中国人（11.29）　圧巻，中国パワー（12.6）　東京・巴里・美術館（12.13）　男はうらぶれ（12.20）　はるかなもの（12.27）

「時とともに旅する，ラグジュアリーな『夢の箱』の軌跡。」『VOGUE NIPPON』（コンデナスト・パブリケーションズ・ジャパン）132，2010.8

「ブランドは，シュガーのように甘美なもの。〈私的ブランド論〉」『VOGUE NIPPON』132，2010.8

「女はいかに生きるか〈論点「母性保護論争」再考 大正期からの問題提起〉」『毎日新聞』2011.9.30

「娼婦論の古典〈新版解説〉」『娼婦〈新版〉（上）』アラン・コルバン著／杉村和子監訳，藤原書店，2010.11；（抄録）『機』224，2010.11

「タンタンの宝石箱」『ユリイカ』43（14），2011.12

「エイメが描いたモンマルトル」劇団四季『壁抜け男』解説，2012.1

「今村仁司――贈与と負い目の哲学」『3.11 後の思想家』大澤真幸編，左右社，2012.1

「シャネルのモード革命」『「こころ」とのつきあい方――13 歳からの大学授業〈桐光学園特別授業 V〉』桐光学園高等学校・中学校編，水曜社，2012.4

「本と私――森鷗外著『半日』など」共同通信配信『新潟日報』『徳島新聞』『宮崎

「シャネル・ブームをよむ――共感誘う 逆転の思考」『朝日新聞』夕刊，2009.6.25
「映画『ココ・シャネル』に寄せて」『中日新聞』夕刊，2009.7.31
「『モード、それは私だ』――永遠のシャネル」『COCO』（る・ひまわり）2009.7
「モードの風景」『産経新聞』大阪夕刊（毎週 全 21 回）2009.8.4 〜 2010.1.26
パリで見た東京（2009.8.4） シャネル・イヤー（8.11） 「COCO」のオーラ（8.25） クールビズはシャツから（9.1） ガールズコレクション現象（9.8） 小沢ガールズコレクション（9.15） 誰にも似ていないココ（9.29） 白洲次郎の T シャツ（10.6） 鳩山ファッション（10.20） ココ・シャネルの愛読書（10.27） 印象派の風俗（11.10） 「美しい水」の真相は（11.17） ファストファッションの品格（11.24） 名古屋のブランド指数（12.1） 名古屋嬢と名古屋ママ（12.8） 万里の長城のシャネル（12.15） ラグジュアリー哀悼（12.22） 今年もファストファッション（2010.1.5） ブランドの条件（1.12） その後の名古屋嬢（1.19） ココ＆ストラヴィンスキー（1.26）
「ココ・シャネルの真実」『しんぶん赤旗』2009.11.10

○ 2010 年代

「中日新聞を読んで」『中日新聞』（4 週おき毎日曜日 全 82 回）2010.4.4 〜 2016.7.31
食は反グローバル（2010.4.4） いまどきの漢字力（5.2） プチデコ花盛り（5.30） 万博はめぐる（6.27） 中国人のお買い物（7.25） 『森が死んでゆく』（8.22） 山本昌を讃える（9.19） 生物も文化も多様性（10.17） 伝統工芸の吉報もっと（11.14） ビルヂングよ永遠に（12.12） 女子会ファッション（2011.1.16） 名古屋嬢とママの行方（2.13） 若者のネット・ナルシス化（3.13） 宮沢賢治の東北（4.10） がんばろう男子！（5.8） 男はクールビズ！（6.5） ありがとう岩瀬（7.3） なでしこ信じる心の強さ（7.31） 経済はいまや「恐竜」（8.28） ともに月を愛でる（9.25） プロ野球の楽しさは（10.23） フィギュアで元気に（11.20） 街の本屋は絶滅危惧種（12.18） リニアで人材ミックス（2012.1.22） 低体温時代を問う寂聴（2.19） 非常勤講師のつらさ（3.18） 東山公園変身の行方は？（4.15） さよなら GNP（5.13） 愛の批評に祝杯を！（6.10） ダル，世界に輝け！（7.8） 金メダルのオーラ（8.5） 政府の「脱原発」はいつ？（9.2） 平成の「煩悶男子」（9.30） 村上春樹 なぜ？（10.28） ブランド米に期待（11.25） 今年うれしかったこと（12.23） 大島渚の力（2013.1.27） 鬱の季節到来（2.24） とげのないバラ（3.24） 「鉄の女」の功罪（4.21） マッチョの正体（5.19） フランスの様変わり（6.16） 高齢化ビジネスを（7.14） 平成のアンチヒーロー（8.11） 高橋たか子と寂聴（9.8） 「倍返し」に続編を（10.6） 主役は谷繁監督（11.3） ケネディ夫人のスーツ（12.1） 巷のアベノミクス（12.29） 藤村の見た戦争（2014.2.2） 「花の億土へ」（3.2） メトロ無料の理由

「胸躍る『語り』」『名言集「地中海」』藤原良雄編，藤原書店，2003.12
「もっとも美しい恋」（小説）『文學界』58（9），2004.9 →再録：著書［12］
「男のすなる恋」『潮』550，2004.12
「中沢新一——ダンディな悪徒」『文學界』58（12），2004.12
「万博とブランド——私的時流観測」『毎日新聞』2005.2.25
「『名古屋嬢』発 21 世紀型消費の始まり——私的時流観測」『毎日新聞』2005.3.22
「半歩遅れの読書術」『日本経済新聞』（毎週全 4 回）2006.11.5 〜 2006.11.26
ベンヤミンの断片——拾い読みこそ正道（11.5）　鉄幹と晶子の歌——夫婦のミステリーを読む（11.12）　うらぶれの系譜——背中ににじむ哀感に色気（11.19）　硬派本の愉しみ——神は細部に宿る（11.26）
「『名前の魔力』の起源をたずねる。——『ブランドの条件』著者からのメッセージ」『岩波書店販売部だより』246，2006.8 →再録：『図書』690，2006.10
「シャネルのラグジュアリー革命——贅沢のゆくえ」『産経新聞』2006.11.19
「ブランド品が高く売れる理由」『エコノミスト』84（68），2006.12
「フランス美女伝説」『NHK テレビフランス語会話』（毎月 全 12 回）50（1）〜 50（12），2007.4 〜 2008.3
マリー・アントワネット——ラグジュアリーの女王（2007.4）　ウジェニー皇后——ブランドは后妃から（2007.5）　印象派の美女たち——セーヌのカエル娘（2007.6）　椿姫——はかなき美女のアイコンは（2007.7）　エステル——フランスの真珠夫人（2007.8）　花咲く乙女たち——ヴィーナスの誕生（2007.7）　マルグリット・デュラス——書かれた海（2007.9）　サラ・ベルナール——女優のオーラ（2007.10）→再録：著書［16］　美女たちの宝石戦争——ドゥミ・モンド秘話（2007.12）→再録：著書［16］　コレット——自転車に乗る女学生（2008.1）　ココ・シャネル——破壊しに，と彼女は言う（2008.2）　ココ・シャネル——「モード，それは私だ」（2008.3）
「香水——ダリ・クラシック〈私の 1 点 ダリ展 創造する多面体 4〉」『中日新聞』夕刊，2007.5.24
「小説はメタモルフォーズ」『学士会会報』864，2007.5
「大衆を虚に遊ばせた詩——阿久悠氏を悼む」『日本経済新聞』2007.8.3 →再録：『阿久悠のいた時代——戦後歌謡曲史』篠田正浩・齊藤愼爾編，柏書房，2007.12
「ヴィトン 名古屋人のツボ」『朝日新聞』名古屋本社版夕刊，2007.12.13
「欲望のあやうい戯れ」『L'OFFICIEL ジャポン』（アムアソシエイツ）4（2），2008.4
「美空ひばりの『舟歌』がきこえる——阿久悠頌」『環』33，2008.4
「学問なき芸術の退屈さ」『学問と芸術』内田義彦著／山田鋭夫編，藤原書店，2009.4
「憧れだけで買う人は，もういません」『The Asahi Shimbun Globe』18，2009.6.22

貨幣論？（2001.6）本物に反対したシャネル（2001.7）　シャネルという名のフォード（2001.8）　エルメスが選んだ価値（2001.9）「カワイイ」日本のわたし（2001.10）　舞台の上の女優のように（2001.11）　セレブがつくる夢の名前（2001.12）　ボディがブランドになる日（2002.1）「永遠」と「現在」のバランス・ゲーム（2002.2）「名」の百年とそのゆくえ（2002.3）

「ルノワール『シャトゥーの舟遊び』〈バラ色の日々——ルノワール展から 3〉」『中日新聞』夕刊，2001.5.9

「デフォー『ロビンソン・クルーソー』」『千年紀のベスト 100 作品を選ぶ』丸谷才一・三浦雅士・鹿島茂選，講談社，2001.5 →再録：『千年紀のベスト 100 作品を選ぶ』光文社知恵の森文庫，光文社，2007.10

「訳者解説 好色一代記」『従妹ベット——好色一代記（下）〈バルザック「人間喜劇」セレクション 12〉』（鹿島茂・山田登世子・大矢タカヤス編　山田登世子訳）藤原書店，2001.7

「『人間喜劇』の四季——〈リレー連載 バルザックがおもしろい 31〉」『機』117，2001.7-8 →再録：編書［21］

「プルーストの祝祭につらなって——鈴木道彦訳『失われた時を求めて』を読む」『文學界』55（9），2001.9

「アズディン・アライア」「エルメス」「コムデギャルソン」『ファッションブランド・ベスト 101』深井晃子編，新書館，2001.11

「バルザックはいろいろ『足りない』」——編集裏話」『機』124，2002.3 →再録：編書［21］

「よむサラダ」『読売新聞』（毎週 全 5 回）2002.3.3 ～ 2002.3.31

ブランド論（3.3）メディア論（3.10）　ウォーキングはストレス？（3.17）義母に贈り物（3.24）　なくしたスカーフ（3.31）

「バルザックは世の終わりまで」『バルザックを読む Ⅰ——対談編』鹿島茂・山田登世子編，藤原書店，2002.5

「従妹ベット」『バルザック「人間喜劇」セレクション ブックレット』藤原良雄編，藤原書店，2002.6

「『真珠夫人』に映るバルザック」『朝日新聞』夕刊，2002.12.16

「ヴェネチアの魔の衣装」『季刊現代文学』66，2002.12

「ブランドとカリスマのおかしな関係」『化粧文化』43，2003.6

「黒の脱構築——ダンディズムからシャネルまで」『モダンとポストモダン〈岩波講座文学 12〉』小森陽一・富山太佳夫・沼野充義・兵藤裕己・松浦寿輝編，岩波書店，2003.6

「ブージヴァル——癒しと性のファンタスム」『ミューズ』（愛知県文化振興事業団）11，2003.8

51〉』朝日新聞社，1999.7.10
「タイタニックからシャネルまで——20世紀パリの余白に」『エコール・ド・パリとその時代』（笠間日動美術館・名古屋市美術館展覧会カタログ）1999.8-9, 1999.10-11
「作家の『名の値段』」「小説プロダクション」『デュマ，モーリス・ルブランほか〈週刊朝日百科 世界の文学16〉』鹿島茂編，朝日新聞社，1999.10.31
「唐獅子火鉢」『季刊陶磁郎』20，1999.11

○2000年代

「ペーパーレス無情〈土曜文化〉」『読売新聞』夕刊，2000.2.5
「ロマンティックな文学とともに，ロマンティックな恋愛が誕生した。」「読書する女，恋する女」「「竹久夢二『この夜ごろ』」「勝ち誇る娼婦たち」「恋する電話」「少女伝説のゆくえ」『恋愛の発見〈週刊朝日百科 世界の文学30〉』山田登世子編，朝日新聞社，2000.2.13
「ブランドの戯れ」『BRAND: What is a Brand?』ブランド製作委員会編，フジテレビ出版，2000.3
「エジプトの風」『朝日新聞』名古屋本社版夕刊（毎日 全5回）2000.4.24〜2000.4.28
コスメティック——カラダのおしゃれの源流（4.24） 化粧の魔術——永遠の命得るために（4.25） アイメイク——生命力表す理想の眼（4.26） フリーツ——「和」に通じる布の美（4.27） ユニセックス——現代風に男性も化粧（4.28）
「今日と響きあう転換期の問い——20世紀末の『1900年展』」『朝日新聞』夕刊，2000.6.9
「三宅一生展の驚きと力——生活の場からの『問いかけ』」『毎日新聞』2000.7.11
「水のメランコリー——モーパッサン『女の一生』」『週刊朝日百科 世界の文学61 ヨーロッパⅣ』工藤庸子編，朝日新聞社，2000.9.17
「女学者の記〈ずいひつ『波音』〉」『潮』499，2000.9
「靴を紐解く——ミュールから厚底サンダルまで」『学習だより』（日本理容美容教育センター）127，2000.9
「世紀末のヴァカンスとスポーツ」『週刊朝日百科 世界の文学64 ヨーロッパⅣ』吉田城編，朝日新聞社，2000.10.8
「モーパッサンの描く女たち」『女の一生——東宝現代劇11・12月特別公演プログラム』東宝株式会社演劇部，2000.11 →再録：『女の一生——東宝・名鉄提携新春特別公演プログラム』名鉄ホール，2001.1
「ブランドの百年」『OJO（オッホ）〈読売ADリポート〉』（毎月 全12回）4（1）〜4（12），2001.4〜2002.3
始まりは大英帝国（2001.4） パリ・ブランドの誕生（2001.5） ルイ・ヴィトン＝

1998.6 ～ 1999.3

パリとトヨタのあいだ（44, 1998.6）　名古屋の悪口（45, 1998.9）　これからは〈老人力〉シティ（46，1998.12）　もっと文学を！（47，1999.3）

「世紀末パリのきらめき」『毎日新聞』1998.8.6

「赤の写真家」『fish-ideal』3，1998.8

「水の想像力 尽きることなく〈自著中心的 3 冊〉」『AMUSE』（毎日新聞社）1998.9.9

「新たな女性の誕生〈ピカソの奇跡 3〉」『中日新聞』夕刊，1998.9.18

「『見えないもの』を感じたい〈視点〉」『〈先生のための被服通信〉A.B.C レポート』12，1998.10

「反世紀末論――フランス 1900 年」『ユリイカ』31（2），1999.2 →再録：著書［11］

「黒のドレス」『道具の心理学――いまモノ語りが始まる』住友和子編集室＋村松寿満子編，INAX 出版，1999.3

「デオドラント文化の行方」『産経新聞』1999.3.25

「詩人とブランド」『現代詩手帖』（マラルメ 2001）42（5），1999.5 →再録：著書［11］

「『呼び水』の記〈水をめぐる断想 50〉」『FRONT』11（8），1999.5

「今こそ『人間喜劇』がおもしろい――バルザック生誕 200 年に寄せて」『産経新聞』大阪夕刊 1999.5.19

「**ニュースの晩餐**」『アエラ』（隔週 全 25 回）12（25）～ 13（18），1999.6.14 ～ 2000.4.24

愛人がいてなぜいけないの？（1999.6.14）白球処女のごとく 松坂の凛々しさ（6.28）　真理は二文字系 されど流行は四文字系（7.12）　30 代は複雑系？愚かになれない女たち（7.26）　モードも建築も水にうるむ世紀末（8.9）　究極のなまそれってタダのナマ（8.30）　ゴージャスな巨人 vs. 貧乏な中日（9.13）　大学はどこへ 現場の情熱そぐ本末転倒の「改革」（9.27）　賛・星野監督 今は亡き昭和のヒーローへ（10.11）　たどり着かない「究極」と「絶対」謎の 2 大ブーム（10.25）　男をめぐる新しい「語り」メディアの場に（11.8）　時代はアナーキー 電子メディアが促す総カリスマ化（11.22）　文化にならない愛知万博 中止の英断を（12.6）　偽モノの空の下 化粧がはげたヴィーナスたち（12.20）　2000 年 アメリカの世紀はもうたくさん（2000.1.10）ニュース番組 顔も内容もよくなきゃダメ（1.24）　奢りの黒 淫らな白 男たちの官能の色（2.7）　変身願望 ウォーキングも宗教も（2.21）　ターゲットは消費の女王 敷居を高くして（3.6）　メディアの饒舌 失われる沈黙の深さ（3.20）　キャリアと恋とブランド 30 代の“贅沢”な夢（4.3）　ノーといえる日本 戦う相手は金満打線（4.24）

「ゲランはブランドの香り」『HASEGAWA LETTER』（長谷川香料）9, 1999.6 →再録：著書［11］

「コケットリー――みんな『女』になってしまった」『恋愛学がわかる〈AERA Mook

バルザックの面白さ――大悪党の魅力のほど（64，1996.10） 美貌を愛す（66，1996.12） いざ「小説の巨人」へ（68，1997.2） 男の喧嘩は面白い！（70，1997.4） 「小説」はなぜ面白いのか（72，1997.6） 主題は面白いのがおもしろい（74，1997.9） バルザックは恋より金（76，1997.11） パリのすごみ（78，1998.1） パリ式“いき”の構造（80，1998.3） アメリカはダメよ（82，1998.5） 不倫について（84，1998.7-8） ちょっと幕間――往復書簡論（86，1998.10） 訳者泣かせのバルザック（88，1998.12） 歴史と現在のあいだ（90，1999.2）

「誘惑論――かぎりなく『女』論に近づいていく」『ファッション学のみかた。〈アエラムック「New 学問のみかた。」シリーズ 1〉』朝日新聞社，1996.11

「おしゃれに『正・誤』なし〈集中連載 茶髪の是非 7〉」『夕刊フジ』1996.11.6

「見事に殺された個性――受験 3」『夕刊フジ』1997.2.20

「時代遅れの衣裳」『ユリイカ』29（3），1997.3

「メディア・トラベル」『国際交流』19（3），1997.4

「季評［本］」『武蔵野美術』（毎季 全 8 回）104 ～ 111，1997.4 ～ 1999.2

水のバロック／水の衣裳（104, 1997.4） シャネルの記憶／ブランドの記憶（105, 1997.7） 誘惑者の肖像（106, 1997.10） パリ・イエスタディ（107, 1998.1） ヴィクトリアン・ブラック（108，1998.4） 声のアクアティーク（109，1998.7） モードの名前（110，1998.10） ヴェネチアふたたび（111，1999.1）

「ラブレターはナルシスの水鏡」『月刊アドバタイジング』491，1997.5

「ブランドという虚業」『広告批評』208，1997.9

「愛想つきた 引導渡したい――拝啓 橋本龍太郎殿 24」『夕刊フジ』1997.10.24

「もっと優雅に，セクシーに」『NOMA プレスサービス』555，1997.11.5

「靴をめぐる愛」『Bally Club』1997 Autumn/Winter

「視線をひきよせる都市，モードの空間」『論座』33（日仏シンポジウム「都市と空間」特集）1998.1

「ファッションを読み解く 10 冊」『論座』35，1998.3

「ヴェネチアの『海の衣裳』が呼ぶ」『ウィンズ』（JAL）38（4），1998.3

「《私》はなぜおしゃれをするのか――ファッション学のすすめ」『季刊 読書のいずみ』74，1998.3

「黒の男たち」『Dresstudy（服飾研究）』（京都服飾文化研究財団）33，1998.4 →再録：『時代を着る――ファッション研究誌「Dresstudy」アンソロジー』深井晃子監修，京都服飾文化研究財団，2008.2

「モード革命と『ブランド現象』〈20 世紀精神史 第 1 部大衆の登場――ファッション〉」『毎日新聞』1998.5.11 →再録：『20 世紀精神史』毎日新聞社編，毎日新聞社，2000.1

「ニセ名古屋人の名古屋論」『Nagoya 発』（名古屋市）（毎季 全 4 回）44 ～ 47，

「水の娘」『リテレール』12，1995.6→再録：著書［8］
「16区ならではの優雅なB・C・B・G〈パリの達人 わが愛しのパリ ベスト3〉」『マリ・クレール』14（7），1995.7
「眠る女」『眠る女（スリーピング・ビューティー）』トレヴィル発行，リブロポート発売 1995.7→再録：著書［8］
「歴史の匂い」『ゆとり路』（世田谷区文化情報誌）10（7），1995.7
「広告のない新聞なんて」『中日新聞』1995.10.20
「サロンでは，誰もが女優のように」『マリ・クレール ビス』13，1995.10
「そんな嫌いな本をどうして買ってしまったのか？ ああ，我が身の愚かしさ」『文藝』34（5），1995.12
「恋愛の主役は大人」『Nagoya 発』（名古屋市）34，1995.12
「マルチメディア――人間関係を揺るがす〈回顧 '95（下）〉」『中日新聞』1995.12.31
「ベル・エポックにおけるフランス・リゾートの文化史的研究」文部省科学研究費補助金研究成果報告書，1995
「世紀末夢遊」『観用少女（プランツ・ドール）②』川原由美子著，朝日ソノラマ，1996.3
「〈女〉のゆくえ」『新潮』93（4），1996.4
「身体のスペクタクル――100年のオリンピック（上）」共同通信配信『高知新聞』『南日本新聞』1996.7.26，『山陽新聞』『静岡新聞』『新潟日報』『山陰新聞』『熊本日日新聞』1996.7.29，『山陰中央新報』1996.7.30
「月と水の種族たちへ――『吸血鬼エフェメラ』クリティーク」『吸血鬼エフェメラ』大原まり子著，ハヤカワ文庫，1996.8
「モードのツボ」『朝日新聞』夕刊（毎週 全22回）1996.10.3 ～ 1997.3.27
「モノの権威」が幅利かす時代（1996.10.3） 「贅肉」すっきりそぎ落す（10.17） 香り立つネーミングの冗舌（10.24） キモノの「平面性」の衝撃（10.31） 「未聞の女」つくり出す膨らみ（11.7） 水への想い漂うフェミニン（11.14） 世紀末の男は力より美しさ（11.21） カジフラはもう一枚の制服（11.28） ちょっと違っていたいだけ（12.5） 「昔」と「今」，ひとつになって（12.12） エアマックス人気の不条理（12.19） 多様性が楽しいスキン感覚（1997.1.9） フォーマル一色年末のパリ（1.16） 古本屋通りにモードが栄える（1.23） 心の内につけるコルセット（1.30） エロスのはかなさ どこまで（2.6） カバー好きはナルシシズム（2.13） 「ババシャツ人気」に逆襲を（2.20） 「やつし」の芸とダンディー（2.27） 趣味の共同体をつくる時代（3.6） 見せるために隠す誘惑の術（3.13） 最後は「パリ」が勝利する？（3.27）
「〈往復書簡〉バルザック『人間喜劇』をめぐって」（鹿島茂と）『機』（隔月 全14回）64 ～ 90，1996.10 ～ 1999.2→再録：共著［19］

1994.11.9 →一部再録：著書［8］

甘い水（9.10） 涙の歴史（9.11） センチメンタル（9.13） 月に狂う（9.14） えんどう姫（9.15） 天の涙（9.16） 悲しみ（9.17） 愛の狂おしさ（9.18） 傷（9.20） 女泣かせ（9.21） 女と軍人（9.22） 水ちがい（9.23） 愛人（9.25） おそるべき女（9.27） 続・おそるべき女（9.28） 続続おそるべき女（9.29） おそるべきディスクール（9.30） 泣いたが勝ち？（10.1） 深い河（10.2） 美徳の涙（10.4） 空涙（10.5） 女優のように（10.6） セーヌは流れ（10.7） 海の響き（10.8） 宝石（10.9） 黒猫（10.12） 魔の水（10.13） 編集者泣かせ（10.14） 恋文捨てて（10.15） 未練（10.16） 音楽のレッスン（10.18） 学問のレッスン（10.19） ガラス玉（10.20） 南が泣く（10.21） 涙の講演（10.22） フランスお好き（10.23） ドレスの涙（10.25） 涙のドレス（10.26） 海の衣裳（10.27） 愛書狂（10.28） 愛しのニコル（10.29） 嵐（10.30） 離婚騒動（11.1） 嵐の後（11.2） イギリス発見（11.3） ロリータの国（11.4） 落日・印象（11.5） メランコリー（11.6） 優しい水（11.8） 哀歌（11.9）

「愛しの今村仁司さま」『ちくま』282，1994.9

「エスパス・アクアティーク――水の記憶の旅」『is』（毎季 全11回）65～75，1994. 9～1997.3 →再録：著書［10］

草の上の昼食（65，1994.9） セーヌの日曜日（66，1994.12） 海のセラピー（67，1995.3） 薔薇の墓地（68，1995.7） 衛生共和国（69，1995.9） 電気の妖精（70，1995.12） 温泉ベルエポック（71，1996.3） スピード世紀末（72，1996.6） 失われた旅（73，1996.9）楽園帝国主義（74，1996.12） 海と宝石（75，1997.3）

「女と賭博師」『ユリイカ』26（11），1994.11

「マリアの涙 ペテロの涙」『仏教』30，1995.1 →再録：著書［8］

「メディアのアイドル『怪盗ルパン』」『現代思想』23（2），1995.2

「誰に媚びるの？」『プリンツ21』5（5），1995.2

「なぜ〈顔〉なのか――特集「顔」が気になる」『週刊読書人』1995.4.21

「リゾート――都市のアウト／イン」『世界』（毎月 全12回）608～621，1995.5～1996.4

風景を消費する（608，1995.5） 空気はどうなる？（609，1995.6） 水は産業化する（610, 1995.7） 虚弱が美しい（611, 1995.8） リゾートは「ポルノクラシー」（613，1995.9） 死ぬほどクリーン（614，1995.10） 緑を≪イン≫ポート（615，1995.11） セラピーは「魔術」する（616，1995.12） スーツは越境する（617，1996.1） ≪カジュアル≫は海辺から（619，1996.2） 温泉ドリンク（620，1996.3） そして旅は終わってしまった（621，1996.4）

「文法なんてこわくない――私はこうしてフランス語をマスターした！」『マリ・クレール』14（5），1995.5

ズ私の新古典〉」『毎日新聞』1992.4.14
「点数化で大学教員評価⁉〈こらむランダム〉」共同通信配信『熊本日日新聞』1992.4.30,『秋田さきがけ』1992.5.28
「誘惑ゲーム――性とモードの現在」『零の修辞学』多木浩二・内田隆三編，リブロポート，1992.6. →同一主題の変奏版：著書［4］の「I 空虚のエロス」
「蓮實重彥を反復する醜悪さについてお話しさせていただきます」『國文學』37（8），1992.7 →再録：著書［7］
「愛の声 恋の声」『へるめす』39，1992.9 →再録：著書［5］
「声の共同体」『現代思想』20（9），1992.9 →再録：著書［5］
「鏡の中の女」『Mr. & Mrs.』（日本ホームズ）67，1992.10
「街を歩けばエクスタシー」『季刊出版月報』8，1992.11
「プラトニック・ラヴ――ベンヤミンへの手紙」『現代思想』20（13），1992.12 →再録：著書［8］
「リゾートの誘惑――夢のトランク〈ルイ・ヴィトン〉とともに」『ユリイカ』24（12），1992.12
「夜の声の方へ――デュラスとキニャール」『文藝』31(5)，1992.12 →再録：著書［5］
「恋する電話」『is』58，1992.12 →再録：著書［5］
「ハッピー・ドール」『太陽』378，1992.12 →再録：著書［7］
「軽さは重さを嗤う」『風刺の毒（The Sting of Satire）』埼玉県立近代美術館編集・発行，1992
「嘘は罪，だけど……」『本』（講談社）18（1），1993.1
「コールガール――群衆の中の性」『空間系』4，1993.3 →再録：著書［5］
「ベル・エポックの夢の箱」『携帯の形態――旅するかたち〈INAX ギャラリー Booklet〉』株式会社アルシーブ社編，株式会社 INAX，1993.6 →再録：著書［11］
「ムダ・ムダ・狂騒曲」『HARAJUKU LAFORET'S EYE』14，1993 Summer
「エフェメラのエフェメラ」『吸血鬼エフェメラ』大原まり子著，早川書房，1993.7
「身嗜みが輝く。」『ミスター・ハイファッション』65，1993.8
「劇場感覚が都市文化を育む」『トピカ』10，1993.10
「シャネルは海の香り」『名古屋港』70，1994.1
「夢の熱さ――『おんな撩乱』を読む」『機』15，1994.2
「電話というマジック」『西日本新聞』1994.4.21
「愛の犠牲者〈交遊抄〉」『日本経済新聞』1994.6.21
「恋の劇場パリ――誰もが俳優になれる街」『きざし』（愛知県文化振興財団）4，1994.7
「ファンダメンタル『男は度胸』〈一口男性論〉」『新潮 45』13（7），1994.7
「涙のかたち」『西日本新聞』（原則として月曜を除く毎日 全 50 回）1994.9.10 ～

1991.10.2
「モードのプロポーション・ゲーム」『月刊アドバタイジング』36（11），1991.10 →再録：著書［4］
「華やぐモード あやうい性」『グラフィケーション』（富士ゼロックス）57，1991.10 →再録：著書［4］
「いまどきの貞女物語〈こらむランダム〉」共同通信配信『秋田さきがけ』1991.10.29，『熊本日日新聞』1991.10.31，『神奈川新聞』1991.11.7，『日本海新聞』1991.11.10
「王を殺して〈私〉を語る」『is』54，1991.12 →再録：著書［5］
「靴――フェティッシュの黄昏」『靴のラビリンス』INAX，1992.2 →再録：著書［4］
「モードとポルノのあやうい関係」『ニュー・フェミニズム・レヴュー』3，1992.3 →再録：著書［4］
「幻の本箱」『潮』396，1992.3
「『ラッピング』開ければ中身は空っぽ――売れセンに異議あり」『週刊読売』51（11），1992.3.8
「バルザックの新しさ」『機』13，1992.3
「スーツと憂鬱」『Soen eye（装苑アイ）』（学校法人文化学園）7，1992.4 →再録：著書［11］
「山田登世子の風俗ジャーナル」『朝日新聞』名古屋本社版夕刊（毎月 全21回）1992.4.11 ～ 1994.1.8
誤解のガスパール――THANKS 筒井康隆（1992.4.11） 悪いニュースは良いニュース――記事・広告，絶妙の新聞（5.9） 不機嫌な記者たち――消耗し疲れているのかな（6.13） 女の時代――一言多く男性を困らす（7.11） 恋愛サーヴィス論――恋はお世辞で育つのだ（8.8） ネコと民主主義――「勝手さ」愛する理想を（9.12） 書評という厄災――「愛と義理」でほめ合い（10.17） 星の声――聴くことのできる非凡（11.14）→再録：『内田義彦の世界――生命・芸術そして学問』藤原書店編集部編，藤原書店，2014.3 愛かレイプか――某作家との微妙な関係（12.12） ファックスのアウラ――何が猫をすい寄せたか（1993.1.23） おおシャネル！――キャリア女性の定番（2.20） 電話ストッパー――「勝手人間」にフィット（4.10） アート・グッズ――美術館の袋も「売り物」（5.8） 有名人がもてる――永遠不滅でない人気（6.12） コメントにご注意――記事になった素人批評（7.10） 面白い政治――意見より「ひと」見える（8.14） リゾート異変――自宅での「ヴァカンス」（9.11） 悩みのドラゴンズ――「古い」と書いたが…（10.9） LOVE To 筒井康隆！――パロディー評論ご勘弁（11.13） 懐かしの男尊女卑――男には立つ瀬ない話（12.11） 私の紙面批評――書評欄の選本に疑問（1994.1.8）
「『私』と『世界』を兼ね備える――内田義彦著『作品としての社会科学』〈シリー

「趣味の共同体」『読売新聞』1990.6.5 →再録：著書［1］
「ファッションとファッショのあいだ――文化の政治学のために」『情況』第 2 期創刊号，1990.7 →再録：著書［1］
「性の謎解き――歴史家が明かす『女』」『機』4，1990.10-12
「エフェメラの誘惑」『ディスプレイの情報世界』奥井一満監修，NTT 出版，1990.11
「隠喩としてのワイズ――『言説市場』虎の巻」『is』50，1990.12 →再録：著書［2］
「大学誕生の頃（キャンパスは女のネットワーキング）」『愛知淑徳大学の 15 年』創立 15 周年記念誌刊行委員会編，1990.12
「唯物（ただもの）論」『朝日ジャーナル』（4 週に 1 回 全 13 回）33（3）～ 33（51），1991.1.25 ～ 1991.12.13
香水――カラダが気化する（1.25）→再録：著書［4］ 花束――愛された理由（2.22）→再録：著書［4］ ヒール――フェティッシュのたそがれ（3.22） ジーンズ――歴史を消費する（4.19） ミネラルウォーター――流通を飲む（5.24） ボタン――性をはずす（6.21）→再録：著書［4］ アイスクリーム――はかない楽園（7.19） オルゴール――〈私〉を秘める（9.6） 新聞――こんなものいらない新聞小説・上（9.13） 新聞――こんなものいらない新聞小説・下（9.20） マーガリン――アンチ・ナチュラル（10.18）→再録：著書［4］ 手袋――それは・かつて・あった（11.15）→再録：著書［4］ 言説商品――タダでないモノ（12.13）
「『錯乱事典』〈書きたいテーマ・出したい本〉」『出版ニュース』1555，1991.2.21
「モードの帝国――思想としてのファッションが問うアートと流行，そして男と女の境界線」『朝日ジャーナル』33（18），1991.4.25
「衣裳のディスクール」『ルプレザンタシオン』1，1991.4 →再録：著書［3］
「なぜ美人は“美人”になったのか」『広告批評』139，1991.5
「顔のディスクール」『現代思想』19（7），1991.7 →再録：著書［5］
「ショッキング・ゲームから惑乱ゲームへ――『ファッションとシュルレアリスム』を読む」『マリ・クレール』10（7），1991.7 →再録：著書［4］
「紙つぶて」『中日新聞』夕刊（毎月曜日 全 22 回）1991.7.1 ～ 1991.12.16
無人列島に愛が降る（7.1） 肩書のない名刺（7.8） 色男（7.15） 昼の女（7.22） もうひとつのヘア論争（7.29） 欲望資本主義（8.5） ゲイがもてるわけ（8.12） 落合のダンディズム（8.19） すばらしい広場（8.26） ダ調のうた（9.2） 嘘がたりない（9.9） さよなら星野監督（9.30） 大学ペレストロイカ（10.7） 本の見てくれ（10.14） ミヤザワ問題（10.21） デートの暗号（10.28） 花の独居老人（11.11） スピードの支配（11.18） 隠れネットワーク（11.25） 他人の信用（12.2） 本をギフトに（12.9） ああ無識（12.16）
「Le Canard enchaîné ／ Paris Match〈C 級ジャーナリズムが好きだっ！〉」『SPA!』40（37），

「一行のちがい――スタンダールとバルザック」『新評論』（新評論）8，1983.11
「バルザックあるいは魔界としての近代」『愛知淑徳大学論集』10，1984.12
「やっぱりジュリー」『同窓会だより』（愛知淑徳大学同窓会）2，1985.10
「『物語』の終わる時――『従妹ベット』覚え書き」『愛知淑徳大学論集』11，1986.3
「フェティシアン／フェティシエ」『現代思想』15（1），1987.1 →再録：著書［1］
「ミックスサラダの思想」『現代思想』16（7），1988.6
「フーコーと橋本治〈研究手帖〉」『現代思想』16（9），1988.8
「見てくれの研究」『へるめす』17，1988.12 →再録：著書［1］
「パリ・レトロ――十九世紀の都市文化」『楓信』27，1988.12
「バタイユの美女殺し」『現代思想』17（1），1989.1 →再録：著書［1］
「近代における悪臭の『発明』」『新評論』65，1989.1-2
「においの不思議」『新評論』68，1989.5
「クリーン・トピア――公衆衛生学の思想」『is』（ポーラ文化研究所）44，1989.6
「華やぐ男たちのために――近代モードのポリティーク」『へるめす』20，1989.7 →再録：著書［1］
「モードの政治学にむけて」『政治と芸術〈講座 20 世紀の芸術 6〉』海老坂武・池田浩士編，岩波書店，1989.9 →再録：著書［1］
「新評論はドラマ」『新評論』71，1989.9
「エフェメラの誘惑」『現代思想』17（11），1989.10
「**メディア都市――十九世紀の流行通信**」『現代思想』（毎月 全 6 回）17（12）～ 18（2），18（4）～ 18（5），1989.11 ～ 1990.2，1990.4 ～ 5）→再録：著書［2］
「トピックス」の発明（17（12），1989.11） メディアの市場（17（13），1989.12） 名の物語――「ロマン的魂」虎の巻 I （18（1），1990.1） 市場の中の芸術家――「ロマン的魂」虎の巻 II （18（2），1990.2） モード あるいは〈真実〉の漸進的横滑り（18（4），1990.4）モードの専制（18（5），1990.5）
「市場のスタイル スタイルの市場」『is』46，1989.12 →再録：著書［2］

○ 1990 年代

「内田義彦の軽さ」『追悼・内田義彦』藤原書店編集部編，藤原書店，1990.3 →再録：『機』（藤原書店）2，1990.6-7
「**山田登世子の世紀末 CANCAN〈ヘルメティック・レヴュー〉**」『へるめす』（隔月 全 6 回）25 ～ 30，1990.5 ～ 1991.3
美貌学（25，1990.5）→再録：著書［1］ ダンディズム葬送（26，1990.7） 男の殺しかた（27，1990.9）→再録：著書［1］ 平成退屈女（28，1990.11） エーコのネクタイ・断章（29，1991.1）→再録：著書［8］ その後の退屈女（30，1991.3）

「ニッポンあるいは他者のユートピア」マルク・ギヨーム著,「日本製を買う」ジャン=フランソワ・サブレ著,『ニッポン〈TRAVERSES 5〉』今村仁司監修，リブロポート，1990.10

「日本版 バルザック『人間喜劇』セレクション 発刊を祝う」カトリーヌ・トロットマン著,『バルザック『人間喜劇』セレクション ブックレット』藤原良雄編，藤原書店，2002.6

「読むこと／ある密漁」ミシェル・ド・セルトー著,『環』14，2003.7

3 論説・評論・小文

○ 1970 年代

「『あら皮』試論――バルザックにおける『全体性』と『死』についての考察」『院生論集』（名古屋大学大学院文学研究科院生研究生自治会）2，1972.3

「創造者の生誕 バルザックの場合――『結婚の生理学』から『あら皮』まで」『東海女子短期大学紀要』5，1975.11

「バルザック『あら皮』――創造者の自覚をめぐって」『フランス語フランス文学研究』27，1975 秋

「バルザックにおける『近代』の神話――幻滅について」『愛知淑徳大学論集』1，1976.3

「バルザックにおける héros surhumain――『パリ生活情景』の生成」『愛知淑徳大学論集』3，1978.3

「バルザックにおける近代のヒーロー――『悪の詩』について」『山川篤教授退官記念論集〈ヴァリエテ特別号〉』名古屋大学文学部仏文学研究室編，1979.3

「バルザックにおけるダンディ」『日本フランス語フランス文学会中部支部研究報告集』3，1979.3

「『人間喜劇』における『演技者』たち」『愛知淑徳大学論集』4，1979.3

「フランスのエスプリ」『楓信』（愛知淑徳大学後援会）9，1979.12

○ 1980 年代

「巣立つ日に」『野更志』（愛知淑徳大学弓道部）創刊号，1980.3

「『優雅な生活論』と『歩きかたの理論』について――二編にみるバルザックの近代認識」『愛知淑徳大学論集』7，1981.12

「バルザックの魅力――『風俗のパトロジー』」『新評論 新刊案内』1983.1

「私の訳した本――バルザック『風俗のパトロジー』」『翻訳の世界』8（3），1983.3

「快の王国ニッポン――イヴァン・イリイチの産業社会批判によせて」『経済セミナー』345，1983.10

『風俗のパトロジー』バルザック著，新評論，1982.10；改題『風俗研究』藤原書店，1992.3
『日常的実践のポイエティーク』ミシェル・ド・セルトー著，国文社，1987.5
『文化の政治学』ミシェル・ド・セルトー著，Selection 21 版，岩波書店，1990.1；岩波モダンクラシックス版，1999.11
『従妹ベット――好色一代記〈バルザック「人間喜劇」セレクション 11-12〉』上・下，バルザック著，藤原書店，2001.7
『シャネル――人生を語る』ポール・モラン著，中公文庫，2007.9
『モーパッサン短篇集』（編訳）ちくま文庫，2009.10
『モード論集』ロラン・バルト著，ちくま学芸文庫，2011.11

○共訳書
『神々の黄昏』エレミール・ブールジュ著（中島廣子と共訳）白水社，1985.7
『においの歴史――嗅覚と社会的想像力』アラン・コルバン著（鹿島茂と共訳）新評論，1988.12；藤原書店，1990.12

○論文・小文訳
「身体をつらぬく権力」ミシェル・フーコー著（聞き手：リュセット・フィナス），桑田禮彰・福井憲彦・山本哲士編『ミシェル・フーコー 1926-1984 権力・知・歴史』新評論，1984.10
「ロマン主義時代のコレクション」P=M・ド・ビアジ著，『現代思想』13（2），1985.2
「消滅の美学」ポール・ヴィリリオ著，「装飾と犯罪」アドルフ・ロース著，「コピーは創造である――あるいは白塗りの不道徳性」モーリス・キュロ著，「化粧をめぐる N+1 個の無駄ばなし」ジルベール・ラスコー著，「日本における伝統的化粧」山口昌男著，『化粧〈TRAVERSES 1〉』今村仁司監修，リブロポート，1986.10
「パリの読書クラブ」フランソワーズ・パラン著，『都市空間の解剖〈叢書・歴史を拓く――『アナール』論文選 4〉』二宮宏之・樺山紘一・福井憲彦編，新評論，1985.11；新版，藤原書店，2011.2
「ディスクールとその外部――フーコーとブルデュー」ミシェル・ド・セルトー著，『思想』754，1988.6
「独り身の女と老嬢――ミシュレとバルザック」ヴェロニク・ナウーム著，『現代思想』16（7），1988.6
「人質とテロル――不可能な交換」ジャン・ボードリヤール著，「交易・恐怖・浄化」ピエール・キュラン著，「パニックの記――主題・変奏・対位法」ミシェル・ドゥギー著，『恐怖〈TRAVERSES 4〉』今村仁司監修，リブロポート，1989.10

『贅沢の条件』岩波新書，2009.7 ［16］
『誰も知らない印象派――娼婦の美術史』左右社，2010.10 ［17］
『「フランスかぶれ」の誕生――「明星」の時代 1900-1927』藤原書店，2015.10 ［18］

○共 著

『バルザックがおもしろい』（鹿島茂と共著）藤原書店，1999.4 ［19］

○編 書

『バルザック「人間喜劇」セレクション』（鹿島茂・大矢タカヤスと共編）全 13 巻＋別巻 2，藤原書店，1999.5 ～ 2002.3

第 1 巻 ペール・ゴリオ――パリ物語，鹿島茂訳・解説，1999.5
第 2 巻 セザール・ビロトー――ある香水商の隆盛と凋落，大矢タカヤス訳・解説，1999.7
第 3 巻 十三人組物語， 西川祐子訳・解説，2002.3
第 4 巻 幻滅――メディア戦記（上），野崎歓・青木真紀子訳，2000.9
第 5 巻 幻滅――メディア戦記（下），野崎歓・青木真紀子訳・解説，2000.10
第 6 巻 ラブイユーズ――無頼一代記，吉村和明訳・解説，2000.1
第 7 巻 金融小説名篇集，吉田典子・宮下志朗訳・解説，1999.11
第 8 巻 娼婦の栄光と悲惨――悪党ヴォートラン最後の変身（上），飯島耕一訳，2000.12
第 9 巻 娼婦の栄光と悲惨――悪党ヴォートラン最後の変身（下），飯島耕一訳・解説，2000.12
第 10 巻 あら皮――欲望の哲学，小倉孝誠訳・解説，2000.3
第 11 巻 従妹ベット――好色一代記（上），山田登世子訳，2001.7
第 12 巻 従妹ベット――好色一代記（下），山田登世子訳・解説，2001.7
第 13 巻 従兄ポンス――収集家の悲劇，柏木隆雄訳・解説，1999.9
別巻 1 バルザック「人間喜劇」ハンドブック，大矢タカヤス編，2000.5
別巻 2 バルザック「人間喜劇」全作品あらすじ，大矢タカヤス編，1999.5

『恋愛の発見〈週刊朝日百科 世界の文学 30〉』朝日新聞社，2000.2.13
『バルザックを読む――Ⅰ 対談篇』（鹿島茂と共編）藤原書店，2002.5 ［20］
『バルザックを読む――Ⅱ 評論篇』（鹿島茂と共編）藤原書店，2002.5 ［21］

2 翻 訳

○単訳書

『ダンディの神話』エミリアン・カラシュス著，海出版社，1980.9

山田登世子 著作目録

凡 例

・全著作を，1 著書，2 翻訳，3 論説・評論・小文，4 書評，5 その他，の 5 項目に分け，項目ごとに発表年月順に配列した
・シリーズものないし連載ものは総タイトルを太字で表記し，初回発表時に各回タイトル等を一括掲載した
・書評的エッセイは 4 でなく 3 の項目に分類した
・再録された文献については，その再録先を「→再録:」の後に書名または著書番号［1］［2］などで示した。この番号は「1 著書」項目中，各文献の末尾に付された［1］［2］などと対応する。また自著への再録にあたっては改題および加除修正が施された場合がある
・文献調査には万全を期したものの依然として脱漏や不備の可能性はあるので，お気づきの節には連絡いただければ幸いである

1　著 書（共著，編書を含む）

○単 著

『華やぐ男たちのために――性とモードの世紀末』ポーラ文化研究所，1990.11 ［1］
『メディア都市パリ』青土社，1991.6；ちくま学芸文庫，1995.12 ［2］
『娼婦――誘惑のディスクール』日本文芸社，1991.9 ［3］
『モードの帝国』筑摩書房，1992.6；ちくま学芸文庫，2006.1 ［4］
『声の銀河系――メディア・女・エロティシズム』河出書房新社，1993.10 ［5］
『有名人の法則』河出書房新社，1994.4 ［6］
『偏愛的男性論――ついでに現代思想入門』作品社，1995.5 ［7］
『涙のエロス』作品社，1995.10 ［8］
『ファッションの技法』講談社現代新書，1997.9 ［9］
『リゾート世紀末――水の記憶の旅』筑摩書房，1998.6；台湾語訳『水的記憶之旅』生智文化事業有限公司，2001.12 ［10］
『ブランドの世紀』マガジンハウス，2000.4 ［11］
『恍惚』（小説）文藝春秋，2005.9 ［12］
『晶子とシャネル』勁草書房，2006.1 ［13］
『ブランドの条件』岩波新書，2006.9；ハングル訳『Made in ブランド』Hyunsil Studies，2007.8 ［14］
『シャネル――最強ブランドの秘密』朝日新書，2008.3 ［15］

資料篇

月《つき》の別《わか》れ――回想《かいそう》の山田《やまだ》登世子《とよこ》

2017年 8 月 8 日　初版第 1 刷発行©

編　者　山　田　鋭　夫
発行者　藤　原　良　雄
発行所　株式会社　藤　原　書　店

〒 162–0041　東京都新宿区早稲田鶴巻町 523
電　話　03（5272）0301
FAX　03（5272）0450
振　替　00160 - 4 - 17013
info@fujiwara-shoten.co.jp

印刷・製本　中央精版印刷

落丁本・乱丁本はお取替えいたします
定価はカバーに表示してあります

Printed in Japan
ISBN978–4–86578–135–9